Diogenes Taschenbuch 22891

de
te
be

Jim Thompson

Ein Satansweib

Roman

Aus dem Amerikanischen
von Andre Simonoviescz

Diogenes

Titel der 1954 bei Lion, New York,
erschienenen Originalausgabe:
›A Hell of a Woman‹

Die deutsche Erstausgabe erschien 1988
im Verlag Ullstein, Frankfurt am Main und Berlin,
unter dem Titel ›Höllenweib‹
Umschlagzeichnung von Tomi Ungerer

Neuübersetzung

100/96/43/1
ISBN 3 257 22891 0

1

Ich sah sie, nachdem ich meinen Wagen verlassen hatte und auf die Veranda zulief. Sie spähte durch die Türgardinen. Als ein Blitz die dunkle Glasscheibe in der Tür für einen Moment erhellte, war ihr Gesicht sekundenlang wie ein Gemälde eingerahmt. Es war keineswegs ein hübsches Bild. Sie war ebensowenig eine Schönheit wie ich. Aber irgend etwas an ihr faszinierte mich. Ich stolperte auf dem unebenen Weg und wäre fast der Länge nach hingefallen. Als ich wieder aufschaute, war sie verschwunden, und die Gardinen bewegten sich nicht mehr.

Ich hinkte die Stufen hinauf, stellte meinen Musterkoffer ab und klingelte. Ich trat von der Tür zurück und wartete. Während ich mein freundlichstes Lächeln aufsetzte, schaute ich mir das Anwesen an.

Es war ein großes, altmodisches Gebäude, das einzige an dieser Straße, ungefähr eine halbe Meile hinter dem Kampus der Universität. Wegen seines Aussehens und seiner Lage nahm ich an, daß es wahrscheinlich früher einmal ein Bauernhaus gewesen war.

Ich läutete noch einmal. Ich ließ den Knopf nicht los und lauschte dem Klappern im Innern des Hauses. Ich riß das Fliegengitter auf und begann gegen die Tür zu hämmern. Wer für die Pay-E-Zee-Kette arbeitete, benahm sich eben so. Man war gewohnt, daß sich die Leute versteckten, wenn sie sahen, daß man kam.

Die Tür wurde aufgerissen, während ich dagegen hämmerte. Als ich die alte Vettel sah, wich ich zurück. Das war nicht das junge Mädchen, das ich gesehen hatte, als es wie gehetzt durch die Vorhänge spähte. Das hier war eine alte Schachtel, mit einer Hakennase wie ein Adler und eng zusammenliegenden, gemeinen kleinen Augen. Sie war um die siebzig – ich weiß jedenfalls nicht, wie jemand es schaffen könnte, in weniger als siebzig Jahren so häßlich zu werden –, aber sie sah ziemlich gesund und munter aus. Sie umklammerte einen schweren Stock, und ich hatte den Eindruck, daß sie ihn nur allzugerne ausprobieren würde. An mir.

»Tut mir leid, Sie zu stören«, sagte ich schnell. »Mr. Dillon, von Pay-E-Zee. Ich wollte fragen, ob...«

»Verschwinde«, fauchte sie. »Mach, daß du hier wegkommst! Wir kaufen nichts von Hausierern.«

»Sie haben mich mißverstanden«, sagte ich. »Sicher würde ich Sie gern als Klientin mit Kundenkonto für uns gewinnen, aber in erster Linie bin ich gekommen, um Sie etwas zu fragen. Ich habe gehört, daß ein gewisser Pete Hendrickson bei Ihnen angestellt war. Hat hier im Garten und auf dem Grundstück gearbeitet. Ich frage mich, ob Sie mir sagen könnten, wo ich ihn finden kann.«

Sie zögerte und sah mich listig aus zusammengekniffenen Augen an. »Er schuldet Ihnen Geld, was?« fragte sie. »Sie wollen ihn finden, damit er bezahlt.«

»Aber nicht doch«, log ich. »In Wirklichkeit ist es genau umgekehrt. Wir haben ihm aus Versehen zuviel abgenommen und wollen es jetzt...«

»Na klar!« Sie lachte häßlich. »Ich wette, daß Sie diesem

betrunkenen, faulen Strolch zuviel abgeknöpft haben! Niemand hat jemals was anderes von Pete Hendrickson bekommen als freche Bemerkungen und Entschuldigungen!«

Ich grinste und zuckte mit den Schultern. Normalerweise mußte man es mit einer anderen Tour versuchen. Denn selbst der schlimmste Feind eines Mannes verpfeift ihn nur verdammt selten an einen Schuldeneintreiber. Aber dann und wann findet man eine niederträchtige Kreatur, jemanden, dem es ganz einfach Freude macht, wenn anderen das Genick gebrochen wird. Und diese alte Hexe war eine von ihnen.

»Gemein und faul«, sagte sie. »Wollte nicht arbeiten, aber dafür doppelt bezahlt werden. Schleicht sich weg und sucht 'ne andere Stelle, obwohl er eigentlich für mich arbeiten sollte. Ich hab gesagt, daß es ihm noch leid tun würde...«

Sie gab mir Petes Adresse und den Namen seines Arbeitgebers. Es war eine Großgärtnerei draußen am Lake Drive, nur ein paar Straßenblöcke von hier entfernt. Pete arbeitete dort seit ungefähr zehn Tagen. Er hatte noch keinen Lohn bekommen, aber es war bald soweit.

»Gestern abend war er hier, winselte und bettelte«, sagte sie. »Versuchte sich ein paar Dollar zu leihen, bis er seinen Lohn bekommt. Sie können sich wohl denken, was ich ihm gesagt habe!«

»Ich kann es mir vorstellen«, sagte ich. »Also, weil ich schon mal hier bin, kann ich Ihnen auch ein paar außergewöhnliche Artikel zeigen, die...«

»Ho, ho! Nein, mein Herr!« Sie begann die Tür zu schließen.

»Ich will sie Ihnen doch bloß zeigen«, sagte ich, bückte mich und öffnete den Musterkoffer. Ich legte die Sachen auf den Deckel, redete auf sie ein und beobachtete ihr Gesicht, um festzustellen, ob sie Interesse zeigte. »Wie wär's mit diesem Schonbezug? Sie bekommen ihn preiswert von mir. Oder diese Badezimmergarnitur? Zu dem Preis ist sie fast geschenkt, Lady. Also gut, ein Paar Strümpfe? Einen Schal? Handschuhe? Hausschuhe? Wenn ich nicht die richtige Größe bei mir habe, kann ich...«

»Ho, ho. Niemals.« Sie schüttelte entschieden den Kopf. »Für solchen Schund schmeiß ich kein Geld raus, Mister.«

»Brauchen Sie auch nicht«, antwortete ich. »Oder so gut wie keins. Nur eine kleine Anzahlung für irgendeinen oder all diese Artikel hier, und die Ratenzahlungen können Sie dann selbst bestimmen. Sie können sich soviel Zeit lassen, wie Sie wollen.«

»Bestimmt«, kicherte sie böse. »Genauso wie Pete Hendrickson, was? Sie machen sich besser auf den Weg, Mister.«

»Und die andere Dame?« fragte ich. »Die andere, junge Dame? Ich bin sicher, daß etwas für sie dabei ist.«

»Ha!« grunzte sie. »Und womit, glauben Sie, soll *die* irgendwas bezahlen?«

»Ich schätze, sie wird mit Geld zahlen«, sagte ich. »Aber vielleicht hat sie was Besseres.«

Ich war einfach frech, verstehen Sie? Sie gefiel mir nicht, und ich hatte alles aus ihr rausgeholt, was rauszuholen war. Warum also höflich sein?

Ich begann das Zeug einzupacken, warf es kreuz und

quer in den Koffer, denn der Ramsch ist so gut wie unzerbrechlich. Dann begann sie wieder zu reden, und ich hörte einen anbiedernden Unterton, der mich hastig aufschauen ließ.

»Gefällt Ihnen meine Nichte, Mister? Finden Sie, daß sie hübsch ist?«

»Aber, ja«, sagte ich. »Ich glaube, daß sie eine sehr attraktive junge Dame ist.«

»Und sie ist auch gehorsam, Mister. Ich sag ihr, was sie tun soll, und dann macht sie es. Egal was.«

Ich antwortete, das sei schön oder toll, irgendsowas in der Richtung. Was ein Typ eben in solch einer Situation sagt. Sie zeigte auf den Musterkoffer.

»Der Kasten mit dem Silberbesteck, Mister. Wieviel kostet der?«

Ich öffnete den Kasten und zeigte ihn ihr. Ich sagte, daß ich eigentlich gar nicht vorgehabt hätte, ihn zu verkaufen, weil es so ein gutes Sonderangebot sei, daß ich ihn für mich selbst behalten wollte. »Ein Besteck für acht, Lady, und jedes Stück ist mit echtem Sterling-Silber überzogen. Wir nehmen normalerweise fünfundsiebzig Dollar dafür, aber weil es die letzten Besteckkästen sind, schmeißen wir sie für zweiunddreißig Dollar fünfundneunzig auf den Markt.«

Sie nickte, grinste mich listig an. »Glauben Sie, daß meine Nichte... Glauben Sie, daß sie dafür zahlen könnte, Mister? Könnten Sie es irgendwie so einrichten, daß sie dafür bezahlen könnte?«

»Ja, aber sicher doch«, meinte ich. »Natürlich muß ich zuerst mit ihr sprechen, aber...«

»Lassen Sie mich zuerst mit ihr sprechen«, sagte sie. »Sie warten hier.«

Sie ging, dabei ließ sie die Tür offen. Ich zündete mir eine Zigarette an und wartete. Aber nein, ich schwöre es auf einen Stapel von Bibeln, daß ich nicht wußte, was das alte Mädchen vorhatte. Ich wußte, daß sie niederträchtig war, aber ich hab nie viel Leute gekannt, die es nicht waren. Ich wußte, daß sie sich ziemlich beschränkt benahm, aber die meisten Pay-E-Zee-Kunden waren beschränkt. Leute mit Verstand ließen sich nicht mit einem Laden wie unserem ein.

Ich wartete, zuckte leicht zusammen, als ein greller Blitz aufleuchtete, und fragte mich, wieviele verdammte Tage es noch regnen würde. Es hatte jetzt fast drei Wochen lang ununterbrochen geregnet, und für meine Arbeit bedeutete es das Aus. Die Verkäufe waren so gut wie auf dem Nullpunkt angekommen, die Ratenzahlungen hinkten meilenweit hinterher. Hausieren ist einfach unmöglich, wenn es regnet – man kann die Leute nicht mal dazu bringen aufzumachen. Und bei meinen Schuldnern, viele Gelegenheitsarbeiter und ähnliches, nutzte es mir auch nicht viel, wenn sie aufmachten. Wegen des Wetters waren sie arbeitslos. Man konnte sie verfluchen oder bedrohen, aber man konnte ihnen nicht abnehmen, was sie nicht hatten.

Ich bekam fünfzig Dollar pro Woche als Gehalt, gerade genug, um meinen Wagen zu unterhalten. Mein Verdienst mußte aus den Provisionen kommen, und ich hatte nichts verkauft. Sicher, das eine oder andere war ich losgeworden, aber lange nicht genug, um davon leben zu können. Ich hielt mich über Wasser, indem ich die Kundenkonten fälschte, steckte einen Teil der Ratenzahlungen in die eigene Tasche und änderte den Betrag auf der Rechnung. Im Moment stand ich mit mehr als dreihundert Dollar in der Kreide, und sollte sich jemand beschweren, bevor ich es wieder ausbügeln konnte...

Ich fluchte vor mich hin, schnippte die Zigarette auf den Hof. Ich drehte mich zur Tür um, und da stand sie – die junge Frau.

Sie war Anfang Zwanzig. Glaube ich jedenfalls, obwohl ich nicht besonders gut bin, wenn es darum geht, das Alter von Frauen zu schätzen. Sie hatte dichtes, lockiges blondes Haar. Es war keine richtige Frisur, sondern einfach rundum abgeschnitten. Ihre Augen waren dunkel, und vielleicht waren es wirklich nicht die größten Augen, die ich je bei einem Mädchen gesehen habe, aber in ihrem schmalen, blassen Gesicht kamen sie mir so vor.

Sie trug einen enganliegenden weißen Kittel, ein Kleidungsstück, das Kellnerinnen und Friseusen tragen. Der V-Ausschnitt war tief, und man konnte sehen, daß sie darunter gut gebaut war. Aber weiter unten, naja. Im Landwirtschafts-College – ich hab da auch ein oder zwei Kunden – hätten die Jungs gesagt, daß sie nicht viel Fleisch abgäbe, aber gut für die Milchlieferung sei.

Sie stieß die Gittertür auf. Ich hob den Musterkoffer hoch und ging hinein.

Sie hatte mich noch nicht angesprochen und sagte auch jetzt nichts. Sie drehte sich um und ging den Korridor entlang, bevor ich noch richtig im Haus war. Sie ging mit leicht vorgebeugten Schultern, als balanciere sie auf Zehenspitzen. Ich folgte ihr, wobei ich dachte, daß sie zwar nicht allzuviel Hintern hatte, daß aber die Form absolut perfekt war.

Wir gingen durchs Wohnzimmer, das Eßzimmer und die Küche. Sie lief voran, und ich mußte mich ziemlich beeilen, um mit ihr Schritt zu halten. Von der alten Frau keine Spur. Das einzige Geräusch kam von unseren Schritten und gelegentlichem Donnergrollen.

In meiner Magengrube begann sich ein unbehagliches, flaues Gefühl auszubreiten. Wenn ich den Verkauf nicht so bitter nötig gehabt hätte, wäre ich umgekehrt.

Von der Küche ging eine Tür ab. Sie ging hindurch, und ich folgte ihr. Ich war jetzt dicht hinter ihr und ließ sie nicht aus den Augen. Ich wollte irgend etwas sagen, aber mir fiel verdammt noch mal nichts ein.

Es war ein kleines Schlafzimmer; eigentlich eher ein Zimmer mit einem Bett und einem Waschgestell, in dem eine altmodische Schüssel und ein Krug standen. Die Vorhänge waren zugezogen, aber von den Seiten her fiel genug Licht ein.

Sie schloß die Tür und kehrte mir den Rücken zu, begann am Gürtel ihres Kittels herumzufummeln. Und da wurde mir natürlich klar, worum es ging, aber es war schon verdammt spät. Zu spät, um sie aufzuhalten.

Der Kittel fiel auf den Boden. Darunter hatte sie nichts an. Sie drehte sich zu mir um.

Ich wollte nicht hinsehen. Ich fühlte Ekel, Wut und Scham – und ich schäme mich wirklich sehr selten. Aber ich konnte einfach nicht anders. Ich mußte einfach hinschauen, selbst wenn es das Letzte gewesen wäre, was ich jemals zu Gesicht bekommen hätte.

Über ihren Körper zog sich ein Striemen, wie ihn vielleicht ein Feuereisen hinterlassen würde. Oder eine Krücke. Oder ein Stock... Und außerdem sah ich ein bißchen Blut...

Sie stand da, den Kopf gebeugt, abwartend. Sie hatte die Zähne fest zusammengebissen, aber ich konnte sehen, wie ihr Kinn zitterte.

Ich sagte: »Um Himmels willen, Kleines ...« Und ich bückte mich und hob den Kittel auf. Denn ich wollte sie – ich nehme an, ich begehrte sie, seitdem ich sie an der Tür gesehen hatte, ein Bild, vom Blitz erleuchtet. Aber so hätte ich sie nie genommen, nicht einmal, wenn man mich bezahlt hätte.

Also begann ich, ihr den Fetzen wieder umzulegen, aber es gelang mir nicht ganz. Jedenfalls nicht gleich. Ich fummelte an dem verdammten Ding herum, sagte ihr dabei, daß sie nicht weinen solle, sie sei ein liebes Mädchen, ein süßes Kind, und ich würde ihr um nichts in der Welt wehtun. Und schließlich schaute sie mir ins Gesicht, und ich glaube, daß sie mochte, was sie darin sah; so wie ich mochte, was ich in ihrem sah.

Sie lehnte sich an mich, schmiegte sich an mich und verbarg ihr Gesicht an meiner Brust. Wir umarmten uns. So standen wir zusammen da, hielten uns aneinander fest wie Ertrinkende. Ich streichelte ihren Kopf und sagte, daß sie verdammt noch mal keinen Grund zum Weinen hätte, sagte, daß sie ein liebes Mädchen sei, ein süßes Kind, und daß der alte Dolly Dillon sich um sie kümmern würde.

Hört sich jetzt verdammt komisch an, wenn ich daran

zurückdenke. Seltsam, meine ich. Ich – ein Typ wie ich – in einem Schlafzimmer mit einer nackten Frau im Arm, ohne auch nur daran zu denken, daß sie nackt war. Ich dachte einfach nur an sie, ohne daß mir ihre Nacktheit auffiel.

Aber genauso war es, wirklich. Ganz genau so. Ich würde es auf einem Stapel von Bibeln beschwören.

2

Schließlich gelang es mir, sie zu beruhigen. Ich half ihr, den Kittel wieder anzuziehen, und wir setzten uns auf die Bettkante, dabei sprachen wir im Flüsterton.

Ihr Vorname war Mona, ihr Familienname Farrell, genau wie der ihrer Tante. Jedenfalls nahm sie das an. Sie konnte sich nur an das halten, was die alte Hexe ihr erzählte. Sie konnte sich nicht daran erinnern, jemals bei jemand anderem gelebt zu haben. Soweit ihr bekannt war, hatte sie keine anderen Verwandten.

»Warum haust du nicht einfach ab?« fragte ich. »Sie könnte dich nicht aufhalten. Sie würde 'ne Menge Ärger bekommen, falls sie es versuchte.«

»Ich...«, sie schüttelte unsicher den Kopf. »Ich wüßte nicht, was ich tun sollte, Dolly. Wohin ich gehen könnte. Ich... ich weiß es einfach nicht.«

»Zum Teufel, du kannst alles mögliche machen«, sagte ich. »Es gibt jede Menge Arbeit für dich. Kellnerin. Platzanweiserin im Kino. Verkäuferin. Hausarbeit, wenn du nichts anderes findest.«

»Ich weiß, aber... aber...«

»Aber was? Du kannst es schaffen, Kleines. Du brauchst ihr ja nicht zu sagen, daß du abhaust, wenn du nicht willst. Verschwinde einfach und komm nicht zurück. Du gehst doch manchmal raus, oder nicht? Sie hält dich doch nicht die ganze Zeit im Haus fest?«

Nein – doch, sie nickte. Sie käme ziemlich oft raus. In die Stadt und in die nähere Umgebung, um für die alte Frau einzukaufen.

»Also, was ist?« fragte ich.

»Ich k-könnte es nicht, Dolly...«

Ich seufzte. Mir war auch klar, daß sie es nicht schaffen würde. Sie war zu verzagt, ohne jedes Selbstbewußtsein. Wenn sie allerdings jemand von hier fortholen, sie unterstützen würde, bis sie wieder ein bißchen stabiler wäre...

Sie sah mich entschuldigend an. Demütig. Sie sah mich flehend an. Ich schaute auf den Fußboden.

Was erwartete sie eigentlich von mir? Ich tat doch schon weitaus mehr als notwendig.

»Naja«, sagte ich, »im Augenblick kann dir nichts passieren. Ich laß dir das Silberbesteck hier. Das alte Mädchen wird nicht wissen... daß... daß... sie wird dich 'ne Weile in Ruhe lassen.«

»D-Dolly...«

»Vielleicht nennst du mich besser Frank«, sagte ich und versuchte sie vom eigentlich Wichtigen abzulenken. »Dolly...« Ich lachte über mich selbst. »Na, ist das nicht ein schöner Name für 'nen großen, häßlichen Kerl wie mich?«

»Du bist nicht häßlich«, sagte sie. »Du bist hüb ... Nennt man dich deshalb so? Weil du so... so...?«

»Ja«, sagte ich. »Ich bin wirklich ein hübscher Kerl, das bin ich. Hübsch brutal und gemein, und ich hab hübsche Aussichten, daß es immer so bleibt.«

»Du bist nett«, sagte sie. »Ich hab noch nie jemanden getroffen, der nett war.«

Ich sagte ihr, daß die Welt voller netter Leute sei. Ich hätte es ihr ungern bewiesen, aber ich habe es trotzdem gesagt. »Du wirst gut zurechtkommen, sobald du hier raus bist. Warum tust du dir nicht 'nen Gefallen, Kleines? Soll ich dir einen tun? Ich kann den Bullen sagen, was...«

»Nein!« Sie packte meinen Arm so fest, daß ich vor Schmerz fast in die Luft gegangen wäre. »Nein, Dolly! Du mußt es mir versprechen.«

»Aber, Baby«, sagte ich. »Das ist doch alles Unsinn, was sie dir erzählt hat. Die werden dir doch nichts tun. Sie ist diejenige...«

»Nein! Sie werden mir nicht glauben! Sie wird sagen, daß ich lüge, und dann wird sie mich dazu bringen, es zuzugeben, und sp-später... später, wenn ich mit ihr allein bin...«

Ihre Stimme erstickte in panischer Angst. Ich legte wieder den Arm um sie.

»Also gut, Kleines«, sagte ich. »Ich denk mir was anderes aus. Du verhältst dich hier ganz ruhig, und...« Ich unterbrach mich und erinnerte mich daran, wie schnell mir die alte Frau das Angebot gemacht hatte. »Mußtest du so etwas schon mal tun, Mona? Hat sie dich dazu gezwungen?«

Sie sagte nichts, nickte aber heftig. Ihr zartes weißes Gesicht rötete sich schwach.

»Leute, die einfach nur so vorbeikommen, wie ich?«

Wieder ein zögerndes Nicken. »M-meistens...«

Das war gar nicht so ungünstig, wenn Sie wissen, worauf ich hinauswill. Wenn ihre Tante dabei den falschen Typ erwischte – besser gesagt, den richtigen –, säße sie im Knast, und zwar schnell.

»Also, sie wird's nicht wieder machen«, sagte ich. »Nein, ich werde dich nicht verraten. Sie denkt, alles sei genau nach Plan verlaufen. Das ist der Trick, verstehst du? Ich komme mit einer Menge anderer netter Sachen wieder und werde drauf bestehen, daß du in Ruhe gelassen wirst.«

Sie hob wieder den Kopf und blickte mich forschend an. »Wirklich, Dolly? W-wirst du zurückkommen?«

»Hab ich das nicht versprochen?« sagte ich. »Ich komme zurück und hol dich hier raus, sobald ich kann. Ich muß nur noch einen kleinen Plan austüfteln, verstehst du, was ich meine? Ich bin in einer ziemlich schwierigen Lage. Weißt du... nun ja, ich bin verheiratet.«

Sie nickte. Ich war verheiratet. Na und? Es bedeutete ihr nichts. Ich meine, nach allem, was sie durchgemacht hatte, konnte es ihr einfach nichts bedeuten.

»Also«, fuhr ich fort. »Ich bin seit Jahren verheiratet. Und die Arbeit hier, ich muß mich schinden, um ein Auskommen zu haben.«

Das machte auch keinen Eindruck. Sie wußte nur, daß ich 'ne Menge mehr hatte als sie.

Ich war etwas verärgert über ihr Verhalten, aber andererseits gefiel es mir auch. Sie war so gutgläubig, war so sicher, daß ich mit allem fertig werden würde, egal wie schwierig es war. Es gab nicht viele Menschen, die mir so vertrauten. Viele? Zum Teufel, nicht einen.

Sie lächelte mich scheu an. Es war das erste Mal, daß sie richtig lächelte, seit ich ihr begegnet war. Sie nahm meine Hand und ließ sie über ihre Brüste gleiten.

»Möchtest du... willst du, Dolly? Mit dir würde es mir nichts ausmachen.«

»Vielleicht nächstes Mal«, sagte ich. »Aber jetzt sollte ich besser verschwinden.«

Ihr Lächeln erstarb. Sie fragte, ob die anderen mir was ausmachten. Ich sagte, daß es mir um Himmels willen nichts ausmache und gab ihr einen Kuß, so daß sie nach Luft schnappte.

Denn ich begehrte sie und würde nicht wiederkommen. Und wenn eine Frau einem alles anbietet – alles was sie hat –, muß man sich verdammt gut überlegen, wie man es ablehnt.

Ich holte den Kasten mit dem Silberbesteck aus meinem Koffer und stellte ihn auf die Kommode. Ich gab ihr noch einen Kuß, sagte dann, daß sie keinen Grund habe, sich Sorgen zu machen, und ging.

Die alte Schachtel, ihre Tante, stand im Flur, grinste und rieb sich die Hände. Ich wollte ihr in ihre gottverdammte, verrottete Möse treten, aber natürlich tat ich es nicht.

»Da haben Sie aber wirklich was Besonderes, Lady«, sagte ich ihr. »Passen Sie gut auf sie auf, denn ich werde für 'ne Zugabe zurückkommen.«

Sie kicherte und grinste dreckig. »Bringen Sie mir einen netten Mantel mit, ja, Mister? Haben Sie ein paar hübsche Wintermäntel?«

»Ich hab mehr Mäntel, als Sie in einer Scheune unterbringen können«, sagte ich. »Und zwar keine gebrauchte Kleidung, damit wir uns verstehen – und ich tausche auch nicht gegen Gebrauchtes. Wenn ich vorbeikomme und jemanden im Bett finde, wird nichts aus dem Geschäft.«

»Überlassen Sie das nur mir, Mister«, sagte sie eilfertig. »Wann kommen Sie wieder?«

»Morgen«, sagte ich. »Oder vielleicht übermorgen. Ich kann jederzeit hier vorbeikommen – also, wenn Sie den Mantel wollen, versuchen Sie ja nicht, mich reinzulegen.«

Sie versprach, es nicht zu versuchen.

Ich machte die Tür auf und lief den Weg zurück zu meinem Wagen.

Es regnete immer noch in Strömen. Es sah aus, als würde es bis in alle Ewigkeit regnen. Und ich schuldete der Firma dreiunddreißig Dollar mehr. Zweiunddreißig Dollar fünfundneunzig, um genau zu sein.

»Du bist 'ne tolle Nummer, Dolly«, sagte ich mir. »Ja, Sir, Dillon, Sie machen das wirklich prima... Glaubst du wirklich, daß dieser Staples-Typ blöd ist? Glaubst du, daß er deshalb dort gelandet ist, wo er sitzt, um schräge Vögel wie dich zu kontrollieren? Glaubst du wirklich, daß er nicht der erbarmungsloseste, unerbittlichste Hundesohn in der ganzen Pay-E-Zee-Kette ist?«

Gottverdammt noch mal, dachte ich. Verdammt und zugenäht und zum Teufel mit allem.

Dann schob ich den Gang rein und fuhr los. Es war erst halb fünf. Ich hatte genug Zeit, zur Großgärtnerei zu fahren und mir Pete Hendrickson zu schnappen, bevor er für heute Schluß machte.

Und wenn Pete sich nicht sehr nett benehmen würde...

Plötzlich grinste ich über mich selbst. Grinste und schaute gleichzeitig finster drein... Er hatte sich an das arme verdammte Mädchen rangemacht, an Mona – ich hätte Geld darauf gewettet. Die alte Frau hatte bestimmt versucht, ihn so zu bezahlen, und Pete hatte bestimmt nicht nein gesagt. Er hatte seine Raten nie gezahlt – ich mußte dafür die ganze Stadt nach ihm absuchen –, und er hatte ihr *das* angetan. Und selbst wenn er es nicht getan hatte, war er trotzdem nichts wert.

Und ich brauchte jeden Cent, den er uns schuldete.

Ich parkte vor der Gärtnerei, vor dem Büro, um genau zu sein. Ich griff ins Handschuhfach, holte einen Stapel Papiere heraus und blätterte sie schnell durch.

Ich fand seinen Kaufvertrag – der Vertrag war auch eine Lohnabtretungserklärung. Man mußte schon genau hinsehen, weil es so kleingedruckt war, aber es stand alles da. Und es war absolut legal, hieb- und stichfest.

Ich nahm den Vertrag mit ins Büro und zeigte ihn Petes Chef. Er zahlte sofort, wie ein Spielautomat. Achtunddreißig Scheine und keine Widerworte. Er zählte sie vor meinen Augen ab, und dann zählte ich es noch einmal nach, und während ich noch in seinem Büro war, beauftragte er einen Angestellten, Pete zu holen.

Ich beeilte mich mit dem Nachzählen und haute ab.

Lohnabtretungen und Pfändungen – Arbeitgeber mögen sowas selbstverständlich nicht. Sie wollen nicht damit belästigt werden, und sie mögen keine Arbeitnehmer, die der Grund für solche Belästigungen sind. Man würde Pete auf die Straße setzen. Und ich dachte, daß ich woanders besser aufgehoben wäre, wenn es soweit ist.

Ich fuhr ein paar Ecken weiter zu einer Kneipe. Ich bestellte ein Glas Bier, nahm es mit in eine der hinteren Nischen und trank die Hälfte in einem Zug aus. Dann legte ich einen Kaufvertrag auf den Tisch und füllte ihn aus: Barverkauf an Mona Farrell für zweiunddreißig Dollar fünfundneunzig.

Damit hatte ich eine Sorge weniger. Das Silberbesteck war verbucht, und ich hatte noch fünf Dollar übrig. Also, wenn es bloß aufhören würde zu regnen, und ich ein paar gute Wochen hintereinander haben würde...

Ich fing an, mich ein wenig besser zu fühlen. Nicht mehr so verdammt niedergeschlagen und hoffnungslos. Ich bestellte noch ein Bier, diesmal trank ich langsamer. Ich dachte, was für ein süßes Kind Mona doch war, und fragte mich, warum ich nicht sie, sondern diese gottverdammte Schlampe Joyce geheiratet hatte.

Diese Joyce. Sie hatte viele Namen. Lady Knackarsch, Prinzessin der Faulheit, Königin der Zigarettenmädchen – und mit jeder Packung durfte man ihr umsonst in den Arsch kneifen. Ich hatte gedacht, daß sie heiß wäre – aber, Junge, das ist schon lange her. Ich war vielleicht zu Beginn etwas blöd, aber mir ging schnell ein Licht auf. Joyce: eine faule, egoistische, dreckige Schlampe. Joyce, meine Ehefrau.

Warum nicht Mona?

Warum mußte sich eine Sache immer als Katastrophe entpuppen, wenn ich dachte, Glück gehabt zu haben?

Ich schaute auf die Uhr. Zehn vor sechs. Ich ging zum Telephon und wählte die Firmennummer.

Staples klang wie immer. Aalglatt, ölig und eine weichliche Stimme. Ich sagte ihm, daß ich hinter einem dieser abgebrannten Kerle her sei und daß es besser sei, wenn ich erst morgen früh ins Büro käme.

»Geht in Ordnung, Frank«, sagte er. »Wie steht's denn so? Irgend 'ne Spur von Hendrickson?«

»Noch nichts«, log ich, »aber ich hatte einen ganz guten Tag. Habe das versilberte Spezial-Besteck gegen bar verkauft.«

»Guter Junge«, sagte er. »Also, wenn du jetzt noch rauskriegen könntest, wo Hendrickson ist.«

Er betonte den Namen so seltsam. Als würde er ihn unterstreichen. Er war mehr als fünf Meilen entfernt, aber es kam mir vor, als sei er hier. Als ob er mich angrinste, mich beobachtete, darauf wartete, daß ich mich in der eigenen Falle fing.

»Was ist, Frank?« fragte er. »Was ist mit den achtunddreißig Dollar, die Hendrickson uns schuldet?«

3

»Was zum Teufel denken Sie, was ich die ganze Zeit getan habe?« sagte ich. »Ich hab nicht den ganzen Tag auf meinem Hintern in einem netten, warmen Büro gesessen. Lassen Sie mir etwas Zeit, in Gottes Namen.«

Für einen Augenblick war es still am anderen Ende der Leitung. Dann lachte er leise.

»Nicht zu viel Zeit, Frank«, sagte er. »Warum strengst du dich nicht ein bißchen an, wenn du schon mal dran bist? Benutz mal deinen klugen Kopf. Ich kann dir nicht sagen, wie begeistert ich wäre, wenn du das Hendrickson-Geld morgen früh mitbringen würdest.«

»Ha, da wären Sie nicht der einzige«, sagte ich. »Ich werde mein Bestes tun.«

Ich wünschte ihm Gute Nacht und legte den Hörer auf. Ich trank den Rest des Bieres, aber es schmeckte nicht besonders.

Hatte er mir einen Wink mit dem Zaunpfahl gegeben, eine Warnung? Warum war er gerade an diesem Kerl interessiert? Sicher, Hendrickson war ein hoffnungsloser Fall, aber das traf praktisch auf alle unsere Kunden zu. Sie zahlten fast nie, ohne daß man sie dazu zwang. Sie kauften bei uns, weil sie nirgendwo anders Kredit bekamen. Warum ging mir Staples ausgerechnet mit diesem Typen auf die Nerven, wo es doch mindestens hundert andere gab, die sich auch dünne gemacht hatten oder nicht zahlten.

Die Sache gefiel mir nicht. Es könnte der Anfang vom Ende sein, der erste Schritt in Richtung Gefängnis. Denn wenn er mich mit einer gefälschten Rechnung erwischte, könnte er sich denken, daß ich auch andere gefälscht hatte. Er würde alle anderen Rechnungen überprüfen.

Natürlich hatte er so was schon früher gemacht. Jedenfalls was ähnliches. Man bringt sich halb um und hat vielleicht sogar einen ganz guten Tag, und statt eines Lobes passiert einem so was, wie mir heute abend. Sie wissen schon. Vielleicht haben Sie auch mal für solche Typen gearbeitet. Die gehen einfach über das hinweg, was man geschafft hat, und kritisieren einen für was anderes. Für die erstbeste Sache, die ihnen in den Kopf kommt. Und das muß dann auch sofort erledigt werden – worauf wartet man eigentlich?

Naja … so erklärte es sich wohl, entschied ich. Ich hoffte, daß es so war. Man konnte Staples nie zufriedenstellen. Je mehr man schaffte, um so größer wurden seine Anforderungen.

Ich ging zum Tresen und zahlte. Ich ging zur Tür und schaute in den Regen hinaus, stellte den Mantelkragen hoch, bereitete mich darauf vor, zum Wagen zu rennen.

Die Nacht war früh hereingebrochen, aber es war noch nicht ganz dunkel. Ich konnte noch ganz gut sehen und erkannte ihn. Er stand an der Hausecke. Ein großer, stämmiger Kerl im Arbeitsanzug, der sich an die Wand unter dem Dachvorsprung drückte.

Ich konnte mein Auto nicht erreichen, ohne an ihm vorbeizugehen.

Ich fürchte, ich hatte zu nah bei der Gärtnerei geparkt.

Ich ging zurück in die Bar und bestellte einen halben Liter Bier zum Mitnehmen. Ich hielt die Flasche am Hals fest und schlenderte zur Tür hinaus.

Vielleicht sah er mich nicht sofort. Oder vielleicht war er auch bloß dabei, sich Mut zu machen. Wie auch immer, ich war fast auf seiner Höhe angelangt, als er unter dem Dachvorsprung hervorkam und sich vor mir aufbaute.

Ich hielt an und trat ein oder zwei Schritte zurück.

»Na, Pete«, sagte ich. »Wie steht's, Junge?«

»Du Hundesohn, Dillon«, sagte er. »Du hast meine Job weggenommen, he? Du hast die Job, jetzt ich hab dich!«

»Moment mal, Pete«, sagte ich. »Das hast du dir selbst zu verdanken. Wir haben dir vertraut und versucht, dich nett zu behandeln, und du...«

»Du lügst! Dreck verkaufst du mir. Anzug taugt nichts – fühlt sich wie Papier an! Du gehörst in Knast, du Schund-Verkäufer, Dieb, Räuber! Ich hatte gute Job, und weil ich nicht für Dreck zahle, hast du... du... ich machen dich fertig, Dillon!«

Er senkte den Kopf und ballte die großen Hände zu Fäusten. Ich trat noch einen Schritt zurück, umklammerte die Flasche fester. Ich hatte sie hinter meinem Oberschenkel verborgen. Er hatte sie noch nicht gesehen.

»Knast, was?« sagte ich. »Du hast selbst schon öfter im Knast gesessen, nicht wahr, Pete? Wenn du dich mit mir anlegst, wirst du wieder dort landen.«

Es war nur eine Vermutung gewesen, aber für einen Moment blieb er stehen. Man irrte sich fast nie, wenn man einem Pay-E-Zee-Kunden unterstellte, daß er im Kittchen gewesen war.

»Ha!« spuckte er aus. »Ich war im Knast, und meine Zeit hab ich abgesessen. Das hat nix damit zu tun. Du...«

»Wie wär's mit einer Verurteilung wegen Vergewaltigung?« sagte ich. »Los, red schon, verdammt noch mal! Sag schon, daß du's nicht getan hast! Sag schon, daß du das arme, kranke, halb verhungerte Kind nicht genommen hast!«

Ich ging auf ihn los, gab ihm keine Chance zu leugnen. Ich wußte verdammt noch mal genau, daß er es getan hatte, und der Gedanke daran machte mich halbverrückt. »Komm schon, du häßlicher, zu groß geratener Hundesohn«, sagte ich. »Komm schon, damit ich dir's zeigen kann.«

Und er stürzte sich auf mich.

Ich trat zur Seite, schwang die Flasche wie eine Keule. Ich rutschte im Matsch aus. Ich traf ihn genau auf dem Nasenbein, und er fiel hin, alle viere von sich gestreckt. Aber im Fallen erwischte er mich mit der Faust. Sie rutschte etwas ab, traf mich genau unter dem Herzen. Wäre ich nicht gegen die Hauswand geprallt, wäre ich neben ihm auf dem Boden gelandet.

Einen Moment lang war ich völlig außer Gefecht gesetzt, hatte das Gefühl, daß ich nie wieder atmen würde. Dann erholte ich mich etwas und taumelte zu ihm hinüber.

Er war nicht bewußtlos, aber das Kämpfen war ihm vergangen. Es wäre sinnlos gewesen, ihm noch eins überzubraten und ihm den Schädel einzutreten. Ich griff ihn mir beim Kragen und schleifte ihn zum Haus hinüber. Ich lehnte ihn so an die Wand, daß er weder naß wurde noch überfahren werden konnte. Und dann öffnete ich den Verschluß der Bierflasche an einem Stein und drückte sie ihm in die Hand.

Das war nicht die Behandlung, die er erwartet hatte. Oder die er gewohnt war. Er schaute zu mir auf wie ein geprügelter Hund. Instinktiv – oder vielleicht hatte ich eine Vorahnung – holte ich fünf Dollarscheine aus der Tasche und ließ sie in seinen Schoß fallen.

»Es tut mir leid, wegen deiner Arbeit«, sagte ich. »Vielleicht kann ich dir eine neue Stelle besorgen... Möchtest du das? Soll ich dir Bescheid sagen, wenn ich was höre?«

Er nickte langsam, wischte sich das Blut von der Nase. »Ich möchte das, ja. A-aber... aber *warum*, Dillon? Mister Dillon? Warum tun Sie das und dann...«

»Keine andere Wahl«, sagte ich achselzuckend. »Die Firma sagt, zieh das Geld ein, und dann muß ich's holen. Du willst dich mit mir schlagen, also schlag ich mich. Wenn es nach mir geht, naja, du siehst es ja selbst. Ich behandle dich wie einen lange verschollenen Bruder. Geb dir mein Geld, versuch 'ne neue Stelle für dich zu finden.«

Er trank einen Schluck Bier, dann noch einen. Er rülpste und schüttelte den Kopf.

»Is viel schlecht«, sagte er. »Warum tun Sie's, Mister Dillon? So ein netter Mann, warum arbeiten Sie für schlechte Leute?«

Ich sagte, das sei eine gute Frage, und ich müßte fürchten, solch ein netter Kerl zu sein, daß die Leute mich ausnützten. Dann sagte ich ihm, er solle es nicht so tragisch nehmen, und fuhr nach Hause.

Meine Rippen taten teuflisch weh, und ich konnte Staples nicht vergessen. Aber trotz der Schmerzen und Sorgen mußte ich laut lachen... Was für ein Typ! Wenn mehr Leute mir sagen würden, daß ich ein netter Kerl sei, würde ich vielleicht anfangen, es selbst zu glauben. Aber – naja, was war eigentlich so komisch daran? Was gab es da schon zu lachen?

Ich hatte nie jemanden verletzt, wenn ich es vermeiden konnte. Ich hatte einer Menge Leuten 'nen Gefallen getan, ohne daß ich dazu gezwungen war. Wie zum Beispiel heute, nehmen wir nur mal diesen Tag. Ganz toll, was? Und zwar ganz bestimmt! Wieviel andere Männer hätten Mona in Ruhe gelassen und einem Typ geholfen, der versucht hatte, sie zu ermorden?

Pete hatte schon recht. Es lag nicht an mir, es war die Arbeit. Und ich hatte keine Ahnung, wie ich da rauskommen sollte, ebensowenig, wie ich wußte, wie ich da reingeschlittert war. Ich...

Haben Sie oft über Jobs nachgedacht? Ich meine, über einige Jobs, in denen die Leute so landen? Zum Beispiel, wenn man einen Typen sieht, der einem Hund einen Haarschnitt verpaßt; oder wenn jemand mit einer Schaufel am Bürgersteig entlang geht, um den Pferdedreck aufzusammeln. Und man denkt sich dann: Warum macht der blöde Kerl das? Er sieht nicht dumm aus, ungefähr so schlau wie alle anderen. Warum zum Teufel verdient er sich dann sein Geld auf diese Weise?

Und irgendwie grinst man und rümpft die Nase über ihn. Man denkt, der Kerl spinnt. Sie wissen schon, was ich meine – oder der Typ hat keinen Ehrgeiz. Und dann schaut man sich selbst an und wundert sich nicht mehr über den anderen Typ. Man hat ja selbst zwei Hände und Füße. Man ist gesund, hat ein sicheres Auftreten und Ehrgeiz – o Mann! Davon hat man wirklich genug. Man ist jung – ich glaube, dreißig bedeutet, daß man jung ist –, und man ist stark. Man hat nicht viel Schulbildung, aber mehr als 'ne Menge anderer Leute, die es geschafft haben. Und trotz alledem – trotz all dieser Eigenschaften – hat man es nicht weiter gebracht. Und irgendwie weiß man, daß man es nicht sehr viel weiter bringen wird.

Und jetzt kann man natürlich nichts mehr daran ändern, aber man hört doch nicht auf, sich Hoffnungen zu machen. Man fragt sich immer wieder...

...Vielleicht war man auch zu ehrgeizig. Vielleicht war das das Problem. Man konnte sich einfach nicht vorstellen, vierzig Jahre lang darauf zu warten, vom Botenjungen zum Firmenchef aufzusteigen. Also hat man sich einer Drückermannschaft angeschlossen und von einer Küste zur anderen Illustriertenabonnements verkauft. Und dann fand man zufällig eine gute Gelegenheit, um Bürstenware von Tür zu Tür zu verkaufen – jedenfalls hörte es sich gut an. Und dann ist man dabei geblieben, bis man was Besseres gefunden hat – was sich zumindest besser anhörte. Und danach wechselte man wieder, zu etwas, was vielversprechender war. Kaffee und Tee zu Sonderpreisen, Geschirr, Versicherungen für 'ne Tagesprämie von einem Cent, Gutscheine von Foto-Entwicklungsarbeiten, Grabstätten, Unterwäsche, Hausmedizin und Gott-weiß-was-alles. Man hat für Wohltätigkeitsorganisationen gesammelt. Hat Altgold aufgekauft. Und dann hat man wieder von vorn begonnen: Illustrierte, Bürsten, Kaffee und Tee. Man hat gut verdient, manchmal sogar ein paar hundert Dollar die Woche. Aber wenn man mal den Durchschnitt ausgerechnet hat, die guten und die schlechten Wochen zusammengezählt, sah es nicht so brillant aus. Fünfzig oder sechzig die Woche, naja, vielleicht siebzig. Wahrscheinlich mehr als man als Tankstellenwärter oder hinter der Theke am Sodazapfhahn bekommen hätte. Aber dafür mußte man sich auch abrackern, und trotzdem kam man nicht weiter. Man war immer noch in der gleichen

Position wie am Anfang. Aber man war kein Teenager mehr.

Also kommt man in dieser Stadt an und sieht folgende Anzeige: Vertreter und Ratenkassierer gesucht. Gute Aussichten für arbeitsamen Mann. Und man denkt sich, vielleicht ist es *das*. Sieht aus wie eine anständige Stelle, sieht aus wie eine anständige Stadt. Also fängt man an zu arbeiten und läßt sich in der Stadt nieder. Und natürlich taugt beides nichts, es ist wie alles andere. Die Arbeit ist lausig. Die Stadt ist lausig. Man selbst fühlt sich lausig. Und man kann verdammt noch mal nichts daran ändern.

Alles, was einem übrigbleibt, ist weiterzumachen wie die anderen Leute: der Typ, der dem Hund einen Haarschnitt verpaßt, und der, der den Pferdedreck einsammelt. Und man haßt es. Man haßt sich selbst.

Und hofft.

4

Wir lebten in einer schäbigen Vier-Zimmer-Bruchbude am Rande des Stadtzentrums. Die Gegend war nicht besonders vornehm – wenn Sie verstehen, was ich meine? Auf der einen Seite lag ein Schrottplatz, auf der anderen verliefen Eisenbahngleise. Aber es war vornehm genug für uns. Wir waren hier so gut untergebracht wie nur möglich. Ein Palast oder eine Hütte, es kam immer aufs selbe raus. Wenn es am Anfang kein Loch war, würde es verdammt noch mal bald eins werden.

Wir brauchten nur einzuziehen.

Ich ging rein, legte Mantel und Hut ab. Ich deponierte sie auf dem Musterkoffer – jedenfalls war *der* sauber – und schaute mich um. Der Boden war ungefegt. Die Aschenbecher waren voller Kippen. Die Zeitung vom Vorabend lag überall herum. Die... zum Teufel, nichts war so, wie es sein sollte. Wo man hinsah, nichts als Dreck und Unordnung.

Das Spülbecken in der Küche war voll mit schmutzigem Geschirr, auf dem Herd standen lauter dreckige, verklebte Töpfe. Es sah aus, als hätte sie gerade gegessen, und natürlich hatte sie die Butter und alles andere auf dem Tisch stehengelassen. Also konnten die Küchenschaben jetzt essen. Diese Schaben hatten es wirklich gut bei uns. Sie bekamen jede Menge mehr zu essen als ich.

Ich schaute ins Schlafzimmer. Es sah aus, als hätte sich ein Wirbelsturm hier ausgetobt. Ein Wirbelsturm und ein Sandsturm.

Ich trat die Badezimmertür auf und ging hinein.

Ich schätze, sie hatte einen ihrer guten Tage. Es war gerade erst sieben Uhr abends, und sie hatte schon was an.

Allerdings nicht viel, nur einen Hüfthalter, Schuhe und Strümpfe. Aber das war schon eine verdammt gute Leistung für sie.

Sie fuhr sich mit dem Lippenstift über den Mund und beobachtete mich mit zusammengekniffenen Augen im Spiegel des Medizinschränkchens.

»Na also«, sagte sie gedehnt, »wenn das nicht der King ist! Und natürlich so höflich wie immer.«

»Okay«, sagte ich. »Du kannst dein Nachthemd wieder anziehen. Es ist nicht das erste Mal, daß ich dich so sehe, und ich behaupte immer noch, daß Bessere auf den Bürgersteigen rumstehen.«

»Ach ja?« Ihre Augen funkelten. »Du dreckiger Hurensohn! Wenn ich daran denke, wieviel gute Kerle ich sausen ließ, nur um dich zu heiraten, wird...«

»Sausen lassen?« sagte ich. »Du meinst, du hast sie einen nach dem anderen abgehakt, oder?«

»Du gottverdammter Lügner! Ich habe n-niemals...« Sie ließ den Lippenstift ins Waschbecken fallen, wirbelte herum und sah mich an. »Dolly«, sagte sie. »Oh, Dolly, Schatz! Was ist bloß mit uns los?«

»Uns? Was meinst du mit ›uns‹?« fragte ich. »Jeden Tag gehe ich raus und ackere mich halbtot, ich schufte wie ein Berserker, und was zum Teufel krieg ich dafür? Absolut nichts, genau das. Noch nicht mal ein anständiges Essen, oder ein sauberes Bett, oder wenigstens ein Zimmer, in dem ich mich hinsetzen kann, ohne daß die Schaben gleich über mich herfallen.«

»Ich...« Sie biß sich auf die Lippe. »Ich weiß, Dolly. Aber diese Insekten kommen immer wieder, egal was ich tue. Und selbst wenn ich jeden Tag von morgens bis abends putze, sieht diese Bude doch immer gleich aus. Und, naja, ich glaube, das macht mich eben fertig, Dolly. Es scheint einfach keinen Zweck zu haben. Man kann hier einfach nichts machen. Das Spülbecken ist immer verstopft, der Fußboden hat große Risse und...«

»Und was ist mit den anderen Wohnungen, die wir hatten? Ich nehme an, du hast dafür gesorgt, daß sie alle sauber und hübsch aussahen?«

»Wir hatten noch nie ein wirklich nettes Zuhause,

Dolly. Eine Wohnung, aus der ich was hätte machen können. Es war immer ein Loch wie dieses hier.«

»Du meinst, daß alle zu Löchern geworden sind, weil du alles verkommen läßt, während du den ganzen Tag faulenzt und dich herumtreibst. Und warum? Weil es dir total egal ist. Wirklich, verdammt noch mal, du hättest sehen sollen, womit meine Mutter fertig werden mußte – wie hübsch die Wohnung war, in der wir lebten. Sieben Kinder in einer Mietswohnung auf der Ostseite, nur mit kaltem Wasser, und alles glänzte vor Sauberkeit...«

»Ist ja gut«, schrie sie. »Aber ich bin nicht deine Mutter! Ich bin keine andere Frau! Ich bin ich, verstehst du? Ich, ich!«

»Und damit gibst du noch an?« meinte ich.

Ihr Mund öffnete und schloß sich. Sie sah mich lange, abschätzend an, dann drehte sie sich wieder zum Spiegel um.

»Also gut«, sagte ich. »Du hast ja recht. Du bist eine charmante Prinzessin, und ich bin eine Niete. Ich weiß, daß du's nicht leicht hast. Ich weiß, daß es viel besser liefe, wenn ich mehr Geld verdienen würde, und ich wünschte mir in Gottes Namen, daß es möglich wäre. Aber es geht nun mal nicht, und daran kann ich nichts ändern. Also, warum machst du nicht das Beste aus dem, was wir haben?«

»Ich habe nichts mehr zu sagen«, sagte sie. »Ich hätte wissen sollen, daß es keinen Zweck hat.«

»Gott verdammt«, sagte ich. »Ich habe mich entschuldigt. Ich war den ganzen Tag draußen im Regen, während du in der Falle gelegen hast; und dann komm ich nach

Hause, in diesen gottverdammten Saustall, fühle mich elend, müde und mache mir Sorgen und...«

»Sprich nur weiter«, sagte sie. »Sprich nur weiter, du King!«

»Ich sagte, daß er mir leid tut! Ich habe mich entschuldigt. Also, wie wäre es, wenn du die Haustiere aus den Fressalien verjagen und mir was zu essen machen würdest?«

»Mach dir selbst dein verdammtes Abendessen. Was immer ich koche, es schmeckt dir ja sowieso nicht.«

Sie legte den Lippenstift hin und nahm sich einen Augenbrauenstift. Durch meine Stirn bohrte sich ein wahnsinniger Schmerz, der mich fast blind machte.

»Joyce«, sagte ich. »Ich habe gesagt, daß es mir leid tut, Joyce. Ich habe dich gebeten, mir etwas zum Abendessen zu machen, Joyce. Bitte, ich habe ›bitte‹ gesagt. Bitte!«

»Bitte mich nur weiter«, sagte sie. »Es macht mir Spaß, ›nein‹ zu sagen.«

Sie schminkte sich weiter mit dem Augenbrauenstift. Man hätte glauben können, ich existierte nicht.

»Baby«, sagte ich. »Ich meine es ernst. Es ist kein Spaß. Du solltest deinen Hintern besser in die Küche schleppen, solange er noch dran ist. Wenn du mich noch ein bißchen mehr reizt, kannst du ihn in einem Tornister mitnehmen.«

»Also, du bist wirklich süß«, sagte sie.

»Ich warne dich, Joyce. Ich gebe dir eine letzte Chance.«

»Heil dem mächtigen King!« Sie schnalzte mit den Lippen. »Und hier ist ein Kuß für dich, o King.«

»Und der ist für dich«, sagte ich.

Ich holte von der Hüfte aus, der sauberste linke Haken, den Sie jemals gesehen haben. Er wirbelte sie auf den Hacken herum und warf sie dann nach hinten – sie landete genau in der Wanne voller Dreckwasser. Und Jesus, sie sah wirklich wie ein begossener Pudel aus.

Ich lehnte mich lachend gegen die Tür. Sie krabbelte aus der Wanne heraus und griff nach einem Handtuch, während die dreckige Seifenlauge an ihr herunterlief. Wissen Sie, ich hatte ihr nicht wirklich wehgetan. Zum Teufel noch mal, wenn ich ihr einen vollen Haken verpaßt hätte, wäre ihr Kopf weggeflogen.

Sie begann sich abzutrocknen und sagte zunächst nichts. Und ich hörte auf zu lachen. Dann sagte sie etwas Komisches, was aber auch irgendwie traurig war. Sie sagte es leise, nachdenklich, als wäre es die wichtigste Sache der Welt.

»Das waren meine letzten heilen Strümpfe, Dolly. Du hast meine einzigen Strümpfe ruiniert.«

»Ach zum Teufel«, sagte ich. »Ich geb dir ein neues Paar. Ich hab welche in meinem Musterkoffer.«

»Die kann ich nicht tragen, die passen nie an den Hakken. Ich fürchte, ich werde ohne Strümpfe gehn.«

»Gehn?« fragte ich.

»Ich haue ab. Sofort. Heute abend. Ich will nichts von dir haben. Ich kann meine Uhr und meinen Ring verpfänden. Das reicht, bis ich Arbeit finde. Ich will nur von hier verschwinden.«

Ich sagte ihr, daß sie meinetwegen gehn könne, wenn sie so blöd sei – ihre Schuhe wären schließlich nicht am Boden festgenagelt. »Aber du solltest es dir noch mal überlegen.

Bleib zumindest solange hier, bis du Arbeit gefunden hast. Du weißt, daß es in einem Kaff wie diesem keine Nachtklubs gibt.«

»Ich werde was finden. Es gibt kein Gesetz, das mich in dieser Stadt festhält.«

»Warum zum Teufel hast du dir nicht vorher Arbeit gesucht?« meinte ich. »Wenn du was beigesteuert hättest, versucht hättest, was dazuzuverdienen...«

»Warum hätte ich das tun sollen? Nenn mir einen Grund dafür. Warum sollte ich für einen Typ arbeiten gehn, der sich noch nicht mal in der Kirche benehmen kann?« Sie hob die Stimme, wurde dann wieder leiser. »Also gut, Dolly. Ich hab es schon mal gesagt. Ich bin ich... niemand anders. Vielleicht hätte ich 'ne Menge anders machen sollen, und vielleicht hättest du das auch tun sollen, aber wir haben's nicht getan, und wir würden es auch nicht tun, wenn wir wieder von vorne anfingen. So, und jetzt laß mich bitte allein... damit ich mich sauber machen kann...«

»Warum bist du plötzlich so prüde?« sagte ich. »Wir sind immer noch verheiratet.«

»Nicht mehr sehr lange, wenn es nach mir geht. Würdest du jetzt bitte gehen, Dolly?«

Ich zuckte die Schultern und ging zur Tür. »Also gut«, sagte ich. »Ich geh in die Stadt, um was zu essen. Viel Glück, und grüß mir die Jungs von der Sittenpolizei.«

»D-Dolly... Ist das alles, was dir bei dieser Gelegenheit einfällt?«

»Was möchtest du denn hören? ›Ein Männchen steht im Walde‹?«

»W-willst du nicht... willst du mir keinen Abschiedskuß geben?«

Ich nickte dem Spiegel zu. »Der da? Dreimal darfst du raten, Puppe, und die Antwort lautet immer ›nein‹.«

Ich ging hinaus, drehte ihr wie ein Idiot den Rücken zu; und das nächste, was ich fühlte, war eine Bürste, die meinen Kopf wie ein Geschoß traf. Es tat teuflisch weh, und die dreckigen Flüche, die sie mir nachschrie, linderten den Schmerz nicht gerade. Aber ich schlug nicht wieder zu, schrie noch nicht einmal zurück. Ich nehme an, ich hatte genug gesagt. Hatte genug getan.

Ich brachte den Musterkoffer in den Wagen und fuhr in die Stadt.

Ich schlug ein paar Stunden tot, aß etwas und fälschte meine Kundenabrechnungen, bevor ich nach Hause fuhr.

Sie war weg, aber sie hatte mir was dagelassen, wenn Sie wissen, was ich meine. Sie hatte mir was zur Erinnerung zurückgelassen. Die Schlafzimmerfenster waren weit geöffnet und das Bett vom Regen durchnäßt. Meine Kleidung – nun ja, ich hatte nichts mehr zum Anziehen.

Sie hatte Tinte über meine Hemden geschüttet. Mit einer Schere hatte sie Löcher in meinen einzigen anderen Anzug geschnitten. Meine Krawatten und Taschentücher waren in kleine Stücke zerschnippelt. Meine gesamte Unterwäsche und Strümpfe hatte sie in die Toilette gestopft.

Wirklich, ein tolles Kind – hatte ich Ihnen das nicht schon gesagt? Ein richtig süßes Püppchen. Ich würde mir auch was Nettes für sie ausdenken, wenn ich ihr noch mal begegnen würde.

Ich machte mich an die Arbeit, räumte auf, so gut ich konnte. Es war sicher schon zwei Uhr morgens, als ich damit fertig war und mich auf die Couch legte. Total erledigt, ausgebrannt, nachdenklich. Ich konnte es einfach nicht fassen, wissen Sie. Warum – wenn sie einen Typen sowieso nicht leiden konnte und nicht mit ihm auskommen wollte – warum hatte sie sich dann so verdammt angestrengt, ihn an Land zu ziehen?

Ich hatte sie vor ungefähr drei Jahren in Houston kennengelernt. Ich war Chef einer Drückermannschaft, die Illustriertenabonnements von Haus zu Haus unter die Leute brachte, und sie verkaufte Zigaretten in einem Schuppen, in dem ich mich fast jeden Abend vergnügte. Naja, sie machte sich gleich an mich ran. So wie sie an meinem Tisch festklebte, hätte man sie für's Tischtuch halten können. Ich konnte keinen Schluck trinken, ohne sie nicht durch den Glasboden zu sehen. Also – eins führte zum anderen, und ich fing an, sie nach der Arbeit nach Hause zu bringen. Was soll ein Typ schon machen, wenn sich eine Mieze an ihn ranschmeißt? Ein paar Nächte lang verabschiedeten wir uns an der Tür, dann ließ sie mich rein. Und sie hatte die tollste kleine Ein-Zimmer-Wohnung, die ich je gesehen hatte. Ich schätze, sie hatten eine Putzfrau für's ganze Haus, und da sie nur für sich selbst sorgen mußte, sah alles ordentlich aus. Nicht daß ich mir alles genau angeguckt hätte. Ich war an etwas anderem interessiert. Also sagte ich, wie wär's damit, Schätzchen, und – *getroffen*! Sie holte aus und haute mir auf's Maul. Ich sprang auf und wollte gehen. Sie begann zu weinen. Sie sagte, daß ich sie nicht für ein anständiges Mädchen halten würde, wenn sie es täte, und daß ich sie dann nicht heiraten und sie auch nicht mehr respektieren würde. Und ich sagte, also, wirklich, Schätzchen, was denkst du denn, was für ein Typ ich...

Nein, warten Sie mal einen Moment! Ich fürchte, ich bringe alles durcheinander. Ich glaube, es war Doris, die sich so benommen hat, die Frau, mit der ich vor Joyce verheiratet war. Stimmt – es war Doris, es muß Doris gewesen sein. Oder war es Ellen? Wie auch immer, es macht keinen Unterschied. Sie waren alle gleich, und es lief immer aufs selbe raus. Also, wie ich schon sagte: Ich sagte, was denkst du denn, was für ein Typ ich bin? Und sie sagte... sie sagten... ich glaube, daß du nett bist. Ich... ich schlief ein.

5

Pay-E-Zee hatte fünfundsiebzig Filialen im ganzen Land. Ich werde Ihnen über diese eine Filiale erzählen, für die ich gearbeitet habe, und dann wissen Sie alles über die vierundsiebzig anderen.

Sie lag in einer Seitenstraße, eine vier Meter breite Ladenfront zwischen einem Schuhputzsalon und einem Obststand. Es gab zwei kleine Schaufenster; in jedem lagen ungefähr hundert Artikel. Herrenanzüge, Damenkleider, Arbeitskleidung, Morgenmäntel, Armbanduhren, Badezimmergarnituren, sogenannte Neuheiten – ich kann die verschiedenen Artikel gar nicht alle aufzählen. Warum sie in den Schaufenstern lagen, wußte ich auch nicht, denn selbst wenn Weihnachten und Ostern auf einen Tag fielen, hatten wir kaum Laufkundschaft. Fast der gesamte Verkauf fand von Haus zu Haus statt und wurde von mir und fünf anderen Typen erledigt.

Unser Umsatz betrug circa fünfzehntausend Dollar im Monat, die Ratenzahlungen machten ungefähr fünfundsiebzig Prozent aus. Oh, ich weiß, das hört sich niedrig an, aber unsere Profitrate war alles andere als niedrig. Mit einem Aufschlag von dreihundert Prozent kann man sich schon 'ne Menge Verlust bei den Ratenzahlungen erlauben. So ging es uns bei einem Umsatz von fünfzehntausend immer noch besser als vielen Geschäften, die fünfzigtausend umsetzten.

Ich war an jenem Morgen etwas spät dran, und als ich im Laden ankam, waren die anderen Vertreter schon unterwegs. Ein stämmiger Kerl, einer von denen, die sich »nur mal umschauen« wollen, wühlte am Kleiderständer mit den Herrenjacken herum. Staples war im Büro im hinteren Teil des Raumes, das durch einen durchgehenden Tresen vom Rest des Ladens abgetrennt war.

Pay-E-Zee hatte kein Büropersonal wie andere Firmen. Nur Kredit-Kontrolleure wie Staples. Ich legte meine Kundenkarten und das Bargeld auf die Theke, und er überprüfte alles.

Er war ein kleiner Mann, ungefähr fünfzig, grauhaarig, mit Bauchansatz und einem Schmollmund. Früher, als er noch Klinken geputzt hat, nannte man ihn den »Tränenreichen«. Er stellte sich am Türeingang eines armen Schweins auf – oder er besuchte ihn auf dessen Arbeitsstelle –, und dann flennte und heulte er los und hörte nicht eher auf, bis man ihn im nächsten Staat hören konnte. Die harte Tour lag ihm nicht, also versuchte er es so. Und man wurde ihn nur los, wenn man bezahlte.

Er sprach irgendwie affektiert; lispelte zwar nicht, aber man erwartete es ständig. Er beendete die Überprüfung und lächelte mich freundlich an. Er nahm seine Brille ab, putzte sie gründlich und setzte sie wieder auf.

»Frank«, sagte er. »Ich bin enttäuscht von dir. Sehr, sehr enttäuscht.«

»Wirklich?« sagte ich. »Was stimmt denn wieder nicht?«

»Du bist so ungeschickt, Frank. So beklagenswert unfähig. Zu meiner Zeit haben wir so was besser gemacht. Warum um alles in der Welt hast du nicht vom Gewinn-und-Verlust-Konto geklaut – ich meine die inaktiven Gewinn-und-Verlust-Posten? Wenn du nur ein bißchen Grips hättest, hättest du jahrelang damit durchkommen können.«

Traurig schüttelte er den Kopf und sah mich an, als breche er gleich in Tränen aus.

Ich zwang mich zu lachen. »Klauen? Was zum Teufel meinen Sie damit, Staples?«

»Oh, Frank, bitte.« Er hob eine Hand. »Du machst es mir wirklich schwer. Pete Hendricksons Arbeitgeber hat mich gestern angerufen; ich sollte besser sagen: sein ehemaliger Arbeitgeber. Es hat den Anschein, als sei er von unserer Arbeitsmethode nicht sonderlich begeistert, und er mußte es mir einfach mitteilen.«

»Na und?« fragte ich.

»Frank...«

»Also gut«, sagte ich. »Ich habe mir achtunddreißig

Dollar geliehen. Ich werd sie Ihnen am Ende der Woche zurückzahlen.«

»Ich verstehe. Und was ist mit dem Rest?«

»Welcher Rest?« fragte ich. »Wem wollen Sie eigentlich was vormachen?«

Aber ich wußte, daß es keinen Zweck hatte. Er seufzte, schüttelte den Kopf und sah mich mitleidig an.

»Ich hatte nur die Zeit, Stichproben in deinen Abrechnungen zu machen, aber ich habe schon ein Dutzend – äh – Unterschlagungen festgestellt. Warum gibst du nicht alles zu, mein Junge? Sag mir, wie hoch der gesamte Fehlbetrag ist. Ich find's sowieso heraus.«

»Es ging nicht anders«, sagte ich. »Es war der Regen. Jetzt ist das Wetter wieder besser, und wenn Sie mir ein paar Wochen...«

»Wieviel, Frank?«

»Ich hab alles aufgeschrieben.« Ich holte mein Notizbuch heraus und zeigte es ihm. »Sie können selbst sehen, daß ich es zurückzahlen wollte. Zum Teufel, wenn ich nicht vorgehabt hätte, es zurückzuzahlen, hätte ich es wohl kaum aufgeschrieben, oder?«

»Hmm, ja.« Er spitzte die Lippen. »Ja, ich glaube, du hättest es getan. Ich hätte es jedenfalls getan. Es sieht so viel besser aus, wenn es zu einer so unschönen Konfrontation wie dieser hier kommt.«

»Also, warten Sie mal«, sagte ich. »Ich...«

»Dreihundertfünfundvierzig Dollar, hm? Warum bezahlst du es nicht einfach, wie ein braver Junge, und dann betrachten wir die Angelegenheit als erledigt.«

»Ich werde Ihnen einen Schuldschein ausstellen«, sagte

ich. »Um Gottes willen, Staples, wenn ich Geld hätte, oder es mir hätte erbetteln oder leihen können, hätte ich dieses doch nicht genommen.«

»Hmm. Das stimmt vermutlich. Und dein Wagen?«

»Mein Wagen? Fragen Sie mal die Kreditgesellschaft.«

»Möbel?«

»Nichts. Ich wohne möbliert. Ich sage es Ihnen doch, Staples, ich habe es nicht, und ich habe keine Möglichkeit, es zu besorgen. Alles, was ich tun kann...«

»Ich verstehe«, sagte er. »Also, das ist wirklich jammerschade, nicht wahr? Sehr traurig. Die Firma ist nicht sonderlich nachtragend in solchen Angelegenheiten, aber... Ich nehme an, du kennst die Gesetze dieses Staates? Jede Summe über fünfzig Dollar bedeutet schweren Betrug.«

»Passen Sie mal auf«, sagte ich. »Was haben Sie davon? Was haben Sie schon davon, wenn ich ins Gefängnis geworfen werde? Mein Gott, wenn Sie bloß...«

»Naja, es wird vielleicht 'ne Menge nützen«, sagte er. »Ein Mann, der auf einmal mit einer langen Gefängnisstrafe rechnen muß, denkt oft an Möglichkeiten, die er vorher übersehen hatte. Das ist jedenfalls unsere Erfahrung.«

»Aber ich kann nicht! Es geht nicht!« rief ich. »Es gibt niemanden, der mir helfen wird. Seit Jahren habe ich keinen einzigen Verwandten mehr gesehen, und außerdem sind sie arm wie Kirchenmäuse. Ich habe keine engen Freunde oder...«

»Und was ist mit deiner Frau?«

»Ich habe es Ihnen doch schon gesagt«, meinte ich. »Es gibt nur einen Weg, wie ich die Mäuse auftreiben kann.

Geben Sie mir sechs Wochen. Einen Monat. Drei Wochen. Ich werde sieben Tage in der Woche arbeiten, sechzehn Stunden am Tag, bis – Sie müssen es tun, Staples! Bloß ein paar Wochen, ein...«

»Oh, aber es ist eben nicht so einfach, Frank!« Er schüttelte den Kopf. »Ich würde es gern machen, aber wirklich, ich kann es einfach nicht... Officer!«

»Um Himmels willen – *Officer?*«

Es war der Typ, den ich für den »Nur mal umschauen«-Kunden gehalten hatte. Er schlenderte von hinten auf mich zu, ein Zahnstocher in seinem Mundwinkel bewegte sich auf und ab, und packte mich am Ellbogen.

»Los, Buster«, sagte er. »Dann gehen wir mal los.«

Staples strahlte ihn an, lächelte mir zu. »Ich kann es nicht übers Herz bringen, ›Auf Wiedersehen‹ zu sagen, Frank. Sagen wir einfach ›Au revoir‹, ja?«

6

Es klingt vielleicht komisch, aber dies war das erste Mal in meinem Leben, daß ich im Gefängnis saß. Bei Gott, es ist die Wahrheit, und ich mache mich nicht über Sie lustig. Ich bin kreuz und quer durchs Land gezogen, bin in jedem Staat gewesen, und einige meiner Geschäftspraktiken waren so gerissen wie 'ne Nutte in 'ner Reißnagelfabrik. Aber es hatte nie zum Knast gereicht. All die Typen um mich herum hat es erwischt. Typen, die mir gegenüber, auf der anderen Straßenseite arbeiteten. Aber nie mich. Ich schätze, ich sehe einfach nicht aus wie ein Typ, der was anstellt. Vielleicht rede ich so oder benehme mich so – aber ich seh nicht so aus. Und – wenn Sie verstehen, was ich meine – bin ich meiner Ansicht nach auch nicht einer von denen.

Es war ungefähr zehn Uhr morgens, als der formale Kram erledigt und ich eingesperrt war. Ich sah mich in diesem Loch, in dieser Gemeinschaftszelle, um, und ich bin nicht arrogant oder sowas, verstehen Sie, aber ich ging in eine Ecke und setzte mich allein hin. Irgendwie konnte ich es nicht ertragen. Ich konnte es nicht glauben, daß ich dazugehörte, daß ich im selben Boot saß wie diese Typen hier, und vielleicht war ich sogar viel schlimmer dran als sie. Ich, der alte Dolly Dillon, war plötzlich im Knast wegen schweren Betrugs? Es war verrückt. Es kam mir vor wie ein Traum.

Ich wußte es besser, aber den ganzen Tag lang dachte ich, daß Staples weich werden würde. Es mußte ihm klar werden, daß ich hier drin kein Geld auftreiben konnte, und dann würde er die Anzeige zurückziehen und mich meine Schulden abarbeiten lassen. Das dachte ich, hoffte es. Und ich überlegte, was ich ihm vorschlagen könnte. Meine Miete war für diesen Monat bezahlt, und die Rate für die Kreditgesellschaft hatte ich auch gelöhnt. Also würde ich Staples sagen: In Ordnung, wir werden es folgendermaßen machen: Sie kaufen mir ein paar Essensgutscheine und zahlen für Benzin und Öl, und alles, was ich darüber hinaus verdiene...

Mir fiel ein, daß die Firma mir Geld schuldete. Das Geld für zwei – eigentlich zweieinhalb Tage, wenn sie mich auch für heute vormittag bezahlen würde. Also, zum Teufel noch mal, da hatten sie doch gleich fünfundzwanzig Dollar. Alles, was ich ihnen wirklich schuldete, naja, runden wir's ab, waren dreihundert Dollar. Das war, um Gottes willen, doch kein großer Betrag! Das würde ich in kürzester Zeit verdienen, jetzt, da Joyce sich aus dem Staub gemacht hatte.

Ich wußte, daß Staples mich rausholen würde. Ich meine, ich *wußte* es einfach.

Und ich nehme an, Sie wissen, daß er's nicht getan hat.

Der nächste Tag kam und ging. Und ich fing an, über andere Möglichkeiten nachzudenken, andere Wege, hier rauszukommen. Sie waren alle so hoffnungslos wie die Idee mit Staples, aber ich stellte sie mir alle vor, eine nach der anderen. Vielleicht würde eine Drückermannschaft in die Stadt kommen, Leute, die wußten, wie gut ich war, und sie würden das Geld zusammenlegen. Irgendwie hatten sie rausgefunden, wo ich steckte – und... Oder vielleicht schuldetete mir eine der Firmen, für die ich gearbeitet hatte, einen fetten Bonus, und der Scheck erreichte mich gerade jetzt. Oder vielleicht war einer meiner Verwandten, unten im Osten, gestorben, und ich bekam seine Versicherungsprämie ausgezahlt. Oder Doris käme vielleicht mit den Mäusen rüber. Oder Ellen. Oder... oder sonstjemand. Irgendwer mußte es doch tun, verdammt noch mal! Irgend etwas mußte passieren.

Niemand kam, nichts passierte. Und es war schwer, damit fertigzuwerden, Junge, aber schließlich wurde mir klar, daß es nun mal so war. Ich saß fest. Ich konnte mir nicht länger was vormachen.

Ich dachte an Mona, daß sie der eigentliche Grund für

die ganzen Schwierigkeiten war. Wenn ich nicht Pete Hendricksons Geld genommen hätte, um das Silberbesteck zu bezahlen, hätte Staples mich nicht erwischt. Ich verfluchte mich selbst für meine Dummheit, und ich schätze, ich verfluchte sie auch ein bißchen. Aber richtig ernst meinte ich es nicht. Ich wußte, daß ich es noch mal tun würde, und ich war nicht sonderlich böse auf sie. Wie kann man auch einem süßen, hilflosen Kind wie ihr böse sein?

Ich saß alleine in der Ecke der Gemeinschaftszelle, dachte an sie, und mir wurde richtig warm ums Herz. An jenem Tag war sie gleich auf mich zu gekommen. Hatte die Arme um mich gelegt und den Kopf an meine Brust gelehnt. Sie stand einfach so da, nackt und zitternd. Und sie hatte mich fester und fester an sich gedrückt, bis ich eins mit ihr zu werden schien.

Sie war einfach nicht von dieser Welt, dieses kleine Mädchen. Nicht eine von diesen gottverdammten Schlampen, die ich mir sonst immer aussuchte. Mit einer Frau wie ihr konnte man es zu was bringen. Man würde alles in der Welt für sie tun, weil man wußte, daß sie alles in der Welt für einen selbst tun würde und man ganz selbstverständlich 'ne gute Zeit mit ihr haben würde.

Ich fragte mich, was sie denken mochte, wenn ich nicht zurückkäme. Ich fragte mich, was aus ihr werden würde. Ich schloß die Augen und konnte fast sehen, wie es passierte: die Typen, die an die Haustür klopften, und die alte Frau, die sie ihnen anbot, und Mona... Mona, im Schlafzimmer...

Ich öffnete schnell die Augen. Ich zwang mich, Mona zu vergessen und begann, über das Haus nachzudenken.

Sofort nachdem ich durch die Tür gekommen war, hatte ich das Gefühl, daß irgend etwas nicht stimmte – verstehen Sie? Damals war mir nicht klar, was es war; und später mußte ich über 'ne Menge anderer Sachen nachdenken.

Aber jetzt wurde es mir endlich bewußt. Es gab keine Bilder im Haus; keine Bilder von Menschen, meine ich.

Ich glaube, ich bin schon in zehntausend solcher alten Häuser gewesen; Häuser, in denen alte Leute wohnten. Und überall hingen jede Menge Bilder an den Wänden. Typen mit Bärten und hohen steifen Kragen. Frauen in hochgeschlossenen Kleidern mit Puffärmeln. Jungs in altmodischen Anzügen und Mädchen in Matrosenblusen über den Pumphosen. Großvater Jones. Onkel Bill und Tante Hattie. Die Kinder von Kusine Susie ... All diese alten Häuser sehen so aus. Sie sind alle voll mit diesen Bildern. Aber in diesem Haus hing verdammt noch mal kein einziges.

Ich zerbrach mir den Kopf darüber, und schließlich dachte ich: Was soll's? Was geht es mich denn an? Ich war irgendwie wütend auf mich selbst, verstehen Sie, weil ich über so was nachdachte, während ich hier in der Klemme saß. Also vergaß ich es und beschäftigte mich wieder mit meinen eigenen Sorgen, und es vergingen Tage, bevor ich wieder daran dachte. Und da war es ...

Ich weiß nicht. Sie müssen es schon selbst entscheiden. Vielleicht war es von Anfang an zu spät.

Vielleicht wäre es in jedem Fall genauso ausgegangen ... Man hatte mich am Mittwoch früh ins Gefängnis gesteckt. Für Freitagnachmittag war die Vernehmung beim Haftrichter angesetzt worden. An diesem Tag holte mich der

Wärter gegen zwei Uhr ab und führte mich zur Dusche. Ich wusch und rasierte mich, während er danebenstand und zuschaute, dann gab er mir meine Kleidung.

Ich zog mich an. Er führte mich einen langen Korridor entlang, durch viele Gittertüren, bis zur Aufnahme. Er sagte dem Bullen hinter dem Pult, wie ich hieß. Der Bulle öffnete eine Schublade, wühlte in einem Haufen von Umschlägen herum und warf einen auf den Tisch.

»Mach ihn auf«, sagte er. »Wenn was fehlt, sag es gleich.«

Ich öffnete ihn. Meine Brieftasche war drin, meine Wagenschlüssel und eine Ausfahrtserlaubnis für den Polizei-Parkplatz.

»In Ordnung?« fragte er. »Dann setz deine Unterschrift hier drunter.«

Ich unterschrieb die Quittung und dachte, daß es eine seltsame Methode sei, einen Typen so einer Behandlung zu unterziehen, kurz bevor er dem Richter vorgeführt wird. Aber wie ich schon gesagt habe, ich war noch nie im Knast gewesen, und ich dachte, daß sie schon wußten, was sie taten.

Ich steckte alles ein. Die Tür zur Straße stand offen, und ich dachte, o Mann, was ich nicht alles dafür geben würde, draußen zu sein.

Der Wärter war hinter die Schaltertheke zurückgegangen. Er stand am Wasserspender, gurgelte und spuckte das Wasser dann in einen großen Spucknapf aus Messing. Er schien mich vergessen zu haben. Ich stand da und wartete.

Schließlich sah mich der Bulle, der hinter dem Schreibtisch saß, an. »Gefällt es dir hier, Mac?«

»Ich fürchte, es wird mir nichts anderes übrig bleiben«, sagte ich.

»Verschwinde«, sagte er. »Worauf wartest du eigentlich, zum Teufel noch mal? Du hast doch deinen ganzen Krempel, oder?«

»Ja, Sir«, sagte ich. »Sehr freundlich von Ihnen, Sir.« Und ich verließ diese verdammte Bude in einem solchen Tempo, daß ich wahrscheinlich noch nicht mal einen Schatten warf.

Ich war sicher, daß man einen Fehler gemacht hatte, verstehen Sie? Sie hatten mich mit einem anderen Typen verwechselt. Anders konnte ich es mir einfach nicht erklären.

Ich holte meinen Wagen vom Parkplatz. Ich fuhr, als ob Furien hinter mir her wären, und kam erst nach der vierten oder fünften Kreuzung zur Besinnung und fuhr langsamer.

So ging es nicht. Wie weit würde ich wohl mit einem Wagen, der der Bank gehörte, und zwei Dollar und ein paar Cent kommen? Vielleicht war den Bullen ein Patzer unterlaufen, oder vielleicht hatte Staples sich entschieden, mir zu helfen. Wie auch immer, es konnte nichts schaden, wenn ich ihn aufsuchen würde. Wenn er der Grund für meine Entlassung war, schön. Wenn nicht, war es genauso gut. Dann konnte ich ihm wenigstens seinen verdammten Hintern verprügeln, bevor ich ins Gefängnis zurückging.

Ich parkte ein paar Häuser von unserem Laden entfernt, schlich mich an das Schaufenster heran und spähte durch die Tür.

Staples stand ungefähr auf halber Höhe im Mittelgang, und es sah so aus, als machte er Inventur. Er hatte mir den Rücken zugewandt.

Ich riß die Tür plötzlich auf und ging hinein. Er fuhr zusammen und wirbelte auf dem Absatz herum.

Er kam schnell auf mich zu, streckte mir die Hand entgegen.

»Mein lieber Junge! Ich bin so froh, daß man dich gleich entlassen hat. Ich habe sie gebeten, dich keinen Moment länger festzuhalten als notwendig. Ich habe ihnen gesagt, daß es schnell gehen muß, Frank.«

»Naja«, sagte ich. »Ich beschwer mich ja auch nicht, verstehen Sie? Aber wenn Sie mich fragen, drei Tage ist verdammt noch mal nicht besonders schnell.«

»Aber Frank«, er spreizte die Hände. »Es waren keine drei Tage. Es ist noch nicht mal eine Stunde her, daß deine Frau das Geld zurückgezahlt hat.«

7

Meine Frau? Meine Ehefrau, die sie eigentlich gar nicht mehr war, hatte die Mäuse rübergebracht? Zum Teufel, das war unmöglich. Sie hätte es nicht mal getan, wenn sie es gekonnt hätte.

Staples sah mich erwartungsvoll an. »Willst du sagen, daß du es nicht gewußt hast? Hat sie dir nicht gesagt, daß sie deine Entlassung in die Wege leitet?«

In seiner Stimme schwang ein zufriedenes Schnurren mit. Ich wußte nicht, was los war, oder was er von der

Situation hielt. Aber mit einem Typen wie ihm teilt man seine Sorgen nicht.

»Naja«, sagte ich. »Ich wußte, daß sie *versuchen würde*, das Geld zu beschaffen, aber ich dachte nicht, daß es ihr gelingen könnte. Ich nehme an, es ist so, wie Sie gesagt haben: Man weiß nie, was man alles tun kann, bis man es tun muß.«

»Hmm.« Er nickte und sah mich prüfend an. »Ich habe mich schon gewundert. Weißt du, jede Menge Leute haben deinetwegen hier im Geschäft angerufen; Kunden, die nach Muster gekauft hatten und auf die Lieferung warteten. Ich habe ihnen die Situation hinsichtlich deines Minusbetrags erklärt, und...«

»Großartig«, sagte ich. »Warum haben Sie nicht gleich ein Inserat in den Zeitungen aufgegeben?«

»Wirklich, Frank. Ich habe doch nur versucht, dir zu helfen. Du kannst sehr einnehmend sein, wenn du willst, und ich dachte, daß einige deiner Kunden dir vielleicht in der Stunde deiner Not helfen würden.«

Ich sah ihn kopfschüttelnd an. Der Typ hatte eine gottverdammte Schraube locker. »Natürlich würden sie das«, sagte ich. »Schließlich ist das hier *Tiffanys* an der Fifth Avenue. Ich hab schließlich 'nen Haufen Millionäre als Kunden. Ich brauch denen doch nicht buchstäblich über den Kopf zu schlagen, bevor ich einen Dollar einkassiere.«

»Naja«, er lächelte verlegen. »Ich nehme an, es war eine vergebliche Hoffnung. Aber ... was ich sagen wollte, ich glaube nicht, daß deine Frau unter den Leuten war, die deinetwegen anriefen.«

»Na und?« sagte ich.

»Nichts«, sagte er hastig. »Natürlich hast du sie aus dem Gefängnis angerufen. Ich fand es nur ziemlich seltsam, daß deine Frau nicht angerufen hat und dann das Geld von einer anderen Frau vorbeibringen ließ. Ich dachte, daß, vielleicht... äh...«

Ich zuckte die Schultern. *Er* fand es seltsam!

»Ich will Ihnen die Wahrheit sagen«, meinte ich. »Ich habe meine Frau nicht angerufen. Sondern die Putzfrauen und Tellerwäscherinnen, die meine Kundinnen sind, und ich habe allen gesagt, daß sie entweder zahlen, oder daß ich mit ihnen fertig wäre.«

»Wirklich, Frank!« Er gab mir einen Klaps auf den Arm. »Um beim Thema zu bleiben, diese Frau, diese junge Frau, die das Geld vorbeigebracht hat, war wirklich attraktiv. Ziemlich unmodern angezogen und erschöpft – aber wirklich nicht schlecht.«

»Das war sicher Frances Smith«, sagte ich. »Die Tochter unserer Nachbarin. Joyce arbeitet bestimmt, also hat sie Frances mit dem Geld rübergeschickt.«

Ich zündete mir beiläufig eine Zigarette an und ließ das Streichholz auf den Boden fallen. Der gierige, gerissene Blick verschwand aus Staples Augen.

»Also, Frank. Da du schon mal hier bist...«

»Da ich schon mal hier bin«, sagte ich, »werd ich das Geld mitnehmen, das mir zusteht.«

»Aber Frank«, sagte er schmollend. »Willst du damit sagen, daß du wütend auf mich bist? Willst du kündigen?«

»Naja«, sagte ich, »ich hatte nur gedacht...«

»Aber nicht doch. Ich bin sicher, daß du von jetzt an absolut pflichtbewußt sein wirst; was anderes kannst du dir kaum erlauben, verstehst du? Wenn du willst, kannst du gleich wieder an die Arbeit gehen.«

Ich sagte ihm, daß ich ziemlich ausgelaugt sei; dachte, es wäre besser, bis Montag zu warten. Er gab mir zwanzig Dollar als Abschlag, und ich fuhr nach Hause.

Die Wohnung stank wie eine Kloake. Der Gestank von Schimmel und verfaulten Lebensmitteln. Ich räumte den Kühlschrank aus, stapelte das ganze Zeug einfach auf den Unrat, der bereits auf dem Tisch lag. Dann knotete ich kurzerhand das Tischtuch zusammen und warf das ganze Dreckszeug – Teller, Töpfe und den ganzen Rest – in den Müll.

Ich öffnete alle Fenster und hängte das Bettzeug auf die Wäscheleine. Es gab noch 'ne Menge zu tun; in diesem Loch würde es immer 'ne Menge zu tun geben. Aber ich ließ es dabei bewenden. Ich fühlte mich irgendwie erschlagen, kein Wunder bei all den Sorgen und der nervlichen Anspannung, die ich hinter mir hatte. Ich war fast zu müde, um mich zu fragen, wer mich freigekauft und warum sie es getan hatte.

Vielleicht würde sich herausstellen, daß alles doch ein Irrtum gewesen war.

Es wurde dunkel. Ich schloß die Fenster wieder und zog die Rollos runter. Ich hatte so gut wie nichts gegessen, während ich im Gefängnis war. Den Fraß dort konnte ich einfach nicht essen. Deshalb war ich jetzt ziemlich hungrig. Aber im ganzen Schrank war verdammt noch mal nichts aufzutreiben, außer Kaffee und einem halben Liter Whiskey. Ich nahm den Whiskey mit ins Wohnzimmer und genehmigte mir einen Schluck.

Ich lehnte mich zurück und legte die Füße hoch. Ich nippte am Whiskey, rauchte und dachte darüber nach, wie ich mich gestern abend gefühlt hatte und wieviel besser es mir jetzt ging. Und mir wurde klar, daß man nie weiß, wann es einem wirklich gut geht, und daß ich vielleicht doch nicht so ein Versager war, wie ich manchmal dachte.

Ich entspannte mich allmählich. Ich begann mir wieder Fragen zu stellen.

Also, wen zum Teufel kannte ich...

Wer in Gottes Namen könnte...

Ich hörte, wie jemand aufs Haus zukam, fast rannte. Den Weg entlang, die Stufen hoch und dann über die Veranda. Ich sprang auf und riß die Tür auf.

»Mona!« sagte ich. »Mona, Kind. Was ist denn...«

Sie fiel mir fast in die Arme. Atemlos schluchzend. Ich trat die Tür zu und trug sie ins Wohnzimmer.

»Baby«, sagte ich. »Alles in Ordnung. Der alte Dolly ist jetzt für dich da, und...«

»Oh, Dolly, Dolly!« Sie schwankte hin und her, klammerte sich an mich. »Ich hatte s-so große Angst, daß du nicht hier wärst, und ... Laß es nicht zu, daß sie mich kriegt, Dolly! Hol mich fort! Hilf mir, daß ich wegkomme. Ich hab Geld, genug für uns beide, Dolly. B-bitte, bitte, bitte...«

»Warte! Warte einen Moment!« sagte ich und rüttelte sie an den Schultern. »Sprich langsam, ja. Ich tue alles, was ich kann, Liebling, aber ich muß wissen...«

»Nimm es, Dolly! Du kannst alles haben, aber nimm mich mit.«

Sie fuhr mit den Händen in die Taschen ihres alten,

verblichenen Mantels. Zog sie wieder heraus, und Geldscheine fielen in meinen Schoß: zerknitterte Bündel Fünfziger-, Zehner- und Zwanziger-Noten.

»B-bitte, Dolly. Wirst du es tun? Nimm das Geld und nimm mich…«

»Sicher«, sagte ich. »Darauf kannst du dich verlassen. Aber zuerst müssen wir ein paar Sachen klären. Du hast dies Geld deiner Tante weggenommen?«

»J-ja. Das hier, und das andere auch, das Geld, das ich dem Mann im Laden gegeben habe. Ich w-wußte nicht, was ich denken sollte, als du nicht zurückkamst. Ich wußte, daß dir etwas Schreckliches zugestoßen sein mußte. Du hattest versprochen zurückzukommen, und ich wußte, daß du dein Versprechen nicht gebrochen hättest, wenn du dazu in der Lage gewesen wärst. Jemand, der so g-gut und nett war wie du, würde n-nicht…«

Ihre Stimme brach ab. Ich streichelte ihre Hand. Mir war nicht wohl bei der Sache.

»Ja, sicher doch«, sagte ich. »Ich konnte aber einfach nicht, verstehst du, was ich meine?«

»A-also habe ich deine Nummer im Telefonbuch nachgesehen und hier angerufen. Immer wieder. Und sch-schließlich, heute, habe ich im Laden angerufen, und der Mann sagte…«

Den Rest brach aus ihr heraus wie ein Wasserfall:

Staples hatte ihr gesagt, was mit mir passiert war. Sie wußte, wo die alte Frau das Geld aufbewahrte. Bevor sie losgegangen war, hatte sie sich genug genommen, auch das Geld, das sie jetzt mitgebracht hatte. Also, mit diesen ungefähr 500 oder 600 Dollar sollten wir beide – ich gerade einer Verurteilung wegen schweren Betrugs entgangen – zusammen verschwinden. Und für den Rest unseres Lebens glücklich miteinander leben und so weiter.

Und ich wollte es – wollte sie haben und war ihr höllisch dankbar. Aber, zum Teufel noch mal, wie sollte ich es anstellen?

Sie sah mich an, ihre Augen baten mich förmlich. »W-willst du es nicht, Dolly? Hast du deswegen gesagt, daß du verheiratet wärst – w-weil du mich in Wirklichkeit nicht magst? Ich habe immer wieder hier angerufen, und niemand hat…«

»Nein, ich habe dich nicht belogen«, sagte ich. »Meine Frau hat mich verlassen. Sie spielt in meinem Leben keine Rolle mehr, das ist geklärt. Aber…«

»Meine Tante wird mich umbringen, wenn sie es herausfindet, Dolly! Sie weiß, daß ich es genommen habe, und…« Sie begann wieder zu weinen, ein leises, hilfloses Schluchzen – es schnitt mir wie ein Messer durch die Seele. »Es ist schon gut, Dolly. Ich w-will nicht, daß du dich unbehaglich fühlst. Ich g-glaube, ich hätte wissen sollen, daß du mich nicht richtig gern haben kannst…«

»Baby«, sagte ich. »Hör mir zu, Liebling. Gern haben ist kaum das richtige Wort für das, was ich für dich empfinde. Ich liebe dich, hast du gehört? Das mußt du mir einfach glauben. Darum müssen wir langsam an die Sache herangehen, denn wenn wir es falsch angehen – so wie du es vorgeschlagen hast –, werden wir nie zusammen sein. Sie sperren uns beide ins Gefängnis.«

»Aber…«

»Hör mir zu. Ich werde dir ein paar Fragen stellen, und

du antwortest ... Heute abend solltest du eigentlich einkaufen? Gut, das Geschäft war geschlossen, und du mußtest irgendwo anders hingehen. Das wär das. So, und jetzt zum Geld, das deine Tante versteckt hat. Sie hat keine Ahnung, daß du davon weißt, oder?«

»N-nein. Aber ...«

»Beantworte nur die Frage. Wo hat sie es versteckt? Wie hast du es herausgefunden?«

»Unten im Keller. Hinter alten Brettern und Kisten. Eines Tages war ich da unten, ich habe den Heizofen sauber gemacht, und sie wußte nicht, daß ich dort war. Sie hat die Bretter und Kisten beiseitegeräumt, und in der Wand war ein Loch, und da war das Geld drin. In so was wie einem kleinen Koffer. Sie hat das Geld herausgeholt und es gezählt, hat vor sich hin gemurmelt und geflucht – sie benahm sich wie eine Verrückte, u-und – sie hat mich zu Tode erschreckt, Dolly! Ich hatte Angst, daß s-sie mich sehen würde und ...«

»Ja, natürlich«, sagte ich. »Hat sich benommen wie der typische Geizhals, hm? Hast du sie noch mal da unten gesehen? Wann hast du sie das letzte Mal dort gesehen?«

»Sonst keinmal. Ich habe sie nur das eine Mal gesehen, vor ungefähr drei Monaten. Die Treppe ist schrecklich steil, und ich gehe immer, wenn irgendwas ge-«

»Ah ja, sicher. Also, verstehst du nicht, Liebling? Alles ist in Ordnung. Jedenfalls in diesem Augenblick. Ach was, zum Teufel, es kann ein Jahr dauern, bevor sie das Geld vermißt.«

Es wurde ihr klar, worauf ich hinauswollte, und sie bekam gleich wieder panische Angst. Es brauchte kein Jahr zu dauern. Nicht mal einen Tag. Das alte Mädel könnte das Geld gerade in diesem Moment nachzählen, und...

»Hör auf damit!« sagte ich. »Hast du mich verstanden, Baby? Ich sagte, hör auf, und genau das mein ich auch... Deine Tante weiß nicht, daß du dir das Geld genommen hast. Und sie wird es nie erfahren. Montag fang ich wieder an zu arbeiten. Ich werde die dreihundert Dollar und paar Gequetschte, die du für mich bezahlt hast, innerhalb eines Monats verdient haben. Dann steckst du es in den Koffer zurück, und das hier steckst du heute abend zurück und...«

»*Nein!* Ich...«

»Doch! Verstehst du nicht, Liebling? Wir haben keine andere Wahl. Wenn du heute abend nicht nach Hause kommst, wird das alte Mädel gleich nach dem Geld suchen. Das ist das erste, woran sie denken würde. Sie würde wissen, daß du es genommen hast, und die Polizei würde dich nach kürzester Zeit auflesen... Das willst du doch nicht, oder? Du siehst doch ein, daß ich recht habe, nicht?«

»J-ja.« Sie nickte zögernd. »D-du ... du liebst mich wirklich, Dolly?«

»Ich wünschte, ich hätte genug Zeit, es dir zu beweisen«, sagte ich, und das war mein Ernst. »Aber du bist jetzt schon lange genug fortgewesen. Ich fahr dich rüber, laß dich am Supermarkt aussteigen, und in ein, zwei Tagen treffen wir uns wieder. Dann werden wir viel Zeit für uns haben.«

Ich stopfte das Geld in ihre Taschen zurück, streichelte sie und machte kleine Scherze, bis sie lächelte. Sie war immer noch sehr nervös und ängstlich, aber sie glaubte, es schaffen zu können. Sie selbst schlief im Schlafzimmer des Erdgeschosses, während die Alte oben schlief, und wenn sie erst einmal für die Nacht nach oben gegangen war, blieb sie auch da.

»Es ist kinderleicht«, sagte ich. »Du wirst überhaupt keine Probleme haben, Baby. So, und jetzt gib mir einen dicken Kuß, bevor wir losfahren.«

So machten wir es. Dann fuhr ich quer durch die Stadt. Sie saß neben mir und sagte fast nichts, den Kopf an meine Schulter gelehnt; sie war ziemlich mit sich und der Welt zufrieden. Und genauso wollte ich es natürlich auch – aber ich, ich fühlte mich gar nicht so wohl.

Mona wußte nicht, wie oft ihre Tante das Geld zählte. Sie hatte sie nur einmal dabei beobachtet, aber wahrscheinlich gab es jede Menge andere Gelegenheiten, von denen Mona nichts wußte. Die alte Frau konnte es gleich getan haben, nachdem sie Mona zum Einkaufen fortgeschickt hatte. Das wäre typisch für die Alte, für eine Frau, die so hinter dem Geld her war wie sie. Und wenn sie nachzählen würde, bevor ich die dreihundertvierundfünfzig Dollar zurück...

Sie würde nicht mal fünf Minuten brauchen, um die Wahrheit aus Mona herauszuprügeln. Staples müßte das Geld zurückgeben, und ich säße wieder im Knast. Und hätte wahrscheinlich zwei Klagen am Hals: die von der Firma und eine, weil ich Mona zum Diebstahl angestiftet hätte.

Ich fragte mich, ob ich die Sache eventuell falsch anging.

Mir fiel kein anderer Weg ein.

Selbstverständlich, wenn die alte Frau einen richtigen Batzen Geld hätte, sähe alles anders aus. Wenn sie mehrere Tausend gehabt hätte, statt ein paar Hunderter – genug, um etwas damit anfangen zu können, verstehen Sie; genug, daß es einem nichts ausmachen würde, den Hals dafür in die Schlinge zu stecken – nun ja, dann wüßte ich genau, was ich zu tun hätte. Sie war eine verkommene, nutzlose alte Hexe. Sie verdiente ihre Strafe, und ich war gerade der richtige Kerl, um sie ihr zu verpassen. Und – und zum Teufel! Das Risiko brauchte nicht besonders groß zu sein. Sicher, ein kleines Risiko, aber kein großes. Denn Peter Hendrickson verdiente seine Strafe auch, und wenn er nicht wie ein Sündenbock aussah, dann wüßte ich keinen.

Jawohl, Sir, ich wußte genau, wie ich Pete benutzen würde. Ohne daß ich richtig darüber nachdachte, kam mir eine Idee in den Kopf. Aber für ein paar hundert – oh, nein. Nicht einmal für ein paar tausend. Wenn und falls ich jemals so etwas machen würde, dann nur, wenn es um den Hauptgewinn ging. Einmal groß absahnen, und dann würden Mona und...

Plötzlich fiel mir etwas ein.

»Baby«, sagte ich. »Mona, Liebling. Hat deine Tante noch mehr Geld im Haus? Ich meine, wenn sie so selten an das Köfferchen im Keller geht...«

»Nun ja«, sagte sie zögernd. »Ich nehme an, daß sie noch was haben muß; wahrscheinlich ist es in ihrem Zimmer. Ich weiß es nicht, denn die Tür ist immer abgeschlossen, und sie läßt mich nie ins Zimmer.«

»Hm, hmm«, sagte ich. »Sie hat wohl 'ne ganze Menge,

meinst du nicht? Schließlich hat sie die täglichen Ausgaben für euch beide, und...«

»Das ist nicht viel, Dolly. Wir essen meistens nur Reis und Bohnen und andere billige Sachen. Ich muß mich in allen möglichen Läden umschauen – darf nur das kaufen, was man in den Geschäften bald wegwerfen würde. Wir geben so gut wie nichts aus.«

»Hm, ja, aber trotzdem...«

»D-Dolly ...« Sie schmiegte sich näher an mich. »Ich w-wollte es dir nicht erzählen, aber – ich mußte es einfach tun – weißt du – sehr oft. Und ich mußte es seit sehr langem machen. Sie h-hat mich gezwungen, und darum haben...«

Jesus! Mir wurde übel, wenn ich daran dachte. Die Alte hatte die Kleine prostituiert, hatte sie zur Prostituierten gemacht, als sie in Wirklichkeit noch ein Kind gewesen war...

»Mach dir keine Gedanken, Liebling«, sagte ich. »Du brauchst es nie wieder zu machen, also denk einfach nicht mehr darüber nach. Ich tue es auch nicht.«

Wir waren fast am Supermarkt angekommen, wo sie aussteigen sollte. Sie begann wieder wie Espenlaub zu zittern.

»Muß ich gehen, Dolly? K-können wir nicht einfach das Geld nehmen, und...«

Ich schüttelte den Kopf. »Nein, Baby, können wir nicht. Ich meine, wirklich nicht. Wir müßten weit wegfahren – wir würden viel reisen müssen. Wir bräuchten 'ne Menge Geld, um leben zu können. Das hier reicht nicht aus. Es ist einfach nicht genug, verstehst du?«

»Naja…« Sie setzte sich aufrecht hin, drehte sich zu mir um und sah mich erwartungsvoll an. »Ich könnte den Rest holen, Dolly. Da ist noch viel mehr, und das könne ich auch noch holen.«

»He! Aber du hast gesagt…«

Aber sie hatte es nicht gesagt. Ich hatte einfach angenommen, daß sie das gesamte Geld der Alten ausgeräumt hatte. Das hätte ich nämlich getan, wenn mir danach zumute gewesen wäre, und ich hatte angenommen, daß sie es auch getan hatte.

Also gab es mehr – viel mehr. Aber vielleicht stimmte es nicht. Was verstand so ein Kind schon unter ›sehr viel mehr‹?

Meine Hände auf dem Lenkrad zitterten. Ich umklammerte es fester und bemühte mich sehr, die Erregung in meiner Stimme nicht durchklingen zu lassen.

»Also, laß uns ruhig bleiben, Baby«, sagte ich. »Der alte Dolly hat alles unter Kontrolle, und wir brauchen uns im Moment über nichts aufzuregen. A-also – also wieviel mehr ist noch da? Sag es deinem Papa, mein Kleines. Was meinst du genau, wenn du sagst ne…«

»Naja …« Sie biß sich stirnrunzelnd auf die Lippen. »Ich muß erstmal abziehen, was ich dem Mann im Geschäft gegeben habe, und dann dies hier, was ich…«

»Um Himmels willen!« rief ich. »Hör auf, deine Rechenaufgaben zu machen! Spuck's schon aus! Nenn mir einfach die runde Summe.«

Sie sagte es mir.

Meine Hände ließen das Lenkrad ruckartig los. Ich wäre fast gegen den Bordstein gefahren.

»M-Mona«, sagte ich. »Baby, mein Kind. Meine Süße. Sag es noch mal.«

»Hundert – ist das genug, Dolly? Hunderttausend Dollar?«

8

Ich saß da und starrte sie an, wie vom Donner gerührt; und sie schaute mich ängstlich an, ihre Brüste hoben und senkten sich. Wir verharrten so ein oder zwei Minuten lang; sie starrte mich hoffnungsvoll an, und ich war völlig überwältigt. Dann sagte sie ausdruckslos, daß ich sie besser nach Hause bringen sollte.

»Es ist schon in Ordnung, Dolly. Ich habe keine Angst mehr. Sie wird mich u-umbringen, und dann ist alles vorbei und...«

»Sag so was nicht, süßes Kind«, meinte ich. »*Sie* wird niemanden umbringen. *Sie* nicht, verstehst du mich?«

»Aber das wird sie! Sie wird es rausfinden, und...«

»Oh, nein. So wird's nicht kommen, ganz im Gegenteil. So, jetzt sag mir mal eins, Baby. Wie ist so 'ne alte Schachtel wie sie an hunderttausend Dollar gekommen?«

»Nun ja«, sagte sie zögernd. »Ich bin mir nicht ganz sicher, aber...«

Sie konnte sich nicht mehr an vieles aus ihrer Kindheit erinnern. Aber die alte Dame hatte ein paar Bemerkungen gemacht, und wenn man alles zusammenreimte, wurde schon ziemlich klar, wo sie die hunderttausend her hatte. Jedenfalls fand ich es ganz einleuchtend.

Ich fuhr wieder los, in Richtung ihres Zuhauses. Grübelte. Fragte mich, wie ich ihr den Vorschlag unterbreiten konnte. Oder ob ich es ihr überhaupt vorschlagen wollte.

»Da ist noch was, Liebling. Ich glaube, alles wird gutgehen – ich will sagen, es kann gutgehen. Ich glaube, ich kann es so hinkriegen, daß wir beide zusammen abhauen können, und... und...« Ich konnte es einfach nicht über die Lippen bringen, was ich ihr wirklich sagen wollte. Ich schluckte und fing noch mal an, diesmal versuchte ich anders ranzugehen. »Dieser Typ, Pete Hendrickson, kannst du dich noch an ihn erinnern, Schatz? Also, nehmen wir nur mal an, daß dieser Pete...«

Sie begann zu zittern und wandte den Kopf ab. Sie verstehen schon: Man brauchte nur Petes Namen zu erwähnen, und schon wurde ihr übel. Sie schämte sich und hatte Angst.

Ich gab ihr einen liebevollen Klaps und nannte sie mein süßes Lämmchen.

»Es tut mir leid, Baby. Wir werden Pete nie wieder erwähnen, oder ein anderes dieser dreckigen Schweine, mit denen deine Tante dich gezwungen hat zu – naja, vergessen wir's. Was ich sagen wollte... war... nehmen wir mal an, jemand bräche bei euch ein und...«

»Nein«, sagte sie. »Nein, Dolly.«

»Aber, Baby. Wenn...«

»Nein«, sagte sie wieder. »Du bist einfach zu nett. Du hast schon genug für mich getan. Ich könnte es nicht zulassen, daß du es tust.«

Ich schluckte, ich sollte eigentlich ein Gefühl der Enttäuschung verspüren. Denn dies war meine erste Chance, ans große Geld zu kommen, und ich dachte mir, daß es auch meine letzte war. Aber ich nehme an, daß ich in Wirklichkeit ziemlich erleichtert war. Ich war froh, daß *es* nicht so kommen würde.

»Naja, gut«, sagte ich. »Ich dachte nur, daß...«

»Sie hat einen Revolver. Sie könnte dich verletzen oder sogar umbringen«, sagte Mona.

Und damit war ich wieder im Geschäft.

Wir kamen zum Supermarkt, wo ich sie herauslassen wollte. Ich fuhr an den Bordstein und hielt an.

»Das alte Mädel verläßt sich darauf, daß ich zu euch zurückkomme. Erinnerst du dich daran, Süße? Ich habe ihr versprochen, daß ich wiederkomme. Also wenn ich eines Abends spät vorbeikomme und...«

Ich erzählte ihr den Plan. Nicht in Einzelheiten, denn ich hatte noch nicht alles ausgetüftelt, aber die Hauptsache. Was der alten Frau passieren müßte.

»Du brauchst selbst keinen Finger zu rühren, Baby. Du brauchst nur das Geld für mich bereitzuhalten, so daß ich damit abhauen kann, und dann die Bullen anrufen, nachdem ich weg bin.«

»Und dann...« Ihre Augen strahlten wieder, die Totenstarre wich aus ihrem Gesicht. »Und wir könnten dann zusammen weggehen, Dolly? Dann könnten wir zusammensein?«

»Nach einer Woche oder so, aber sicher doch. Sobald sich alles ein wenig beruhigt hat.«

»Tu es heute abend, Dolly«, sagte sie. »Bring sie heute abend um.«

...naja, natürlich war es unmöglich, sie noch am gleichen Abend umzubringen. 'ne Sache wie diese mußte gründlich geplant werden; zum Beispiel mußte ich Pete Hendrickson zu fassen kriegen und ihn bearbeiten. Ich sagte ihr, daß wir warten müßten. Wahrscheinlich würde ich Montag so weit sein. Bis dahin sollte sie schnell nach Hause zurückgehen und so tun, als sei alles in bester Ordnung.

»Aber was ist, wenn sie herausfindet, daß ich das Geld genommen habe, Dolly? Wenn sie es vor Montag herausfindet...«

»Das wird sie nicht«, sagte ich und versuchte, sie davon zu überzeugen – und mich selbst. »Los, mach daß du nach Hause kommst, und morgen abend sprechen wir uns wieder. Wir treffen uns hier, gegen acht.«

Sie blieb sitzen; sie hatte eine Todesangst, der alten Dame gegenüberzutreten, wollte sich am liebsten an mich klammern. Ich redete mit Engelszungen auf sie ein, blieb aber gleichzeitig strikt, und schließlich ging sie.

Ich sah ihr nach, bis sie um die Ecke gegangen war. Dann wendete ich und fuhr nach Hause.

Jetzt, wo alles abgemacht war – natürlich nur, falls ich Pete mit reinziehen konnte –, bekam ich kalte Füße. Oder, vielleicht sollte ich besser sagen, daß mich die Sache plötzlich kalt ließ. Ich hatte nicht wirklich Angst; zum Teufel noch mal, es gab nichts, wovor man Angst haben brauchte. Und ich wollte auf jeden Fall die kleine Mona – und auch die hundert Riesen. Aber ich konnte mir einfach nicht vorstellen, daß ich das ausführen würde, was ich mir vorgenommen hatte.

›Du bist wirklich verrückt, Mensch!‹ dachte ich. ›*Du*

willst jemanden umbringen? *Du willst* zwei Leute umbringen? Niemals, mein Junge. Dafür bist du nicht der richtige Typ.‹

Ich war auf halbem Wege nach Hause, als ich das Lenkrad nach rechts herumriß und ins Zentrum fuhr. In den letzten drei, vier Tagen hatte ich so gut wie nichts gegessen. Vielleicht war das der Grund, warum ich wacklig auf den Beinen und so nervös war. Vielleicht würde alles ganz anders aussehen, sobald ich was Vernünftiges im Magen hatte.

Ich fuhr ein paar Minuten durchs Geschäftsviertel, überlegte mir, worauf ich wirklich Appetit hatte und wo ich ein anständiges Lokal finden würde, um zu essen. Am Schluß landete ich wieder in derselben alten Kaschemme, wo ich fast immer aß, einer Bar mit einem Grill-Restaurant, gleich um die Ecke von unserem Laden.

Ich setzte mich in eine Nische, und die Kellnerin schob mir eine Speisekarte unter die Nase. Es gab nichts, was sich vernünftig anhörte, und außerdem hatte ein Blick auf die Kellnerin genügt, daß sich mir der Magen umdrehte. Ich weiß nicht, warum das so ist, o Gott, aber ich kann Ihnen genau beschreiben, wie das ist. In jedem verdammten Restaurant, in das ich einen Fuß setze, spielt sich das gleiche ab... Überall ist eine alte Ziege angestellt – ich nehme an, man schließt sie in der Besenkammer ein, bis man mich kommen sieht. Und zieht ihr die dreckigste gottverdammteste Schürze an, die man finden kann, und dann schmieren sie ihr diesen billigen roten Nagellack über die Fingernägel: sie sieht total verschmiert, unsauber und stinkig aus. Und so ist jede Dame, die mich bedient.

Ich mache keine Witze, Bruder. So ist es immer, wo ich auch hingehe.

Ich sagte ihr, sie solle mir einen Schnaps und ein Bier bringen, ich würde mich später entscheiden, was ich essen wollte. Aber sie war vom Schlag dieser Vertreterinnen, verstehen Sie? Sie blieb in der Nähe, empfahl mir »gute Sachen«, zum Beispiel das Tagesgericht und so weiter und so fort, zeigte sie mir mit ihren verdammten roten Klauen auf der Karte. Ich ertrug es, solange ich konnte, dann sah ich sie wütend an und sagte ihr die Meinung.

»Vielleicht haben Sie mich nicht verstanden, Schwester«, sagte ich. »Vielleicht sollte ich den Chef bitten, mir den Kurzen und das Bier zu bringen.«

»A-aber ...« Sie schaute mich an, als hätte ich ihr ins Gesicht geschlagen, und es war fast so rot, als ob ich es getan hätte. »Es tut mir leid, Sir. Ich habe n-nur versucht zu ...«

»Und ich versuche, was zu trinken zu kriegen«, sagte ich. »Also, bekomm ich's nun oder nicht?«

Ich bekam es schnell. Aber als ich die nächste Runde bestellte, war es eine andere junge Frau, die sie mir brachte. Es machte keinen Unterschied, denn sie war genauso schlimm wie die erste; sie sehen alle gleich aus. Vielleicht sind sie alle ganz in Ordnung – aber sobald ich durch die Tür eines Restaurants komme, heißt es gleich: Holt die schlampigen Frauen heraus, Dolly kommt! Der arme Hund hat noch nicht genug Sorgen, wir werden ihn schon schaffen.

Ich weiß genau, wie sie es machen. Aber mir können sie verdammt noch mal nichts vormachen.

Also, wie auch immer. Ich hatte die erste Runde ausgetrunken und begann mit der zweiten. Ich saß da, nippte am Bier und versuchte an nichts zu denken, als ein Schatten über den Tisch fiel.

»Ah, Frank« – Staples säuselnde, ölige Stimme. »Du bist also hier, hm?«

Ich zuckte leicht zusammen, und er grinste und setzte sich mir gegenüber. Ich fragte ihn, was er mit seiner Du-bist-also-hier-Bemerkung gemeint hatte.

»Ich hatte eine kleine Wette mit mir selbst abgeschlossen. Ich – oh, vielen Dank, Fräulein. Wenn es Ihnen nichts ausmacht, hätte ich gerne eine Terrine Ihrer vorzüglichen Suppe und ein Glas Milch... Wie ich schon sagte, Frank. Ich habe heute abend ziemlich lange im Laden gearbeitet, eine ganz spezielle Inventur, und anschließend war ich in der Stimmung für einen kleinen Gute-Nacht-Imbiß. Aber ich hasse es, allein zu essen, weißt du; ich verzichte lieber ganz darauf. Und obwohl die Chance klein war, einen guten Freund zu treffen, bin ich – natürlich nicht dich. Ich hatte keine Ahnung, daß *du* heute abend hier essen würdest...«

»Sieht es so aus, als ob ich essen würde?« fragte ich. »Meine Frau hat heute abend ein paar Freundinnen eingeladen, also hab ich mich aus dem Staub gemacht.«

»Wie rücksichtsvoll von dir. Und wie rücksichtslos von ihr, an deinem ersten Abend zu Hause, Gäste einzuladen... Verträgst du dich gut mit deiner kleinen Frau, Frank? Ihr habt euch doch nicht gestritten?«

»Es tut mir leid, Sie zu enttäuschen«, sagte ich. »Also, worum haben Sie denn mit sich selbst gewettet?«

»Oh, ja.« Er löffelte die Suppe in sein Katzenmäulchen. »Wie ich schon gesagt habe, ich hoffte, jemanden zu finden, mit dem ich das Brot brechen konnte, und obwohl die Chance klein war, habe ich mal durchs Fenster geschaut, ob du oder einer der anderen Jungs hier waren...«

Er grinste und wartete darauf, daß ich auf seinen Witz eingehen würde. Ich ließ ihn warten und trank noch einen Schluck Bier, während seine Lippen sich zu einem Schmollen verzogen.

»Ich konnte dich nicht von der Straße aus sehen, Frank. Und trotzdem wußte ich, daß du hier warst. Möchtest du nicht wissen, warum?«

Ich war neugierig. Aber ich zuckte die Achseln und sagte, daß es mir egal sei.

Seine Augen funkelten boshaft. »Die Atmosphäre in diesem Lokal, Frank. Die Mienen der armen, jungen Frauen hier. Sag mir doch, wenn du das Essen und die Bedienung hier nicht magst, warum gehst du dann nirgendwo anders hin?«

»Ist doch zwecklos«, sagte ich. »Ist doch überall das gleiche.«

»Oh? Aber...« Er beobachtete mich verwundert, dann nickte er und lächelte mich in einer Art und Weise an, die ich nicht verstand. »Ja«, sagte er, »ja, ich nehme an, sie sind alle gleich, wenn man...«

»Ja?«

»Nichts. Ganz schön gemütlich hier, Frank; es macht immer Spaß, sich mit dir zu unterhalten... Ich hoffe, du hast dich nach dem eben überstandenen Martyrium wieder ganz erholt? Du bist nicht mehr wütend auf mich?«

»Auf einen tollen Kerl wie Sie?« sagte ich. »Wie könnte ich denn bloß?«

»Das freut mich wirklich. Übrigens, da wir doch so gute Freunde sind...«

»Fragen Sie ruhig.«

»Wie konntest du bloß um Himmels willen so tief in die roten Zahlen geraten? Schließlich mußten die anderen Vertreter auch mit dem Regen fertig werden, und die haben nicht über dreihundert Dollar der Firma unterschlagen.«

»Also«, sagte ich. »Also, passen Sie mal auf, Staples...«

»Ja, Frank?«

Ich konnte es ihm nicht sagen. Ich hätte es ihm nicht gesagt, selbst wenn mir die richtigen Worte eingefallen wären, es wäre einfach nicht klug gewesen. Aber mir fielen die richtigen Worte nicht ein.

»Hast du genug, Frank? Ist es das? Ist es so, daß es keinen Unterschied mehr macht, ob du dich anstrengst oder nicht, daß dein ganzes Leben sinnlos geworden ist?«

Naja, wie ich schon sagte, ich konnte es ihm nicht sagen, aber er war nicht weit von der Wahrheit entfernt. Ich konnte mich einfach nicht mehr dazu aufraffen, immer wieder dieselbe alte Tour zu fahren, denn es war mir mit der Zeit völlig egal geworden. Und wenn einem Typen alles egal geworden ist, gibt es nichts, was ihn umstimmen könnte.

»Was ist nun, Frank?« Er säuselte nicht mehr. »Du kannst es mir ruhig gleich sagen, wenn meine Vermutung zutrifft.«

»Zum Teufel noch mal«, sagte ich. »Sie reden wie der Papst. Was würde es überhaupt ausmachen?«

Er machte sich nicht die Mühe, mir zu antworten. Wartete einfach ab. Es machte eben doch was aus: Wenn ich mir mein Geld nicht verdienen konnte, würde ich es wahrscheinlich wieder stehlen. Und ich könnte mit einer fetten Summe abhauen, bevor er es mir nachweisen konnte.

»Ich versteh Sie nicht«, sagte ich, um Zeit zu gewinnen. »Wenn Sie sich solche Sorgen machen, warum haben Sie mich nicht heute nachmittag damit überfallen, statt...«

»Ich bin nicht der Typ, der andere mit etwas überfällt, Frank. Ich denke immer alles durch, füge die einzelnen Informationen zusammen, bevor ich handele. Also, was war nun mit dem Geld?«

Einen Monat später hätte ich ihm sagen können, daß er sich zum Teufel scheren solle: Ja, sicher hatte ich genug von dieser miesen Arbeit, und wer hätte das nicht – was zum Teufel regte er sich überhaupt auf? Aber es war nicht einen Monat später, und bis es soweit war – bis sich alles beruhigt hatte und ich sicher mit Mona verschwinden konnte –, brauchte ich einen Grund, diese erbärmliche Stelle zu halten. Ich mußte noch eine Weile weitermachen.

»...verstehst, lieber Junge.« Er fragte mich wieder aus. »Es ist nicht nur meine reine Neugier. Wenn es sich einfach nur um etwas Schäbiges oder Unkluges handelt, daß du es zum Beispiel für eine Frau ausgegeben oder auf Pferde verwettet hast...«

Ich sah auf, schaute ihm endlich in die Augen. Seine letzte Bemerkung hatte mir einen Ausweg aufgezeigt. Er hatte mich auf eine Idee gebracht, wie ich ihm entkommen könnte, und er hatte mir außerdem die Möglichkeit gegeben, ihm meinerseits Fragen zu stellen.

»Erinnern Sie sich noch an den Verkaufsprospekt, den ich Ihnen vor einiger Zeit zeigte? Von der Ölfirma, da unten in Oklahoma?«

»Prospekt?« Er zuckte die Achseln. »Ich glaube, du hast mir wenigstens ein Dutzend gezeigt. Für einen Mann mit einem gewissen Anspruch auf Bildung ist dein Name wirklich auf eine erschreckend hohen Anzahl von Betrügerlisten geraten. Aber ...«, er unterbrach sich, starrte mich an. *»Oh, nein!«* sagte er. »Nein, Frank! Du hast doch diesen Schwindlern kein Geld geschickt?«

»Doch«, ich schaute ihn dümmlich an. »Ich fürchte, ich hab's getan, Stape.«

»Aber ich habe dir ausdrücklich gesagt...«

»Ja, ich weiß«, sagte ich, »aber erinnern Sie sich noch an all die anderen Sachen, die Sie mir erzählt haben? Als Sie eine Chance verpaßten, während Sie selbst vor Jahren Geschäftsführer in jener Stadt waren, und...«

»Aber mein lieber Frank! Das war eine ganz andere Situation. Ich hatte die Chance, Land zu kaufen – es zu pachten. Aber das Land existierte wirklich, es waren keine wilden Versprechungen auf einem Stück Papier.«

»Nun ja, nächstes Mal weiß ich besser Bescheid«, sagte ich. »Sie hätten gleich am Anfang voll einsteigen können, wie, Stape?«

Es war sein Lieblingsthema, das einzige, das ihn mehr interessierte, als andere zu piesacken. Hatte man ihn erst einmal auf das Thema Öl und jene Stadt gebracht, wo er sein erstes Geschäft geleitet hatte, war er wie ausgewechselt.

»...du hast noch nie so etwas gesehen, Frank. Eigentlich war es das kläglichste Land in der ganzen Welt. Felsig, ausgedörrt und abgenutzt. Dann kam der Boom, und diese armen Bauern – Leute, die ein paar Monate zuvor noch nicht einmal genug zu essen hatten – waren plötzlich reicher, als sie es sich erträumen konnten. Ja, ich selbst wußte sogar von solch einem kleinen dreißig Hektar-Acker, der für eineinhalb Millionen wegging, und...«

Ich pfiff bewundernd, unterbrach ihn und brachte eine der Fragen an, die ich stellen wollte. »Ich glaube, nicht alle haben so einen großen Reibach gemacht, nicht wahr? Ich meine, einige von ihnen haben wahrscheinlich zu früh verkauft, oder...«

»Das stimmt. Das stimmt, Frank. Es war einfach zu schön, um wahr zu sein, verstehst du? In vielen Fällen hielt der erste Landhai, der vorbeikam, dem Bauern fünfzig- oder hunderttausend Dollar unter die Nase...«

»In bar?« Ich pfiff wieder beeindruckt. »Wollen Sie damit sagen, daß sie wirklich soviel *Bargeld* bei sich hatten?«

»Oh, ja, und sogar noch größere Summen. Wegen des psychologischen Effekts, verstehst du; und außerdem waren die Leute relativ ungebildet und tendierten dazu, den Banken nicht zu trauen. Bargeld, das kapierten sie. Ein Scheck – nun ja, das war für sie nichts weiter als ein Stück Papier.«

»Was wurde eigentlich aus diesen Leuten?« fragte ich. »Ich wette, viele wußten gar nicht, was sie mit dem Geld anfangen sollten, nachdem sie es bekommen hatten.«

»Stimmt. Wie recht du hast, Frank. Du oder ich, also – wenn wir in den Besitz eines richtigen Vermögens kommen würden ...« Er brach ab, löffelte wieder in seiner

Suppe herum. »Ja, Frank. Das war eine Erfahrung, die einen Mann mit einer weniger philosophischen Lebenseinstellung für immer verbittert zurückgelassen hätte. Da war ich armer kleiner Mann nun, konnte die feineren Seiten des Lebens zwar würdigen, hatte aber nicht das Geld, um meine Ambitionen zu verwirklichen. Und andererseits waren da diese ungebildeten Kreaturen mit ihren Geldmengen, die absolut nichts zu würdigen wußten. Ja, es passierte immer wieder, daß sie sich noch nicht einmal die lebensnotwendigsten Dinge kauften. Sie lebten einfach weiter wie bisher und horteten ihre Zehntausende und Aberzehntausende.«

Ich grinste. »Ich glaube, das hat Ihnen sehr weh getan, Stape. Da befanden Sie sich nun in der Mitte der Goldgrube und konnten nichts für sich abzweigen.«

»Oh, ich habe es versucht, Frank«, sagte er und nickte ernsthaft. »Ich versuchte es, ich versuchte es mit aller Macht. Aber ich fürchte, ich war damals noch sehr grün und unerfahren. Ein bißchen ungeschickt. Das einzige Ergebnis meiner Bemühungen war eine plötzliche Versetzung in eine andere Filiale.«

Ich trank noch eine Runde, während er seinen Imbiß beendete. Dann brach er in sein Hotel auf, während ich nach Hause fuhr. Ich hatte immer noch nichts gegessen, aber ich fühlte mich ziemlich gut. Nach dem Gespräch mit Staples hatte ich mich wieder für die Sache erwärmt.

Nein, ich hatte praktisch keine Fakten. Das einzige, was ich wußte, waren die paar Sachen, an die sich Mona erinnerte, oder glaubte sich zu erinnern, und das Wenige, was sie den Bemerkungen der alten Frau entnommen hatte. Aber alles in allem, und zusammen mit dem, was Staples mir erzählt hatte, schien alles zusammenzupassen.

Sie hatten damals im tiefen Süden gelebt – Mona und die alte Frau und einige andere Leute, an die sich Mona nicht mehr erinnern konnte – meiner Meinung nach ihre eigene Familie. Es muß im Süden oder Südwesten gewesen sein, denn es war wärmer, und alles war länger grün – *daran erinnerte sich Mona, oder glaubte es jedenfalls.* Außerdem gab es dort Türme – Bohrtürme – und... Und das war so ungefähr alles, was sie mir erzählen konnte. Warum sie hierher gezogen waren, um sich niederzulassen, wußte ich auch nicht; das war wie ein weißer Fleck auf der Landkarte. Aber es schien nicht sonderlich wichtig zu sein, und der Rest war hieb- und stichfest genug.

Auf ihrem Ackerland im Süden hatte man Öl gefunden. Die alte Frau hatte alles für hunderttausend Dollar verkauft. Oder vielleicht hatte sie sogar mehr bekommen, und sie hortete nur die hunderttausend. Runtergekommener weißer Pöbel. Zu geizig, auch nur einen Dollar auszugeben, und keine Ahnung, was man zum Teufel damit kaufen könnte, wenn sie ihn ausgeben würde. Da saß sie nun auf hunderttausend Dollar und prostituierte ihre eigene Nichte für's tägliche Brot.

Genau so war's, dachte ich mir.

Ich wollte, daß es so war, also war es auch so.

9

Am nächsten Morgen kaufte ich ein paar Lebensmittel ein und aß zur Abwechslung mal eine anständige Mahlzeit. Brot mit Butter und Ei überbacken und obendrauf 'ne Scheibe Schinken, braungebrannte Bratkartoffeln, Fruchtsaft und Kaffee. Ich aß mit großem Appetit, grinste vor mich hin und dachte: bei Gott, die *glauben* vielleicht, daß sie den alten Dolly zu Tode hungern lassen können – aber die werden sich verdammt noch mal wundern. Zum Teufel mit diesen verdammten schlampigen Kellnerinnen. Zum Teufel mit dieser verdammten Hexe Joyce, und Doris und Ellen und ... und all den anderen Schlampen. Der alte Dolly konnte schon selbst für sich sorgen, bis er jemanden Anständiges hatte, der es für ihn tat. Und, Bruder, dieser schöne Augenblick war nicht mehr fern.

Ich füllte mir die Kaffeetasse nach und zündete eine Zigarette an. Ich lehnte mich im Stuhl zurück, entspannte mich. Pete Hendrickson war als nächster dran. Ich würde ihm heute ganz unauffällig einen Besuch abstatten – es war selbstverständlich nicht ratsam, mit ihm gesehen zu werden – und...

Ich verschluckte mich und stellte die Tasse mit einem Knall auf den Tisch.

Pete.

Ich wußte nicht, wo der Typ wohnte.

Seine letzte bekannte Adresse war die, von wo er abgehauen war; Sie wissen schon, bevor er für die Gärtnerei gearbeitet hat. Und nur Gott wußte, wo zur Hölle er jetzt wohnte. Er hatte vielleicht noch nicht mal 'ne Wohnung, weil er seine Stelle verloren hatte. Vielleicht schlief er in einem Güterwagen oder in einem Kanalisationsrohr.

Ich sprang auf, fluchte und rannte wie wild im Wohnzimmer auf und ab. Ich dachte: ›Mein Gott, ich hätte es wissen sollen! Ich zerbrech mir den Kopf, um eine gute Sache in Schwung zu bringen, und jemand anders macht mir alles kaputt!‹

Ich weiß nicht, wie lange ich so herumgerannt bin, fluchend und schimpfend, bevor ich mich schließlich wieder unter Kontrolle hatte. Dann holte ich mir das Telefonbuch, suchte die Nummer der Gärtnerei heraus und wählte.

Der Vorarbeiter antwortete.

Ich sagte: »Bitte, Sör, das isst Olaf Henrickson hier. Es isst sehr wichtig für misch, daß ich mit mein Brudder Pete sprechen kann.«

»Der arbeitet nicht mehr hier«, sagte er. »Tut mir leid.«

»Vielleicht Sie können mir saggen, wo...«

»Nein, nein«, sagte er kurzangebunden, bevor ich ihm die Frage stellen konnte. »Wir geben solche Informationen nicht. Ich weiß es sowieso nicht genau.«

»Bitte, Sör«, sagte ich. »Isst...«

»Tut mir leid.« Er knallte den Hörer auf die Gabel.

Nun ja, ich bin ein komischer Typ, wirklich. Wenn Leute mich fertigmachen wollen, wenn sie mich daran hindern, das zu tun, was ich mir in den Kopf gesetzt habe, versuche ich es nur noch hartnäckiger.

Ich schaute auf die Uhr, rasierte mich und putzte die Zähne und warf noch einen Blick auf die Uhr. Viertel nach elf. Genau richtig. Ich setzte mich in den Wagen und fuhr zum anderen Ende der Stadt.

Es war kurz vor zwölf, als ich an seiner Bierkneipe ankam, die an der selben Straße wie die Gärtnerei lag. Ich merkte mir Name und Adresse, während ich vorbeifuhr, und hielt vor einem Drugstore einen Block weiter. Ich wartete im Wagen, bis die Fabriksirenen um zwölf Uhr loslegten. Dann stieg ich aus und schaute die Straße hinunter.

Meine Ahnung bestätigte sich. Arbeiter kamen aus der Gärtnerei und gingen direkt in die Bierkneipe. Ich wartete, bis sie alle drin waren und sich hingesetzt hatten. Dann ging ich in den Drugstore und rief die Kneipe von einer Telefonzelle an.

Es klingelte und klingelte. Schließlich riß jemand den Hörer von der Gabel; der Wirt oder ein Barmann oder vielleicht sogar ein Gast, und sagte polternd »hallo«.

»Bei Ihnen ist ein Typ namens Pete Hendrickson«, sagte ich. »Einer der Arbeiter von der Gärtnerei. Können Sie ihn bitte ans Telefon rufen?«

Er antwortete mir nicht, sondern drehte sich einfach vom Telefon fort und brüllte: »Pete – Pete Hendrickson! Heißt einer von euch Hendrickson?«

Irgend jemand schrie zurück, jemand anders lachte, und dieser Typ sprach wieder in den Hörer. »Ist nicht hier, Mister. Arbeitet auch nicht mehr in der Gärtnerei.«

»Oh je«, sagte ich. »Ich muß einfach mit ihm sprechen. Ich meine, vielleicht ist jemand da, der mir sagen könnte, wo...«

»Wart mal«, sagte er ziemlich kurzangebunden, als

ob ich ihm das Leben schwer machen würde. »WEISS EINER VON EUCH, WO...«

Niemand wußte es. Oder wenn sie es wußten, sagten sie nichts.

»Tut mir leid, Mister«, sagte der Typ. »Sonst noch 'ne Kleinigkeit, die ich für dich erledigen kann?«

Ich bejahte. »Spring dich selbst von hinten an, du Rotzlümmel.« Und ich warf den Hörer auf, als er zu fluchen begann.

Naja, das war meine größte Chance gewesen, aber nicht meine einzige. Typen wie Pete Hendrickson waren mein täglich Brot. Ich wußte einfach, was sie taten, wußte einfach, wo sie hingehen würden. Sicher, es hatte mich vorher Wochen gekostet, ihn aufzuspüren, und damals konnte ich mich öffentlich zeigen, statt ihm wie jetzt heimlich nachzuspionieren. Aber das war eine ganz andere Sache gewesen. Ich hatte nicht meinetwegen nach ihm gesucht. Diesmal war es meinetwegen – für mich und Mona und tausend Riesen – und bei Gott, ich würde ihn finden.

Ich fuhr in die Stadt und parkte unterhalb des Pennerviertels. Ich stieg aus und machte mich zu Fuß auf den Weg.

An jenem Nachmittag bin ich bestimmt fünfzehn Meilen gelaufen. Vorbei an den Arbeitsvermittlungs-Agenturen, vor denen die Penner herumlümmelten. Vorbei an den Notunterkünften mit ihren fliegenverdreckten Fenstern und stinkenden Eingangshallen. An den billigen Imbißcafés vorbei, und den Billardhallen, schmierigen Weinbars und heruntergekommenen Bierkneipen.

Zum Teufel, es war doch Samstagnachmittag, oder?

Und selbst wenn er ’ne Wohnung hatte, ein Typ wie Pete Hendrickson würde niemals am Samstagnachmittag zuhause bleiben. Er würde sich irgendwo hier rumtreiben und versuchen, sich für ein paar Cent zu amüsieren. Wo er zu fressen und saufen kriegte, und wo noch genug übrig blieb, für ein Bett in einer billigen Absteige.

Also lief und lief ich, ging von einem Schuppen zum nächsten, machte immer wieder die Runde. Und der Samstagnachmittag war vorbei und es war Samstagabend.

Ich war zu nervös, um zu essen – nicht daß ich hier was zu essen gefunden hätte. Ich fand eine Bar, die nicht allzu schlecht aussah, und trank ein paar Doppelte. Dann ging ich wieder los.

Er mußte einfach irgendwo hier sein. Der Hundesohn, er *mußte* einfach hier sein! Wenn er nicht in dieser Gegend war, hätte er bestimmt die Stadt verlassen und…

Ich biß die Zähne zusammen. Nein! Nein! Das konnte er mir nicht antun. Das konnten sie mir nicht antun!

Samstagabend.

Acht Uhr am Samstagabend. Immer noch kein Pete… und fast schon Zeit, mich mit Mona zu treffen.

Ich kaufte eine Literflasche Whiskey und ging zum Wagen zurück. Ich riß den Verschluß mit den Zähnen auf, tat mir richtig weh, um alles andere zu vergessen, und fand Gefallen am Schmerz. Ich nahm einen Schluck, ließ die Flasche auf den Sitz fallen und fuhr los.

High? Mann, ich flog höher als ein Drachen, aber nicht vom Fusel. Es war die Art Trunkenheit, die man spürt, wenn man etwas tun will und es nicht tun kann. Wenn man Antworten braucht und einem nichts einfällt.

Was sollte ich jetzt tun? Was sollte ich Mona sagen? Ich hatte ihr gesagt, daß ich die Sache erledigen würde, und ich konnte die hunderttausend Dollar schon fast riechen...

Ich drehte den Flaschenverschluß ab und nahm noch einen großen Schluck. Sollte ich es ihr sagen? Nichts würde ich sagen. Wenn ich Pete morgen oder übermorgen aufspüren konnte – gut. Falls nicht – und in dem Fall sollte ich besser schnell aus der Stadt verschwinden – naja, dann hatte sie eben noch ein paar Tage Hoffnung, bevor sie die Wahrheit herausfinden würde. Und ich – ich hätte nicht mehr, als ich verdiente.

Für mich war das der einzige Weg, der mir übrigblieb. Ich würde ihre Fragen beiseiteschieben. Mich zugeknöpft geben. Ich würde sie glücklich und dankbar zurücklassen, und dann – Sie wissen schon, was ich meine. War ja kein Unrecht, oder? Ich würde nichts wegnehmen, was sie mir nicht absolut freiwillig geben würde.

»Kein Unrecht«, sagte ich – und zwar laut. »Dolly Dillon hier meint, daß es kein Unrecht sei – dieser verkommene Hundesohn!«

Also, wie auch immer, ich gab es zu, und ich war so wütend auf mich, daß ich an den Fingernägeln kaute. Aber ich wußte, daß ich es doch tun würde, trotz allem.

Sie wartete im Schatten einiger Bäume, ein paar Häuser vom Supermarkt entfernt. Sie kletterte in den Wagen und legte einen Beutel mit Lebensmitteln hinter den Sitz, und ich trat auf's Gas. Der plötzliche Ruck schleuderte sie gegen mich. Sie löste sich von mir, schaute mich ängstlich an, ihre Stimme zitterte ein bißchen.

»W-wo fahren wir hin, Dolly? Ich bin schon eine ganze Weile von zu Hause fort, und...«

»Ich werd dich nicht lange aufhalten«, sagte ich. »Was ist denn los? Du benimmst dich, als wenn du gar nicht froh wärst, mich zu sehen.«

»Oh, nein, Dolly! Ich meine, ich bin froh. Aber ... ist alles in Ordnung? W-wir ... du willst es doch noch machen?«

»Habe ich das nicht gesagt?« meinte ich.

»Montag? N-nicht später als Montag, Dolly? Ich fürchte mich zu Tode, daß sie...«

»Habe ich es dir nicht versprochen?« sagte ich. »Soll ich es dir schriftlich geben?«

Ich fuhr über ein Bahngleis, bog in einen Feldweg ein und hielt an. Der Weg wurde von keiner Straßenbeleuchtung erhellt, und es gab keinen Verkehr. Ich nahm sie in die Arme und zog sie zu mir hinüber.

Ich küßte sie und ließ meine Hand über ihren Körper gleiten. Und was dann passierte war so unglaublich und wunderbar, daß – naja, ich weiß einfach nicht, wie ich's sagen soll. Ich nehme an, man könnte sagen, es war wie ein Opiumrausch oder so etwas.

Ich bin in der Welt rumgekommen, wissen Sie? Ich bin nicht einer von diesen Landjokeln, die einen Steifen bekommen, wenn sie durch die Unterwäsche-Abteilung gehen. Ich kenn die Mädchen für zwanzig Dollar und die wohlerzogenen Bürgerstöchter, die sich nur vergnügen wollen. Aber so etwas hatte ich noch nie erlebt.

Dann war es schließlich vorbei – jedenfalls, was mich anging. Aber das schien ihr nichts auszumachen. Ich sagte:

»Baby...« und dann sagte ich: »Mein Gott, Schatz...« und schließlich sagte ich: »Was zum Teufel soll das?«

Ich schob sie von mir fort und setzte mich wieder hinters Steuerrad. Das schien den Zauber zu brechen, wie es so schön in Büchern heißt.

»Es tut m-mir leid.« Sie biß sich auf die Lippe, versuchte mich nicht anzusehen, sondern schaute beschämt vor sich hin. »I-ich liebe dich einfach so sehr, daß... daß...«

Aber was sollte man zu solch einer Puppe sagen? Vielleicht sah ich alles ganz falsch. Vielleicht verkaufte die alte Frau, was andernfalls umsonst weggegangen wäre.

Sobald ich diesen Gedanken gefaßt hatte, vergaß ich ihn wieder. Bevor er sich festsetzen konnte, war er blitzschnell wieder draußen in der Kälte, und die Tür krachte hinter ihm für immer ins Schloß. Denn selbst ein verdammter Idiot konnte sehen, daß dieses junge Mädchen ein richtiges Püppchen war – so süß und unschuldig wie nur möglich. Und es war ganz selbstverständlich, bei all dem, was ich für sie tat – bei all dem, was sie *dachte*, was ich für sie tat –, daß sie sich dann ganz besonders bei mir bedanken wollte.

Und genauso wollte ich es auch, so sollte es sein. Nach all den Schlampen, an die ich mich gebunden hatte, war es an der Zeit, daß ich mal jemanden traf, der dankbar und liebevoll war und mich zu schätzen wußte.

Ich sagte ihr, daß sie ganz toll sei und daß alles ganz toll sei. Ich hätte sie nur heute abend nicht aufhalten wollen, wo sie sowieso schon zu spät dran sei. »Wegen des Revolvers deiner Tante«, sagte ich, als ich wieder anfuhr. »Wo bewahrt sie den eigentlich auf?«

»Oben. In ihrem Zimmer... Dolly...«

»Sie hat den Zimmerschlüssel bei sich? Gut. Jetzt ziehst du dich wieder richtig an, und ich fahr dich zum Supermarkt zurück.«

»Dolly« – sie begann ihre Kleidung in Ordnung zu bringen. »Was ... wie wirst du es machen, Dolly? Ich meine, ich sollte es doch wissen, falls...«

»He, he«, sagte ich. »Du brauchst absolut nichts zu wissen. Wenn du etwas wüßtest, könntest du es zufälligerweise verraten, also vergiß es einfach.«

»A-aber...«

»Verstehst du mich? Vergiß es«, sagte ich. »Du brauchst nur am Montag zwischen halb neun und neun zu Hause zu sein.«

»Halb neun oder neun?«

»Oder zehn. So ungefähr um diese Zeit«, sagte ich.

»Du hast gestern abend nach Pete Hendrickson gefragt... wolltest mich was über ihn fragen. Was hat er...?«

»Nichts«, sagte ich; und es sah nicht so aus, als ob ich ihr in dieser Sache was vorlog. Pete würde nichts mit der Sache zu tun haben. Ich auch nicht. Und sie tat mir wirklich leid, aber was konnte ich schon machen? »So, nun laß das Fragen mal sein, ja?« sagte ich. »Wenn du so weitermachst, komm ich noch auf den Gedanken, daß du mir nicht traust.«

»Es tut mir leid. Ich habe mich nur gefragt, was...«

»Hier steigst du am besten aus«, sagte ich und gab ihr den Beutel mit den Lebensmitteln. »So, und jetzt geh schnell nach Hause, und mach dir keine Sorgen. Alles wird gutgehn.«

Sie öffnete die Wagentür und begann auszusteigen. Dann drehte sie sich besorgt um, entschuldigend öffnete sie den Mund, um es noch einmal zu versuchen.

Ich lehnte mich nach vorne und küßte sie, dann gab ich ihr einen Klaps. »Verschwinde«, sagte ich. »Hast du mich verstanden, Schatz? Ich will jetzt, daß du gehst.«

Sie lächelte. Sie ging los. Ich fuhr ab.

Ich fuhr noch ein paar Mal durchs Pennerviertel, aber es war wieder vergeblich. Es sah aus, als ob Pete die Stadt verlassen hätte. Ich aß etwas und kaufte mir noch eine zweite Literflasche und fuhr dann nach Hause. Dabei dachte ich, also, zum Teufel noch mal, vielleicht sollte es einfach so sein.

Ich glaube, ich habe Ihnen schon erzählt, daß unsere Bruchbude neben dem Bahngelände lag; auf der einen Seite verliefen die Gleise, auf der anderen befand sich ein Schrottplatz. Wie auch immer, ich wollte es Ihnen einfach sagen. Also, als ich an jenem Abend nach Hause kam, standen einige Güterwagen auf dem Abstellgleis: ein leerer Containerwagen, ein offener Güterwaggon und ein paar Plattformwaggons. Und ich dachte, oh, oh, verdammt noch mal, den verdammten Morgenschlaf kann ich vergessen. Die werden die Waggons morgens um sechs ankoppeln und...

Ich rülpste. Ich starrte auf die offene Tür des Containerwagens und blieb wie angewurzelt stehen.

Es war dunkel auf der Straße. Unser Haus war das einzige im ganzen Straßenblock. Ich hatte schon das Auto abgeschlossen und wußte, daß mir keine Zeit mehr blieb, mir einen Wagenheber oder sonstwas zu schnappen, um ihn dem Kerl über den Kopf zu hauen, bevor er mich erreicht hatte. Denn er ging bereits geradewegs auf mich zu. Ein riesiger Kerl, der quer über den Hof kam. Und ich konnte natürlich nicht sehen, wie er aussah. Aber ich dachte, daß er nichts Gutes vorhaben könnte, sonst hätte er sich nicht...

Zwei Meter von mir entfernt blieb er stehen.

»Dillon?« sagte er. »Bist du Dillon, jaa?«

Ich taumelte gegen den Wagen zurück.

»P-Pete«, sagte ich mit schwacher Stimme. »Pete Hendrickson.«

10

Er hatte sich gestern abend mit ein paar Säufern unten im Salt Creek für den Fünfer, den ich ihm gegeben hatte, mit Wein vollaufen lassen, und Pete war erst heute abend aufgewacht – er brauchte einen Drink wie ein Baby seine Mutter. Einen Drink, was zu essen und ein Bett im Trokkenen. Und er kannte nur einen Typen, der es ihm vielleicht beschaffen könnte. Ich war »soo nett« zu ihm gewesen. Die »fünf Dollar«, die ich ihm gegeben hatte, und ich hatte was von einem »Job« gesagt; also...

Er räusperte sich unbehaglich, mißverstand mein Schweigen. »Ich bin nicht zu Ihrer Haustür gegangen, Dillon. Ihre Frau – Sie haben doch eine Frau, ja?... ich wollte sie nicht erschrecken; ein Typ wie ich, so spät in der Nacht vor der Tür. Darum hab ich in dem Ding da gewartet, bis ich Ihren Wagen hörte, und...«

Ich erholte mich von dem Schreck.

»Ich bin froh, daß du vorbeigekommen bist«, sagte ich. »Ich wollte sowieso mit dir reden. Komm mit rein, und...«

»Besser mach ich das nicht. Ich seh wie ein Penner aus, und Ihre Frau würde das nicht mögen. Wenn Sie mir einfach – naja, einen Dollar oder zwei... nur bis ich 'nen Job finde...«

»He, he«, sagte ich und nahm ihn beim Arm. »Du brauchst sehr viel mehr als das, Pete. Komm schon rein, dann erklär ich dir's; und du brauchst dir keine Sorgen wegen meiner Frau zu machen. Sie ist für ein paar Tage verreist.«

Ich brachte ihn ins Haus. Nachdem ich sicher war, daß die Rollos heruntergezogen waren, machte ich das Licht an und gab ihm die angebrochene Literflasche.

Er trank sie in einem Zug aus, schüttelte sich, seufzte tief. Ich gab ihm die volle Literflasche und eine Zigarette.

Er trank wieder und zog dann den Rauch tief ein. Er lehnte sich im Sessel zurück und seufzte behaglich.

»Ahhhh«, sagte er, einfach nur: »Ahhh. Mein Leben hast du gerettet, Dillon.«

»Vielleicht nicht dein Leben«, sagte ich. »Nur ungefähr vierzig Jahre. Ich glaube, soviel bekommt man in diesem Staat, wenn man eine Minderjährige vergewaltigt.«

Zunächst mal kapierte er gar nichts. Eben hatte er noch im Keller gesteckt, und jetzt saß er im Salonwagen auf dem Weg nach oben und stoppte noch nicht mal bei den Haltesignalen.

Er nahm noch einen großen Schluck aus der Flasche, wischte sich den Mund ab und sagte, daß ich ein netter Mann sei. Er meinte, ich sei ein »richtiger Herr« und ein guter Freund. Und dann sagte er: »Was? Vergewaltigung?« und lehnte sich im Sessel vor.

»Du hast mich schon verstanden«, sagte ich. »Die Nichte der alten Lady Farrell. Mona.«

»A-aber«, sagte er. »A-a-aber...«

»Ja?«

»Eine Lüge ist das! I-ich...« Er schluckte schwer und wich meinem Blick aus. »Mit dem Mädchen war ich zusammen, ja. Warum auch nicht? Ich arbeite, und sie war Teil meines Lohns. Sie hatte nichts dagegen, es machte ihr nichts aus und...«

»War das so, hm?« sagte ich. »Vielleicht hat sie dich dazu gezwungen, was?«

Und ich dachte, oh, du dreckiger Hundesohn! Du dreckiger, verlogener Hundesohn! Na warte.

»Naja...«, er begann höhnisch zu grinsen, aber als er sah, wie ich ihn ansah, verschwand das Grinsen. »Also nein. Ich hab Ihnen gesagt, wie es war. Ich arbeite, sie ist der Lohn.«

»Und sie ist minderjährig. In den Augen des Gesetzes ein Kind.«

»Aber das ist sie nicht! Das ist sie unmöglich! Und sowieso, ich hab sie nicht gezwungen...«

»Die alte Frau sagt, daß sie minderjährig ist«, sagte ich. »Sie sagt, du hättest angedroht, sie und das Mädchen umzubringen, und dann hättest du dir das Mädchen genommen.«

»A-aber... aber...«

Er hob die Flasche wieder hoch und starrte mich listig an.

»Ich glaub, vielleicht erzählst du... vielleicht erzählen Sie mir nicht die Wahrheit, Dillon.«

»Also gut«, sagte ich.

»Warum... warum würde sie sowas tun? Ich war nicht der erste mit ihr, andere haben es auch getan. Und... woher wissen Sie es eigentlich?«

»Vergiß es«, sagte ich. »Ich hatte das Gefühl, dir einen besonders üblen Dienst erwiesen zu haben, weil du deine Arbeit verloren hast, und jetzt wollte ich es wiedergutmachen. Aber wenn du glaubst, daß ich lüge, vergessen wir's eben.«

Ich stand auf und holte die Brieftasche heraus. Ich nahm zwei Dollarnoten heraus, zeigte sie ihm, dann steckte ich sie zurück und holte einen Fünf-Dollarschein raus. Ich hielt ihm den Schein hin.

»Und du solltest auch besser die Flasche mitnehmen«, sagte ich. »Du solltest dir ordentlich einen hinter die Binde gießen, bevor sie dich einlochen.«

»A-aber...« Er wich vor dem Geld zurück. »Ich wollte Sie nicht beleidigen; es ist nur...«

»Nur zu deiner Beruhigung«, sagte ich, »warum rufst du das alte Mädel nicht kurz an? Da ist das Telefon. Frag sie, ob sie dich nicht den Bach runter lassen will, sobald sie kann.«

»A-aber, wenn ich es doch nicht...«

»Aber es stimmt ja nicht, hast du's schon vergessen? Ich lüge dich doch an.«

Er wurde grau im Gesicht. Er nahm so einen großen Schluck aus der Flasche, daß fast nichts übrigblieb.

»Dillon«, sagte er. »Wie… was… was is…?«

Ich setzte mich ihm gegenüber. Ich sah ihn direkt an und legte los.

Also, vielleicht war er wirklich nicht der erste mit Mona, sagte ich. Aber konnte er es beweisen? Und könnte er beweisen, daß sie nicht minderjährig sei und daß sie und die alte Frau mit dem Geschäft einverstanden gewesen wären? Seine Aussage stände gegen ihre. Und *er* hatte ein Vorstrafenregister und einen schlechten Ruf als Trinker.

Warum das alte Mädel ihm das antat? Naja, sie war eine gemeine alte Hexe und so runtergekommen wie nur was (er nickte), und sie war wütend auf ihn, das müsse er doch noch wissen. Sie hätten sich wie Hund und Katze gestritten, bevor er die Arbeit hingeworfen hätte (er nickte wieder), und deshalb war sie immer noch sehr wütend. Die Alte wolle sich an ihm rächen, und zwar so, daß Blut floß.

Pete schüttelte dumpf den Kopf. Aus seinem Mundwinkel floß ein wenig Speichel, und er wischte es ab.

»Warum?« fragte er. »Ich glaube Ihnen ja, Dillon, aber warum hat sie es Ihnen…«

»Weil sie dachte, daß ich zu ihr halten würde, verstehst du?« log ich. »Ich bin zu ihr gegangen, um deine Adresse für unseren Laden rauszukriegen; du weißt, für mich war das nur rein geschäftlich – ich war dir überhaupt nicht böse, und ich hab's dir auch bewiesen. Aber, wie auch immer, sie denkt es eben, und ich habe sie auch in diesem Glauben gelassen. Also, als ich gerade gehen wollte, meinte sie, ich solle zurückkommen und ihr sagen, ob du immer noch in der Gärtnerei arbeitest. Sie hätte 'nen guten Plan, wie sie dir das Leben ziemlich schwer machen könne.«

»Naja, wie ich schon sagte, ich war überhaupt nicht böse auf dich. Ich bin wirklich dein guter Freund, und ich hab's auch bewiesen, oder? (Er zögerte, nickte dann heftig). Also bin ich zurückgegangen und habe ihr erzählt, daß du in der Gärtnerei aufgehört hast, und dann habe ich sie gefragt, was sie denn eigentlich mit dir vorhätte. Ich wollte es rausfinden, um dich warnen zu können.«

»Ich glaube, daß sie mir gegenüber vielleicht etwas mißtrauisch geworden ist, denn sie sagte, es ginge mich nichts an; die Bullen würden dich schon kriegen und dann ginge es dir wirklich mies. Aber ich blieb hartnäckig, tat so, als wäre ich auch wütend auf dich, wäre ganz wild darauf, ihr zu helfen, und dann hat sie mir endlich erzählt, was sie vorhat...«

Ich hustete und wandte den Kopf ab. Mann, das war das einzige, was ich tun konnte, um nicht vor Lachen zu platzen!... Der Speichel lief ihm wieder runter; und seine glasigen Augen standen hervor wie Murmeln. Er war ein verängstigter Hurensohn, und das ist wirklich noch untertrieben.

»Also, ich hatte Angst, es ihr auszureden«, fuhr ich fort. »Sie hätte gemerkt, daß ich in Wirklichkeit dein Freund bin, und dann hätte sie die Bullen wahrscheinlich sofort geholt. Also sagte ich, fein, ich wäre ganz ihrer Meinung, aber vielleicht würde sie Schwierigkeiten haben, dich festzunageln. Vielleicht wäre es besser, wenn ich dich aufsuchen würde und dich zu ihr bringen würde. Du weißt schon: Wir würden einige zusammen heben, und dann würde ich vorschlagen, wir beide sollten rüberfahren, für eine Party. Und dort würden wir dich in die Falle locken – das hab ich ihr vorgeschlagen – verstehst du? Wir würden die Bullen holen und …«

Ja, die Geschichte klang wirklich ziemlich wild, aber er war ein ziemlich dummer Kerl. Hatte jedenfalls nicht viel Schulbildung. Und ich glaube, die Bullen hatten ihm ganz schön mitgespielt. Er starrte mich an, seine Lippen waren zu steif, um sich zu bewegen, und unter dem Grau wurde seine Gesichtsfarbe grün. Ich hustete und wandte mein Gesicht wieder ab.

»Was … ich hab doch noch Zeit, Dillon? Ich kann aus der Stadt abhauen, bevor …«

»Wie weit würdest du kommen?« fragte ich. »Die Bullen haben dein Foto und deine Fingerabdrücke. Sie schikken ein paar Steckbriefe raus, und dann haben sie dich bald.«

»A-aber was …«

»Ich werd's dir sagen«, meinte ich. »Sie hat mir bis Montagabend Zeit gegeben, also gehn wir Montagabend zusammen rüber. Ich werd zuerst reingehen und ihr sagen, daß du in ein paar Minuten nachkommst; und dann schleichst du dich auf die Veranda, und ich fange an, mich mit ihr zu unterhalten. Ich werd ihr sagen, daß ich meinen Hals für sie hinhalte und wie es denn mit einer Nummer mit der jungen Frau wäre, als Entgelt für meine Bemühungen. Und sie wird darauf eingehen, sie hat es mir schon so gut wie vorgeschlagen. Und dann sage ich, ich möchte sichergehen, daß sie nicht eines Tages dasselbe mit mir macht, wie jetzt mit dir. Sie muß mir was Schriftliches geben, damit ich beweisen kann, daß sie und die junge Frau sich freiwillig darauf eingelassen haben. Daß die Kleine über einundzwanzig ist, es schon vorher getan hat und... he, was ist denn?«

Er hatte die Stirn etwas gerunzelt. Ich schaute ihn streng an, und er räusperte sich entschuldigend.

»Es... ein bißchen seltsam hört es sich an. Glauben Sie, die würde so was tun?«

»Natürlich wird sie das. Es ist ganz einfach.«

»Und warum muß ich dann auch da sein?«

»Warum?« sagte ich. »Warum – zum Teufel, das muß ich doch wohl nicht noch erklären, oder?«

»Wenn es Ihnen nichts ausmachen würde, bitte. Ich bin so verwirrt, ich kann nicht...«

»Es ist doch ganz klar, weil sie zögern wird, verstehst du, was ich meine? Sie wird bestimmt denken, ich will sie übers Ohr hauen. Also geh ich zur Tür, zeige nach draußen und sage, also, hier ist Pete. Ich will jetzt die schriftliche Einwilligung. Ich will sie hier und zwar sofort, oder das Geschäft ist geplatzt. Dann würde ich dir alles erzählen und den Bullen sagen, daß die Alte dich reinlegen wollte, und dann hätte sie mehr Ärger am Hals, als ihr lieb wäre.«

Er nickte, seine Miene hellte sich auf. Er zögerte.

»Würden Sie ... Sie denken nicht, daß es vielleicht möglich wäre, wenn Sie einfach jetzt zur Polizei gingen und...«

»Daran habe ich auch gedacht«, sagte ich, »aber ich fürchte, daß es nicht klappen würde. Die würden dich wahrscheinlich in den Knast werfen, während sie alles untersuchen; und vielleicht würden sie dich auch nicht wegen Vergewaltigung verklagen, aber du würdest 'ne lange Zeit im Knast verbringen. Es ist eine verdammt heikle Geschichte, wie immer man es auch sieht. Selbst wenn es keine Vergewaltigung war...«

»Das war's nicht! Ich schwöre es, Dillon!«

»...sieht trotzdem übel aus. Wie du es auch hinbiegst, es sieht immer schlecht aus. Es gibt mindestens zwei Gesetze, gegen die du verstoßen hast, und die werden dir verdammt noch mal die Höchststrafe für beide verpassen.«

Er seufzte, nickte wieder.

»Sie haben recht, mein guter Freund. Also, wenn Sie mir diesen großen Gefallen tun wollen...«

»Ich bin es dir schuldig«, sagte ich. »Ich war für deine Entlassung verantwortlich, und jetzt mach ich's wieder gut. Und außerdem macht es Spaß, der alten Frau 'ne Nadel in den Arsch zu pieken.«

Er sagte mir wieder, ich sei ein netter Mensch, ein »richtiger Herr«. Er schaute die Flasche an, stellte sie auf die Tischkante und stand auf. »Sie haben schon so viel getan, ich schäme mich, Sie noch um was...«

»Setz dich«, sagte ich. »Du wirst hierbleiben. Du bleibst hier, bis alles vorbei ist.«

»A-aber«, er setzte sich wieder, er brauchte keine weitere Aufforderung. »Es ist alles zu viel...«

»Unsinn«, sagte ich, »ich bin froh, daß ich Gesellschaft habe. Wir wär's jetzt mit Eiern mit Schinken?«

In seinen Augen standen Tränen; ich dachte, um Gottes willen, er wird anfangen zu flennen. »Mein guter

Freund«, sagte er. »Mein lieber Freund.« Und er wischte sich die Nase an seinem Ärmel ab.

»Eins mußt du dir merken«, sagte ich. »Du mußt immer drinnen bleiben, verstanden? Bleib immer hier im Haus, laß keinen wissen, daß du hier bist. Es sähe nicht gut aus, du weißt schon, was ich meine, wenn das alte Mädel sich entscheiden würde, es auf die harte Tour zu versuchen, und wir zur Polizei gehn müßten. Die würden denken, wir stecken unter einer Decke, verstehst du? Die würden denken, daß einer von uns lügt und der andere einen Meineid darauf leistet.«

»Also«, sagte er, »ich werd tun, was Sie sagen.«

Ich machte ihm was zu essen.

Ich ging raus und kaufte mehr Whiskey.

Ich überredete ihn, das Bett im Schlafzimmer zu nehmen, und legte mich aufs Sofa.

Ich schlief schnell ein, aber gegen drei Uhr morgens wachte ich auf. Ich fühlte mich bedrängt, als ob mich etwas erdrücken würde.

Und so war es. Es war das Bettzeug. Ich war wie ein Zweijähriger eingepackt.

Ich begann das Bettzeug zu ihm rüberzuschleppen; und dann dachte ich an Mona, das süße Kind, und wie er sie ausgenutzt hatte. Also nahm ich mir einfach die Decken, die ich brauchte, und warf den Rest auf den Fußboden.

Sollte der Hundesohn doch frieren. An seinem nächsten Aufenthaltsort würde ihm noch heiß genug werden.

11

Der nächste Tag war ein Sonntag, und es war, verdammt noch mal, der längste Tag meines Lebens.

Pete hatte sich ganz gut von seinem Rausch erholt. Er konnte so klar denken wie nur möglich, und er hatte die erste Angst überwunden. Also begann er sich Sorgen zu machen, zweifelte alles an und stellte mir eine Frage nach der anderen. Und um ehrlich zu sein: Ich konnte nicht sonderlich klar denken. In meinem Kopf herrschte ein übles Durcheinander, als wäre ich durch ein Rattenloch gekrochen.

Ich begann ihm gleich Whiskey einzuflößen. Ich holte meine Kundenkarten heraus und tat so, als arbeitete ich. Aber ich konnte ihn nicht loswerden. Ich hörte ein »Warum«, »wieso« und »wie« nach dem anderen, bis ich, oh Mann, kurz davor war, ihn sofort an Ort und Stelle umzubringen.

»Ich sagte es dir doch« (sagte ich ihm). »Gottverdammt noch mal, Pete, wie oft muß ich es dir noch erklären? Ich werd die Sache schriftlich von ihr kriegen, und dann ist sie in der Falle. Du könntest sie mit einem nassen Seil verprügeln, und sie würde keinen Mucks von sich geben.«

»Aber« – er schüttelte immer noch den Kopf – »aber es scheint so seltsam zu sein. Fast wie ein Film. Man kann es fast nicht glauben, daß sie es tun wird...«

»Also, sie wird es! Warte ab und du wirst sehen, ob sie's tut.«

»Trotzdem« – er schüttelte immer noch seinen gottverdammten Kopf – »es ist so schwer zu... es ist so seltsam. Daß sie so wütend auf mich ist, wegen irgendwas, was ich – daß sie Ihnen ihre Pläne erzählt hat, und daß Sie...«

»Also gut«, sagte ich. »Ich lüge. Ich hab alles erfunden. Warum zum Teufel sollte ich dich denn in Christi Namen anlügen?«

»Bitte! Mein guter Freund, mein lieber Freund. Ich wollte doch nicht...«

»Was willst du denn?«

»Nun ja. Ich frage mich ja bloß. Ich möchte doch nur fragen, warum...«

Nein, ich glaube nicht, daß er wirklich Verdacht geschöpft hatte; er glaubte viel zu sehr daran, daß wir beide gute Freunde waren. Es war eher so, daß er befürchtete, ich könnte die Sache dramatisieren: als hätte die alte Frau mir eine Schauergeschichte erzählt und ich würde mich viel zu sehr aufregen. Oder daß ich eine Bärenfalle aufstellen würde, um ein Kaninchen zu fangen – und dabei eine so große Schau abziehen würde, daß wir schließlich selbst in der Falle endeten.

Wie auch immer, er hörte einfach nicht mehr auf, winselte, bohrte und machte sich lauthals Sorgen, bis – oh Gott! – ich genug hatte und einfach nicht mehr konnte. Es war ungefähr eine Stunde nach dem Abendessen, als es passierte. Ich war zum Delikatessenladen rausgegangen und hatte genug verdammten Fraß gekauft, um damit ein Pferd zu füttern, weil ich mir sagte, verstehen Sie, daß ein gutes Fressen ihn 'ne Weile beruhigen würde. Aber während des ganzen Essens redete er weiter – redete mit einem gottverdammten großen Maul voll Essen – und hinterher wollte er unbedingt beim Abwaschen helfen; ich meine, er bestand darauf. Und er redete immer weiter, und weiter, und weiter – bis...

Die Worte tanzten mir im Kopf herum. *Warum, was, warum-was* – schneller und schneller und doch ganz langsam – *warum-was,* WARUM-WAS. WARUMWASWARUMWASWARUMWAS ... *Warum, was, warum-was, warum-was. Warum?* WARUM? WARUM?...

Und plötzlich schien bei mir der Film zu reißen. Es war, als gäbe es mich nicht mehr, als ob ich in mich selbst zusammengesunken und verschwunden wäre. Und statt dessen gab es nichts außer einem tiefen Loch, ein tiefes, schwarzes Loch, in das von oben ein Licht hereinschien.

Das Licht begann sich nach unten zu bewegen. Es raste nach unten, machte ein zischendes, kreischendes Geräusch. Es erreichte den Boden des Lochs und schoß wieder nach oben. Und dann kam ich wieder zurück, von wo immer ich gewesen war, und Pete und ich standen im vorderen Zimmer. Und ich redete mit ihm.

Sehr ruhig.

»Du hast recht«, sagte ich. »Die ganze Sache ist eine verdammte Lüge. Sie ist nicht hinter dir her; ich will sie allemachen. Sie hat einen Haufen Mäuse, verstehst du, hunderttausend Dollar, und niemand anders weiß davon. Ich dachte mir, daß ich sie kalt mache und das Geld nehme, und dann laß ich es so aussehn, als ob du...«

»Bitte«, er klopfte mir unbeholfen auf die Schulter. »Tschuldigen Sie, mein guter Freund. Ich mach mir Sorgen und red zuviel, aber jetzt werd ich nichts mehr sagen.«

»Ich sage es dir doch«, meinte ich. »Ich sage es dir ganz

einfach und direkt. Und jetzt verschwinde hier zum Teufel noch mal und vergiß die ganze Sache.«

Er legte seine Hände auf meine Schultern und preßte mich in einen Sessel. Er gab mir noch einen kleinen Klaps, sah mich traurig und entschuldigend an. »So'n Penner bin ich. So viel tun Sie für mich, und ich tu nichts, als wie ein Huhn zu schnattern. Gut! Nichts mehr. Jetzt ruhen Sie sich aus, und ich werd das Geschirr abwaschen.«

»Ich will nicht, daß du das machst«, sagte ich. »Ich will nur, daß du ...«

»Und ich werde es nicht tun«, sagte er bestimmt. »Nur den Abwasch werd ich machen und meinen großen Mund halten.«

Also, ich hatte es ihm gesagt. Und selbst wenn ich in der Lage gewesen wäre, es ihm noch einmal zu erzählen – und das konnte ich nicht –, hätte er nicht auf mich gehört. Er wusch ab, machte die Küche sauber und schrubbte die Wachstuchdecke auf dem Tisch. Er kam ins Wohnzimmer zurück und schüttete sich einen sehr kleinen Drink und mir einen großen ein.

Er hielt Wort. Er fragte nicht weiter. Aber ich spürte, daß er vor Fragen fast platzte, daß sie sein Inneres zerfraßen, als hätte er einen ganzen Busch giftigen Efeus verschluckt. Und ihn in dem Zustand zu sehen, war zehnmal schlimmer, als wenn er weitergeredet hätte.

Ich schüttete ihm einen großen Drink ein, sorgte dafür, daß er drei, vier große Schlucke nahm; aber es schien ihm nicht viel zu helfen. Ich versuchte seine Gedanken von diesem Thema abzulenken – meine Gedanken.

Ich holte uns ein Kartenspiel und eine Schachtel

Streichhölzer heraus, die wir als Chips einsetzten; dann spielten wir ein paar Runden Draw-Poker. Nach dem Pokern spielten wir Rommé, danach Monte, dann Pharao, bevor wir zu wilderen Spielen wie Stud-Poker à la Baseball und Stud-Poker mit vier verdeckten Karten übergingen.

Das Kartenspiel schien zu helfen. Es dauerte lange, aber schließlich wirkte es. Er begann zu summen, eine Art murmelndes Singen. Und ehe ich wußte, was los war, sang ich mit. Wir grinsten und sangen den Refrain laut zusammen – ich erinnere mich, es war *Pie in the Sky*. Und als wir zum Ende des Lieds kamen, warfen wir die Karten hin und lachten wie die Irren.

»Dillon« – er wischte sich die Augen – »so ist's schön. Gute Freunde, guter Whiskey, ein gutes Lied. Ich glaube, ich habe das Lied seit einer Ewigkeit nicht mehr...«

»Ich wette, daß ich es dir sagen kann«, meinte ich. »Oben im Nordwesten, nicht wahr? Warst du irgendwann mal da oben in der Nähe von Washington, in Oregon?«

»Und ob! Das war 1945...«

»Neunzehnhundertfünfundvierzig!« sagte ich. »Wirklich, zum Teufel, in dem Jahr war ich ja selbst da. Hatte eine Mannschaft, die Töpfe und Pfannen verkaufte...«

Naja, ich nehme an, es war gar nicht so seltsam, denn Typen wie wir kommen natürlich immer viel in der Welt rum; wir würden zwar nicht die gleiche Arbeit tun, aber wir landen oft an den gleichen Orten. Trotzdem war es lustig, eher seltsam, meine ich. Und wenn ich mich dazu bringen konnte zu vergessen – das andere Ich, meine andere Hälfte –, schien alles ganz gut zu sein.

Wir sangen ein Lied nach dem anderen. Natürlich nicht allzu laut. Wir sangen, tranken und redeten, und ich nehme an, daß wir beide ziemlich betrunken waren, bevor der Abend vorbei war. Und ich glaube, ich war noch besoffener als er. Der Tag war endlos gewesen, wissen Sie; ich hatte alles gegeben. Und jetzt füllte ich meine Reserven wieder auf mit Musik, Reden und Drinks, und ich war total besoffen.

»Was wollen wir eigentlich, Pete?« fragte ich. »Wonach halten wir eigentlich Ausschau?«

»Ausschau, Dillon?«

»Ja. Wir jagen von einem Ort zum nächsten, obwohl wir wissen, daß sie alle gleich sind. Wechseln dauernd den Job, obwohl wir wissen, daß es immer das gleiche ist. Es gibt keine gottverdammte Arbeit, die nicht stinkt.«

»Weißt du« – er kratzte sich am Kopf. »Ich glaube nicht, daß wir Ausschau halten, Dillon. Ich glaube, wir versuchen, nichts zu sehen.«

»Was?«

»Ja. Weil wir immer das gleiche finden, wo auch immer wir sind ... nein, das reicht. Und das ist auch genug für dich, mein Freund. Arbeiten mußt du morgen; so und jetzt kriegst du Kaffee.«

»Ich will aber keinen Kaffee«, sagte ich. »Will noch einen Drink. Will reden. Will ...«

»Kaffee«, sagte er bestimmt und stand auf. »Und dann ins Bett.«

Er ging in die Küche. Ich hörte, wie das Wasser aus dem Hahn floß, und dann plätscherte es endlos. Plätscherte und plätscherte und plätscherte. Und ich hörte alles. Mein

Kopf begann wieder zu schmerzen, und die ganze gute Stimmung war zum Teufel.

Ich stand auf und taumelte zur Küchentür. Ich stand und starrte ihn an, das Blut raste durch mein Hirn.

»He!« sagte ich. »Zum Teufel, was bist du für ein fetter Dreckskerl?«

»Was«, er wirbelte erschreckt herum. »Ich versteh nicht...«

»Warum hast du es nicht gleich getan?« fragte ich. »Du wußtest, daß es getan werden mußte. Alles war so toll, und du mußtest es kaputtmachen. Warum? Antworte mir, du dreckiger Hundesohn! Warum... w-warum hast du die Kaffeekanne nicht ausgewaschen...?«

Ich fing an zu heulen.

Ich rutschte am Türpfosten herunter, und er hob mich auf und trug mich ins Schlafzimmer...

...Dieser Montag, der nächste Tag, war hart. Über Pete machte ich mir keine Gedanken mehr, abgesehen davon, daß er das Haus verlassen und sich draußen blicken lassen könnte. Denn so wie er sich benommen hatte, verdiente er es einfach. Aber ich hatte jede Menge andere Sorgen. Ich konnte mich nicht auf meine Arbeit konzentrieren, und genau heute mußte ich mich konzentrieren. Staples sah mir auf die Finger. Wenn ich jetzt zu viel vermasseln würde, wäre ich den Job los; und den Job mußte ich einfach behalten. Jedenfalls noch eine Weile.

Also mußte ich mich auf die Arbeit konzentrieren, um gute Resultate vorweisen zu können. Und dann beschäftigten mich noch die anderen Sachen: die Hunderttausend und Mona, und was ich tun mußte, um sie zu bekommen. Und in meinem Kopf herrschte ein hoffnungsloses Chaos. Ich kam einfach mit keiner Sache voran.

Ich konnte nichts eintreiben, ich konnte nichts verkaufen. Ich meine, sicher, ich kassierte und verkaufte ein bißchen, aber bei weitem nicht soviel, wie ich sollte. Was die andere Sache anging, naja, je mehr ich darüber nachdachte – und ich mußte immer daran denken –, um so verwirrter wurde ich.

Verstehen Sie? Sie haben es wahrscheinlich schon gemerkt. Wenn es jemals einen Idioten gegeben hat, der planlos an 'ne Sache rangegangen ist, war ich es. Ich kannte den Grundriß des Hauses nicht. Ich wußte nicht, wie lange Mona brauchen würde, um das Geld aus dem Keller zu holen, oder in welchem Zimmer ihre Tante wohnte, oder ob diese mich abends ins Haus lassen würde, oder – oder irgendeine verdammte andere Einzelheit. Aber das Schlimmste war, daß ich Mona den Plan nie erklärt hatte. Ich hatte nichts mit ihr abgesprochen, weder wie sie sich hinterher zu verhalten hätte, noch was sie nach der Tat sagen sollte, und auch nicht die Geschichte, die sie den Bullen später erzählen sollte: einfach nichts. Ich hatte es nicht gemacht, weil ich nie so richtig vorgehabt hatte, die Sache durchzuziehen. Ich hatte geglaubt, daß Pete die Stadt verlassen habe und daß ich die Sache nicht durchziehen könnte. So also stand die Sache. So stand ich nun da. Ich hatte Mona noch nicht mal die Hälfte der Fragen gestellt, die ich hätte fragen sollen, und ich hatte ihr so gut wie nichts von dem erzählt, was sie wissen mußte. Und jetzt war es zu spät. Ich wagte nicht, sie anzurufen. Es gab keine Möglichkeit, sie zu treffen. Vielleicht hatte ich eine Chance, sie draußen zu treffen, wenn ich lange genug in der Gegend auf sie warten würde. Aber das würde nicht gut aussehen: Die Leute würden sich später vielleicht daran erinnern, mich gesehen zu haben. Und außerdem hatte ich nicht die Zeit dazu.

Auf Eis legen? Die Sache auf den nächsten, übernächsten Abend verschieben, bis ich die Möglichkeit gehabt hatte, mit Mona zu reden? Das konnte ich nicht. Schließlich hatte ich Pete diese Geschichte erzählt, und außerdem könnte die alte Frau herausfinden, daß jemand die Hände in ihre Kasse gesteckt hatte.

Das war also der Stand der Dinge. Ich geriet ins Stolpern, *bevor* ich überhaupt losgelaufen war. Ich war noch gar nicht gestartet und hatte das Ding schon in den Sand gesetzt. Jedenfalls hatte ich nicht getan, was ich hätte tun sollen.

Ich dachte darüber nach, während ich das Geld aus meinen mittellosen Kunden herauspreßte. Ich sollte besser sagen, ich versuchte es herauszupressen. Ich sagte mir, ach, Dolly, du hast dich kein bißchen verändert, nicht wahr? Du hast kein bißchen dazugelernt, du dämlicher Hundesohn. Du könntest nicht mal ein Gebet in der Bibelstunde lernen. Du siehst etwas, was du haben willst, und dann hast du nur noch dafür Augen im Kopf. Du achtest überhaupt nicht auf die Straße, und plötzlich steckst du bis über beide Ohren im Dreck...

Naja, trotzdem, ganz so war es doch nicht. Es sah vielleicht so aus, aber in Wirklichkeit war es nicht so. Es gibt eben Typen, die haben Glück, und andere, die haben keins. Und ich, ich nehme an, Sie wissen, zu welcher Kategorie ich gehöre.

Irgendwie kam ich über den Tag, und als es Zeit wurde, nach Hause zu gehen, setzte mein Verstand wieder ein. Mir wurde klar, daß ich eigentlich gar nicht so übel dastand. Das Geld war da – oder nicht? – und ich hatte Pete überredet – oder etwa nicht? – und Mona würde tun, was ich sagte – würde sie doch, oder? Alles Wichtige hatte ich geregelt, und nur ein paar Details waren übriggeblieben. Natürlich wäre es besser gewesen, wenn ich Mona alles erklärt hätte. Aber es war nicht wirklich wichtig. Ich hatte gute Arbeit geleistet, und alles würde gutgehen. Es mußte einfach gutgehen, verstehen Sie, was ich meine? Selbst der unglücklichste Typ auf der ganzen Welt muß irgendwann auch mal Glück haben.

Ich arbeitete bis kurz nach sechs, versuchte Eindruck zu schinden. Als ich in den Laden kam, hatten die anderen Typen schon abgerechnet und waren nach Hause gegangen. Staples befand sich wieder hinter dem Schalter, zappelte nervös herum und wartete auf mich.

Er sah meine Kaufverträge durch – die neuen und die Anzeigenverkäufe. Er überprüfte meine Ratenzahlungskonten und zählte meine Bareinnahmen.

»Ein bißchen wenig, Frank«, säuselte er und sah mich schließlich an. »Ganz schön wenig. Ich nehme an, du hast eine gute Geschichte parat, um alles zu erklären?«

»Warum, zum Teufel?« fragte ich. »Ich hab fast eine Woche nicht gearbeitet. Man braucht ein paar Tage, um wieder richtig in Schwung zu kommen.«

»Nein.« Er schüttelte den Kopf. »Nein, Frank, das

braucht man nicht. Man braucht genau einen Tag. Heute. Hast du mich genau verstanden?«

»Also gut«, sagte ich. »Ich werd morgen mehr schaffen.«

»Das wirst du tun, wahrlich. Viel mehr. Andernfalls, fürchte ich, würde...«

Ich zuckte die Schultern und sagte ihm, er solle aufhören, so eine Schau abzuziehen. Wenn ich es morgen nicht bringen würde, könnte er mir dann seine Tiraden halten. Also ließ er es dabei bewenden, wir wünschten uns eine gute Nacht, und ich fuhr nach Hause.

Morgen *würde* ich mehr ranschaffen. Wenn es mir nicht auf dem Geschäftsweg gelänge, würde ich eben ein bißchen was von den Hunderttausend auf die Kundenkonten fließen lassen. Nur ein paar Scheine, genug, um gut dazustehen. Ich würde es mir leisten können, mit den vielen Mäusen, und ersparte es mir dadurch, mich kaputtzumachen.

Ich kam nach Hause. Pete war ziemlich unruhig, weil er den ganzen Tag eingeschlossen war; es sah aus, als wäre er bereit, wieder mit der Fragerei anzufangen. Also sagte ich, daß ich baden müsse, und er solle uns mit den Sachen, die ich mitgebracht hatte, was zu essen machen. So war ich ihn für eine Stunde los.

Wir aßen ungefähr um halb acht. Gegen acht waren wir fertig. Ich sagte ihm, daß ich noch ein paar Abrechnungen zu erledigen hätte und er solle abwaschen. So war er also bis halb neun beschäftigt.

Danach kam er ins Wohnzimmer, und ich legte die Ratenzahlungsbelege zusammen, mit denen ich herumgespielt hatte. Ich sagte ihm, daß er sich den Hut aufsetzen und den Mantel anziehen solle, und er tat es – dabei sah er aus, als ob er jeden Moment mit Fragen herausplatzen würde. Dann gab ich ihm einen der beiden großen Drinks, die ich uns eingeschüttet hatte. Und sobald er ihn runtergespült hatte, schüttete ich uns noch zwei Gläser ein.

»Dillon, guter Freund. Es gibt da was…«

»Trink dein Glas aus«, sagte ich. »Beeil dich! Wir sind spät dran.«

»Aber…«

Aber er trank sein Glas aus, und ich trank meins. Ich schaltete das Licht aus, nahm ihn beim Ellbogen und schob ihn in der Dunkelheit zur Haustür.

»Es ist nur eine kleine Sache, Dillon. Unwichtig, aber es geht mir nicht aus dem Kopf. Seit letzter Nacht, als wir…«

»Hast du mich nicht verstanden?«, sagte ich. »Ich hab gesagt, wir sind spät dran. Los, komm schon.«

Er kam mit, aber die Frage, was immer es auch war, machte ihm immer noch zu schaffen. Und während der ganzen Fahrt durch die Stadt murmelte und redete er vor sich hin. Ich glaube, ich habe Ihnen schon erzählt, daß das Haus hinter der Universität lag, das einzige an der ganzen Straße. Jedenfalls war das so, es stand ganz für sich allein. Aber ich ging trotzdem kein Risiko ein. Am Ende des angrenzenden Straßenblocks fuhr ich etwas schneller, dann löschte ich die Autolichter, schaltete den Motor aus und fuhr den Rest der Strecke im Leerlauf.

Ich machte die Wagentür auf. Ich sagte Pete, daß er im Auto bleiben solle, bis ich ihn riefe.

»Oh?« Er drehte sich um und sah mich an. »Aber ich dachte…«

»Ich weiß«, sagte ich. »Aber sie könnte dich vielleicht hören, wenn du auf die Veranda kommst. Sie könnte denken, daß was Komisches im Gange sei, und dann wäre das ganze Geschäft versaut.«

Ich ließ ihn im Wagen sitzen, er redete und murmelte vor sich hin. Ich war ungefähr auf der Hälfte des Weges zum Haus angekommen, als mir ein Gedanke kam: Was wäre, wenn jemand vorbeikäme, ein Streifenwagen, und man ihn fragen würde, was er eigentlich hier zu suchen hätte. Aber... naja, daran könnte ich eben nichts ändern. Es war nicht perfekt so, aber es hatte auch keinen Zweck, wenn er auf der Veranda warten würde, so wie ich es ihm gestern abend gesagt hatte. Das eine war nicht perfekt, das andere auch nicht – aber wahrscheinlich konnte ich mir nichts Perfektes ausdenken. Aber, gottverdammtnochmal, ich hatte einfach nicht genug Zeit zum Nachdenken gehabt, und ich war sowieso ein Unglücksrabe, und...

Ich klopfte an die Haustür, und, oh Mann, es hörte sich genauso wie das Echo meines Herzschlags an. Die alte Pumpe schlug so heftig. Nach einer langen Pause – ein Dutzend Jahre schienen vergangen zu sein – schob die alte Frau die Gardine beiseite und spähte zu mir hinaus.

Im Korridor, wo sie sich befand, brannte nur ein mattes Licht. Aber es war offensichtlich genug für sie, um mich zu erkennen. Sie öffnete die Tür, und ich ging hinein.

Sie blickte mich enttäuscht an, als sie sah, daß ich nichts bei mir trug. Dann nickte sie in Richtung Tür und grinste wieder. Sie rieb sich die Hände.

»Hast du meinen Mantel mitgebracht? Hast ihn im Wagen, was?«

Ich sagte nichts, bewegte mich nicht. Ich war wie eine Spielzeugfigur, deren Batterien leer waren. Ich wollte die alte Hexe zur Hölle schicken, aber ich konnte mich einfach nicht bewegen.

»Bring ihn rein, Mister. Darum bist du doch gekommen, oder nicht? Wenn du den Mantel reingebracht hast...« Sie zwinkerte mir zu und zeigte mit einer Kopfbewegung zu den hintersten Räumen des Hauses. »Sie ist schon im Bett, Mister, und wenn du mir den Man...«

Das hätte sie einfach nicht sagen sollen. Wirklich, bei Gott, ich hatte es geplant, und ich war schon dreiviertel des Weges gekommen, aber wenn sie das nicht gesagt hätte, hätte ich es niemals tun können.

Mit diesem Satz hatte sie sich selbst verurteilt. Sie verdiente es.

Und sie bekam es.

Ich verpaßte ihr einen linken Haken, zog durch und traf sie von rechts. Ich gab ihr nur die beiden Schwinger – links und rechts. Blitzschnell. Traf sie von einer Seite, dann von der anderen. So konnte sie nicht umfallen. Dann ließ ich sie zu Boden sinken, mit dem Rücken gegen den Treppenaufgang; und ihr Genick sah zehn Zentimeter länger aus. Und ihr Kopf schwang wie ein Kürbiskopf auf der Ranke.

Ob ich sie umgebracht habe? Was denken Sie denn?

Mona hatte hinter den Vorhängen im Wohnzimmer gestanden. Jetzt kam sie heraus und schaute die alte Frau nur kurz an, dann schaute sie schnell wieder fort. Und warf sich zitternd in meine Arme.

Ich küßte sie auf den Kopf, drückte sie kurz an mich. Ich schob sie vom Korridor ins Wohnzimmer.

»D-Dolly. Was sollen w-wir jetzt...«

»Ich werd's dir sagen«, meinte ich. »Ich sag dir genau, was du tun sollst. Also, wo ist das Zimmer deiner Tante?«

»O-oben an der Treppe. Auf der rechten Seite. Oh, D-Dolly, ich bin...«

»Spare es dir«, sagte ich. »Um Himmels willen, heb es dir für später auf! Wo hat sie ihren Schlüssel? Wo ist ihr Schlüssel?«

»Ich w-weiß nicht... vielleicht in i-ihrer...«

Ich rannte in den Korridor hinaus und durchsuchte die alte Frau. Ich fand einen Schlüssel in ihrer Tasche und nahm ihn mit ins Wohnzimmer zurück.

»Ist es dieser? Also, was ist mit ihrem Revolver? In ihrem Zimmer? Gottverdammtnochmal, antworte mir!«

Sie nickte und stammelte, daß der Revolver des alten Mädels in ihrem Zimmer sei. Sie schluckte heftig und versuchte zu lächeln, versuchte sich zusammenzureißen.

»Es t-tut mir leid, Dolly. Ich mache alles, was du...«

»Fein«, sagte ich. »Sicher wirst du es machen, und alles wird gut werden.« Ich lächelte zurück – versuchte es jedenfalls, so gut ich konnte. »Du gehst jetzt und holst das Geld – wie lange brauchst du? Kannst du es in fünf Minuten schaffen?«

Sie sagte, daß sie es könnte, daß sie dächte, daß sie es könnte. Sie würde es einfach so schnell wie möglich holen. »Aber was wirst du...«

»Kümmer dich nicht darum, gottverdammtnochmal!« sagte ich. »Hol es einfach, und überlaß mir den Rest. Mach schon, um Himmels willen!«

Sie setzte sich in Bewegung. Drehte sich um und rannte los.

Ich ging in den Korridor zurück, warf mir die alte Frau über die Schulter und trug sie die Treppe hoch.

Als ich oben war, ließ ich sie auf dem Treppenabsatz fallen. Ich schloß ihr Zimmer auf und ging hinein.

Es gab einen Stuhl, ein Bett, einen alten, aufklappbaren Schreibtisch. Sonst nichts. Keine Bücher. Keine Bilder. Und das in einem so alten Haus und bei solch einer alten Frau, da müßte es einfach Bilder geben...

Ich klappte die Schreibtischplatte auf, krank vor Angst, daß es keinen Revolver geben könnte oder daß er nicht geladen wäre. Und ich dachte, oh, Mann, wie blöd kannst du dich bloß anstellen? *Das* hättest du nun wirklich nachprüfen können. Du bist einfach zu weit gegangen, um noch zurück zu können, und wenn dieser Revolver nicht da ist... Aber er war da, eine große alte Fünfundvierziger, unglaublich. Ungefähr der letzte Revolver, den man bei einer alten Frau vermuten würde. Und er war geladen.

Und ich fand auch ein bißchen Geld; ein kleines Bündel Scheine in einer der Schubladen des Schreibtisches.

Ich nahm mir das Geld und steckte den Revolver in den Gürtel. Ich riß die Schubladen raus und warf sie auf den Fußboden, und als ich zurück in die Diele ging, warf ich den Stuhl um.

Ich ging ein paar Treppenstufen hinunter. Dann langte ich nach oben, griff mir die alte Frau am Arm und zog sie – Kopf zuerst – nach unten.

Ich ließ sie auf halber Höhe der Treppe liegen. Ich ging die restlichen Stufen hinunter und verteilte die Geldscheine auf den Stufen. Ich knipste das Licht aus, öffnete die Haustür und rief Pete. Dann ging ich wieder ein paar Stufen nach oben und wartete.

Ich schwitzte wie ein Eskimo in Afrika. Es würde nicht klappen, es *konnte* nicht klappen. Es war wie in einer dieser blöden Geschichten, über die man in den Zeitungen liest. Ein Typ versucht sich an einem richtig großen Ding und macht alles falsch; fällt hundert Mal über die eigenen Füße, bis die Komödie fast perfekt ist. Ich hab einige solcher Geschichten gelesen, laut gelacht und den Kopf geschüttelt; hab gedacht, was für ein Trottel! Der verdammte Narr hätte es besser wissen sollen, er hätte es sehen können, wenn er nur ein bißchen nachgedacht hätte, wäre er...«

Die Haustür ging auf. Wurde geschlossen. Ich hörte ihn schwer atmen, er war nervös, und dann sein Wispern im Dunkeln:

»Dillon? Was...«

»Alles in Ordnung.« Ich sprach sanft. »Sie ist oben in ihrem Zimmer und schreibt die Erklärung. Ich geh nach oben und seh nach, ob alles klar geht.«

»Oh?« Ich konnte fast sehen, wie er die Stirn runzelte. »Dann, warum bin ich...«

»Ich will, daß du sie dir ansiehst, bevor wir gehen. Das ist schon in Ordnung. Sie wird nicht wissen, daß du hier bist, bevor ich die Erklärung habe.«

»Naja«, sagte er, zögernd, versuchte sich, auf alles einen Reim zu machen. Und dann gab er auf und kicherte. Ich war sein Freund, der Mann mit Köpfchen. Ich paßte auf ihn auf, so wie ich es immer getan hatte. Und er war ein simpler Typ, und außerdem machte er sich noch über was anderes Gedanken:

»...den ganzen Tag hab ich versucht, mich zu erinnern, Dillon. So was Verrücktes. Wie geht es noch mal, das Lied, das wir gesungen haben, das, über den Bastard König von England?«

»*Lied*!« keuchte ich. *Lied!* War es das, worüber... Ich senkte meine Stimme. »Knips das Licht an, Pete. Ich bin zufällig mit meinem Ärmel an den Schalter gestoßen, als... als...« *Als ich was?* »Du mußt dich umdrehn. Er ist rechts von dir, hinten, an der Tür.«

Ich sah den schwarzen Schatten, seinen Körper, als er sich in der Dunkelheit umdrehte. Ich hörte seine Finger, wie sie sich an der Tapete vorwärtstasteten. Dann kicherte er wieder, fast kindisch.

»...so eine blöde Sache, zu einem solchen Zeitpunkt. Kümmer dich gar nicht um mich. Später, vielleicht, wenn...«

»Nein«, sagte ich. »Es ist genau der richtige Zeitpunkt dafür. Also, so geht's, Pete:

›*Katzen auf den Dächern, Katzen auf den Ziegeln,*
Katzen, die mit ihren runden Hintern lächeln...‹«

Das Licht ging an. Er stand mit dem Rücken zu mir, wie es sein sollte.

Ich schoß ihm sechsmal in den Kopf und das Genick. Er fiel nach vorn, und das war das Ende.

Ich ging auf Nummer sicher. Ich untersuchte ihn, bevor ich ging. Sein Gesicht war ziemlich übel zugerichtet, aber es sah aus, als sei er glücklich gestorben. Es sah aus, als grinste er.

12

Durch dick und dünn: Die wahre Geschichte eines Mannes, sein Kampf gegen ein schlimmes Schicksal und verlotterte Frauen...

von Knarf Nollid

Ich bin vor dreißig Jahren in New York City geboren worden, meine Eltern waren arm aber ehrlich, und seit ich mich erinnern kann, habe ich gearbeitet, versucht was aus mir zu machen, jemand zu sein. Aber seit ich mich erinnern kann, gab es immer jemanden, der mir das Leben schwer machte. So zum Beispiel, als ich Botendienste für einen Delikatessenladen erledigte; aber zum Teufel, ich hätte niemals einen verdammten Dime von jemandem gestohlen – ich war gerade erst acht Jahre alt, und nicht gerissen genug. Also hat mir diese alte Schachtel zu wenig Wechselgeld für ihre Bestellung gegeben, und der Delikatessenhändler sagte, daß ich die Mäuse selbst eingesteckt hätte. Naja, jeder konnte sehen, daß sie eine gottverdammte alte Schlampe war, dreckiges Geschirr und Wäsche lagen in der ganzen Wohnung herum, sie lebte wie ein Schwein. Und später hat sie den gleichen Trick mit ein paar anderen Botenjungen aus unserer Gegend versucht, und jedermann wußte jetzt Bescheid, und allen war klar, daß ich das Geld nicht genommen hatte. Aber mittlerweile hatte mich der Delikatessenhändler rausgeschmissen und meinem alten Herrn gesagt, ich sei ein Dieb, und der alte Herr hat mich grün und blau geschlagen.

Also hat mir das höllisch viel genützt.

Eins verstehe ich wirklich nicht: Warum die eigenen Eltern einem Fremden mehr glauben als einem selbst. Aber mir ist klar, daß dieser Vorfall unwichtig ist, darum werde ich meine Erzählung fortsetzen. Ich wollte einfach nur demonstrieren, daß Leute mir gleich von Anfang an das Leben schwer machten.

Naja, es ging immer so weiter, und ich will Ihnen nicht mit einer kompletten Aufzählung aller Einzelheiten auf die Nerven gehen. Denn es ist kaum zu glauben, wieviel Scheiße ich abkriegte, und Sie würden wahrscheinlich denken, daß ich ein verdammter Lügner bin.

Also, es war schließlich im meinem zweiten Jahr auf der Highschool, und die Leute hatten mir die ganze Zeit das Leben schwer gemacht, versuchten mich zurückzuhalten, und ich war ein ziemliches Stück älter als die anderen in meiner Klasse. Wie auch immer, wir hatten eine Englischlehrerin, und sie war ziemlich jung; ich glaube, sie war nicht sehr viel älter als ich selbst. Und sie schaute mich immer so an und legte mir die Hand auf die Schulter, wenn sie mir was erklärte. Und ich dachte mir, naja, Sie wissen schon. Also eines Tages, nachdem sie mich nach Ende der Schulstunde da behielt – es war die letzte, und wir waren allein –, als sie sich an jenem Tag über mich beugte und sich irgendwie an mir rieb, naja, da hab ich sie eben angefaßt. Ich dachte, das war, was sie wollte, wissen Sie, also tat ich's. Aber, lieber Leser, es war eine Falle.

Also, ich glaube, es war eine unschätzbare Lektion, eine, von der ich in der Zukunft noch sehr viel zehren würde. Diese kleine Hexe lehrte mich Unvergeßliches, nämlich: je hübscher und süßer sie sich dir gegenüber benehmen, je weniger kann man ihnen trauen. Sie führen dich nur an der Nase rum; ja, damit sie dich in Schwierigkeiten bringen können. Und vielleicht sieht man's nicht gleich, aber, Bruder, später wird's um so klarer.

Aber diese Lektion war wirklich teuer erkauft. Es läuft mir noch heute eiskalt den Rücken runter, wenn ich daran denke.

Sie schrie und schlug mir ins Gesicht, und einige der Lehrer kamen reingerannt, und ich versuchte zu erklären, was los war. Sie holten den Direktor hinzu, und dann fielen sie alle zusammen über mich her. Es ist ihre Schuld, daß ich noch nicht weitergekommen bin, ja. Aber sie behaupteten, ich sei Schuld. Spuckten große Töne und benutzten lange Wörter: daß ich nicht lernen wolle, daß ich in Wirklichkeit kein Interesse an der Schule hätte, daß ich unkooperativ und aggressiv gegenüber den anderen Kindern sei. Wenn man ihnen zuhörte, hätte man denken können, ich sei Staatsfeind Nummer eins oder so was; und alles fing bloß damit an, daß dieses Baby mich angemacht hat und ich dummerweise darauf reinfallen mußte.

Also, um die lange Geschichte kurz zu erzählen: Ich wurde rausgeschmissen, und ohne daß ich nur die geringste Schuld hatte, endete meine Schulbildung bereits im zarten Alter. Aber ich sage mir, die können sich alle zum Teufel scheren. Leute, die sich so dreckig benehmen, verdienen es nicht, daß ich mich schmutzig mache, indem ich über sie nachdenke, und darum tu ich's nicht.

Es ist Ihnen jetzt sicher klar, daß ich ein hart arbeitender Hundesohn bin, der auf vielen Gebieten Erfahrungen gesammelt hat. Aber so unglaublich es auch aussehen mag, meine ernsthaften Bemühungen und mein Können wurden niemals anerkannt. Die Rückschläge, die ich einstekken mußte, gleich nachdem ich von zu Hause fortging und mein Glück in der Welt versuchte, spotten jeglicher Beschreibung. Bei Gott, man muß es einfach gesehen haben, um es zu glauben!

Da war zunächst der Chef dieser Drückerkolonne für Zeitschriftenabos, für die ich als erstes arbeitete. Ein Betrüger seit eh und je, und, oh, Mann, er war wirklich Spitze, wenn's um's Beschummeln ging. Er erzählte mir das uralte Märchen, daß wir in neuen Wagen nach Kalifornien und zurück reisen und fünfundsiebzig Dollar die Woche verdienen würden. Und ich, ich bin ja damals nur ein naiver Junge gewesen, hatte keine Ahnung, wie es in der Welt zugeht, also hab ich's runtergeschluckt wie ein Bonbon. Ich unterschrieb also bei der Kolonne, wir waren ungefähr acht in einem zehn Jahre alten Dodge, und es sah so aus, als sei unser erster Halt auf dem Weg nach Kalifornien Newark, New Jersey, und...

Haben Sie jemals in Newark von Haus zu Haus verkauft? Naja, lassen Sie es lieber. Dort kreuzen nämlich alle Kolonnen aus New York auf, wissen Sie. Die Illustrierten-Drücker und andere Vertretertruppen; die sieben ihre Mannschaften erst mal in Jersey aus, und es ist wirklich kein fairer Test, denn der ganze gottverdammte Staat ist total abgegrast worden; aber so ist es nun mal.

Die setzten zwei Typen in Newark aus, und noch einen, bevor wir den Staat verlassen hatten. Der Rest fuhr nach Westen weiter, der Chef der Kolonne und wir vier. Also, ich hab mich wirklich abgerackert. Ich klingelte an jeder

Tür und verkaufte. Aber es hat mir nichts genützt. So war das immer mit mir, hab immer hart gearbeitet und war ehrlich, und kriegte nie was dafür. Der Chef der Kolonne, dieser Super-Betrüger, überprüfte immer meine Aufträge, und zwei Drittel kamen immer mit dem Vermerk zurück: unbestätigt. Der Typ schaute mir direkt in die Augen und sagte: Die Dame hat sich's anders überlegt, oder ihr Mann erlaube ihr den Kauf nicht. Und dann schrieb er die Aufträge unter seinem Namen auf und kassierte die Provision.

Also, wir kamen nach Illinois, und ich war inzwischen fast einer Pfannkuchenvergiftung zum Opfer gefallen. Ich hatte mich abgerackert, und die ganze Zeit mußte ich in Kaschemmen essen und mich von der Bedienung anmachen lassen, nur weil ich noch grün war und kein Trinkgeld hatte. Also, ungefähr zu dieser Zeit wurde ich etwas klüger. Ich erkundigte mich selbst nach meinen Aufträgen, und dann hab ich mir diesen Super-Betrüger mal vorgeknöpft. Ich war nicht gemein zu ihm, oder so was. Habe ihn nur gebeten, mich von jetzt an fair zu behandeln. Und das zeigte, wie wenig ich davon wußte, wie's in der Welt zugeht. Der Hundesohn prügelte mit einem Wasserkrug auf mich ein, und dann trat er mich total zusammen. Und dann warf er mich aus der Kolonne. Und ich wollte mich wehren oder ihn beschimpfen oder irgendwas tun, aber irgendwie konnte ich es einfach nicht. Verprügelt und getreten zu werden, nur weil ich versucht hatte, nett zu sein – naja, eine Weile konnte ich einfach nichts machen. Ich schloß mich in meinem Zimmer ein und dachte nach.

Also, ziemlich bald hab ich mich einer anderen Kolonne angeschlossen, und innerhalb eines Monats war ich der

Chef. Ich, noch ein grüner Junge, der Chef der Truppe; also, ich glaube, Sie können sehen, daß etwas in mir steckte. Aber ich hatte zwei Ganoven in der Mannschaft, die machten immer einen Aufstand, deuteten an, daß ich sie vielleicht wegen der unbestätigten Aufträge betröge. Also holte ich mir beide schließlich auf mein Zimmer und verprügelte sie so richtig. Und dann warf ich sie raus. Aber sie waren immer noch nicht zufrieden. Es war nicht genug, daß ich rausgehen und zwei neue Leute suchen mußte. Die Ganoven schrieben an die Firmenleitung, und ehe ich mich versah, hatten sie mir die Mannschaft weggenommen, und ich durfte nie wieder für diese Firma arbeiten.

Es ging immer so weiter, welche verdammte Sache ich auch anpackte. Ich hatte 'ne gute Arbeit, Versicherungsprämien, und dann klaut sich der Generalvertreter mein Gebiet. Ich kaufe Altgold, und der Metallveredeler betrügt mich, bei Gott, selbst die großen Aufkäufer. Sie versuchen mir weiszumachen, daß meine achtzehn Karat nur vierzehn sind, und die vierzehn nur zehn und so weiter. Ich wette, man hat mich um viele tausend Dollar betrogen, bevor mir klar wurde, daß ich gegen unüberwindbare Schwierigkeiten ankämpfte, und dann wandte ich mich einem anderen Geschäft zu.

Aber es war immer so, egal, was ich tat: Aluminium-Waren, Töpfe und Pfannen, Versicherungsprämien, Illustrierte – einfach alles. Auf die eine oder andere Art wurden mir Knüppel zwischen die Beine geworfen; also werde ich Ihnen gnädigerweise die ekelhaften Einzelheiten ersparen. Ich dachte oftmals, immer wieder, daß der ungleiche Kampf vielleicht nicht ganz so ungleich wäre, wenn ich eine kleine Helferin an meiner Seite hätte. Aber auch hier hatte ich genausowenig Glück wie bei meinen anderen Bemühungen. Schlampen, das war alles, was ich an Land zog. Drei gottverdammte Schlampen nacheinander... oder vielleicht waren es vier oder fünf, aber das macht keinen Unterschied. Es war, als ob sie alle ein- und dieselbe Person gewesen seien.

Und schließlich arbeitete ich in dieser kleinen Stadt im mittleren Westen. Geldeintreiber und Vertreter, von Tür zu Tür. Es hätte nett und einträglich sein können, aber mein Chef war so ungefähr der übelste Hundesohn, für den ich je gearbeitet hatte. Der Typ hieß Staples. Er war einfach nur zufrieden, wenn er mir das Leben schwer machen konnte, und wenn ich abends nach Hause kam, erschöpft von meinem Kampf gegen die unüberwindbaren Schwierigkeiten, kriegte ich noch mehr davon ab. Denn die Puppe, die ich geheiratet hatte, sie ist einfach nicht von dieser Welt, verstehen Sie, was ich meine? Die Königin aller Schlampen, und ne knochenharte Hexe obendrein.

Um der Geschichte etwas vorzugreifen, eines Abends machte sie mich wild, beschimpfte mich mit dreckigen Flüchen. Also, wie immer, versuchte ich vernünftig zu sein und ihr die Fehler ihres Verhaltens aufzuzeigen. Ich sage, es sei nicht die günstigste Zeit, mit einem Mann sprechen zu wollen, wenn er grade von der Arbeit nach Hause kommt; vielleicht wären wir ja später beide in einer besseren Verfassung, wenn wir ein bißchen gegessen hätten. Ich frage, ob sie uns bitte was zu essen machen könnte, und daß ich ihr guten Mutes zur Hand gehen will. Naja, als

Antwort wirft sie mir noch mehr Flüche an den Kopf. Und als ich versuche, sie zu streicheln, sie zu beruhigen, sanft aber bestimmt, rutscht sie irgendwie aus und fällt in die Badewanne.

Ich half ihr heraus und entschuldigte mich, obwohl ich gottverdammtnochmal nichts getan hatte. »Es tut mir sehr leid, Joyce«, sagte ich. »Also, nimm's nicht so schwer und mach uns was Gutes zum Abendessen...« so habe ich mit ihr gesprochen, aber Sie wissen ja, daß es nichts nützt, wenn man zu einer Schlampe nett ist. Sie zertrümmerte mir fast den Schädel mit einer Bürste. Dann, nachdem ich das Haus verlassen habe, um mich zu beruhigen, ruiniert sie meine gesamte Garderobe und haut ab. Ich nehme an, es war ihr klar, daß sie nichts mehr aus mir rausholen konnte und es Zeit für sie war, sich an einen anderen Dummen ranzumachen.

Inzwischen – um zurückzugehen und die Ereignisse in der richtigen Reihenfolge zu erzählen – hatte ich eine der süßesten, tollsten jungen Frauen dieser Welt getroffen. Sie heißt Mona, und sie lebt bei dieser gemeinen alten Hexe, ihrer Tante. Die alte Frau hält sie so gut wie gefangen, läßt sie schuften und außerdem muß sie noch 'ne Menge anderer dreckiger Sachen tun. Sie, die kleine Frau, hat mich gebeten, sie zu retten, sie möchte meine kleine Helferin werden, und danach könnten wir für immer glücklich zusammenleben. Ihre Bitte rührte mich, und ich willigte ein. Ich willigte ein, sogar bevor ich wußte, daß die alte Frau so viel Geld versteckt hatte, das – wenn man richtig darüber nachdenkt – rechtens Mona zusteht, denn die alte Hexe hat ihr jahrelang jeden Tag das Leben schwer gemacht. Und wenn eine kleine Frau jemals hunderttausend Dollar verdient hat, ist sie es.

Naja, in besagter Nacht bin ich also zum Haus gefahren, und, zum Teufel, ich hätte die alte Frau niemals angerührt. Aber sie stichelte immer, redete dreckig daher, machte mir einfach das Leben schwer. Also sah ich einfach keinen anderen Ausweg.

Naja, ungefähr zur gleichen Zeit, vielleicht ein paar Minuten später, kam dieser Typ, Pete Hendrickson herein. Ich glaube, er war ein Nazi oder vielleicht ein Kommunist – einer von denen, die sich während des Krieges bei uns eingenistet haben. Aber, wie auch immer, er war ein übler Hundesohn; er gab selbst zu, ein Penner zu sein. Und er hätte mir das Leben auch schwer gemacht. Also blieb nur eins, was ich mit ihm machen konnte.

Naja, ich hatte es ihm gegeben; und ich trug Handschuhe, aber ich wischte den Revolver gut ab und legte ihn der alten Frau in die Hand. Und als ich gerade fertig war, erschien diese Mona mit dem Geld.

Und sie sah diesen Nazi oder Kommunisten oder was immer er war, und das machte sie ganz fertig. Benahm sich, als sei ich ein Verbrecher oder so was. Tat so, als hätte ich es nicht alles für sie getan.

Naja, sie nahm sich zusammen, als sie sah, wie erschüttert ich war, nachdem mir klar wurde, was passiert ist. Sie sagte, es sei nur der Schock gewesen, als sie ihn so plötzlich hier gesehen hätte, so unerwartet, und daß sie so etwas niemandem gewünscht hätte, außer ihrer Tante. Und es täte ihr leid, und so weiter, und was auch immer ich von ihr wollte, sie würde es tun.

Also ich bin ein ziemlich verständnisvoller Typ, und irgendwie mochte ich sie wegen ihrer Gefühle in dieser Sache. *Falls* sie wirklich so fühlte. Also war alles zwischen uns wieder in Ordnung.

Ich sagte ihr, was sie zu tun hätte, was sie den Bullen sagen sollte. Ich sagte ihr, es wäre ein Kinderspiel, und in ein paar Wochen könnten wir zusammensein. Dann küßte ich sie und ging; das Geld nahm ich mit.

Es – das Geld, meine ich – war in einem schwarzen Lederköfferchen, so etwas wie eine Aktentasche oder ein Ärztekoffer. Er war absolut voll und schwer, wog ungefähr sechzig oder siebzig Pfund. Und während des gesamten Nachhausewegs fragte ich mich, wo zum Teufel ich ihn aufbewahren sollte. Ich hatte Angst, ihn im Haus zu verstecken. Es stand in einer ziemlich üblen Gegend, und es wäre einfach typisch für mich, wenn irgendein Hundesohn einbrechen und ihn klauen würde. Ich beschloß schließlich, ihn, zumindest für eine Weile, mit mir herumzutragen. Ich konnte ihn ganz unten im Boden meines Musterkoffers verstecken – wenn es sein mußte, könnte ich ein paar Muster rausschmeißen – und würde ihn so den ganzen Tag bei mir haben.

Ich kam nach Hause und nahm ihn mit hinein. Ich stellte den Musterkoffer auf den Kaffeetisch, öffnete den Deckel und versuchte das Köfferchen darin unterzubringen. Ich fummelte damit herum, versuchte es auf diese, dann auf andere Weise. Ich zögerte so irgendwie das Vergnügen hinaus; ich nehme an, ich ließ meine Vorfreude wachsen. Und ich glaube, daß ich ein bißchen Angst hatte. Denn so einem Pechvogel wie mir kann verdammt nochmal fast alles passieren. Dieser kleine Koffer konnte voller Steine oder Illustrierten sein. Oder eine Art Bombe, die mir den Kopf abreißen würde, wenn…

Ich öffnete ihn. Er war so voll, daß er aufsprang, sobald ich auf den Verschluß drückte, und ich zwang mich, hineinzusehen. Und ich stöhnte auf, wieherte wie ein Fohlen, das zu seiner Mutter rannte.

Es war alles da. Bündelweise Scheine mit Banderolen umwickelt: Fünfer, Zehner und Zwanziger. Ich versenkte meine Hände tief hinein und zog sie wieder heraus. Und es war alles Geld – keine Attrappen, keine alten Zeitungen. Ich brauchte es nicht zu zählen. Teufel noch mal, ich konnte es fast im Kopf zählen… hundert Riesen.

Hundert Riesen!

Und Mona. Ich hatte sie vor ihrer bösartigen Tante gerettet und Gerechtigkeit geübt an dem Kerl, der sie belästigt hatte; und ich hatte das Geld, das rechtmäßig ihr gehörte, sichergestellt. Und bald würden wir den Staub dieses miesen Landes von unseren Schuhen schütteln, diesen Schauplatz zahlreicher tragischer Enttäuschungen verlassen, und würden in ein sonniges Land wie Mexiko gehen. Und, oh, Mann, welch ein glückliches Leben würden wir zusammen führen. Ich und dieses süße Kind, dieses Zuckerpüppchen, und die hunderttausend Dollar.

Oder so gut wie hunderttausend. Ich müßte wahrscheinlich ein paar hundert in meine Abrechnung stecken, um Staples bei Laune zu halten.

Ich griff noch einmal mit beiden Händen tief ins Geld, drückte und rieb es zwischen den Fingern, wollte es gar nicht mehr loslassen. Es war natürlich alt, aber immer noch sauber und knisternd. Und, ja, zum Teufel noch mal – denken Sie denn wirklich, daß ich nicht in der Welt rumgekommen wäre? – es war echt. Ich gebe ja nicht vor, ein großer Denker zu sein, aber in einer Hinsicht kann man mich nicht betrügen, lieber Leser. Die grünen Götter. Mich kann man nicht mit Falschgeld reinlegen. Man wird ein paar Mal angeschmiert, so wie ich, als ich ein naiver, gutgläubiger grüner Junge war, und dann muß man's aus der eigenen Tasche wiedergutmachen. Und dann lernt man, die gottverdammten Blüten schon aus hundert Yards Entfernung zu erkennen.

Ich nahm mir sechs Scheine, dreißig Dollar, aus einem Bündel Fünfer und stopfte sie in meine Brieftasche. Das garantierte mir einen guten Tag im Geschäft und würde diesen Typen Staples, der mich nie zu würdigen wußte und mir immer das Leben schwer machte, davon abhalten, mir auf die Nerven zu gehen.

Ich warf den Rest des Bündels in das Köfferchen zurück und machte den Verschluß zu. Und ich war ein glücklicher Mensch, lieber Leser. Ich hatte in diesem ungleichen Kampf gewonnen, obwohl jeder Hundesohn in diesem Land, selbst mein eigener Vater, mir das Leben schwer gemacht hatte. Ich hatte mich vorgekämpft, hatte mich gegen alle Widrigkeiten in diesem ungleichen Kampf aufgelehnt, blutend, aber mit ungebeugtem Kopf. Und von nun an würde es nur noch mich, Mona und all diese Mäuse geben, die ein traumhaftes Leben in einem sonnigen Land – Mexiko, oder Kanada oder wer weiß wo – leben, und der Rest der gottverdammten Welt könnte zum Teufel gehen.

Aber obwohl ich selten klage, haben Sie zweifellos zwischen den Zeilen gelesen und wissen daher, daß ich ein Pechvogel bin. Also, jetzt, wo ich auf der Schwelle des wahrgewordenen Traums stand, fiel meine ganze Welt in sich zusammen. Ich hatte die ganzen Mäuse, und ich hatte Mona – oder ich würde sie bald haben –, und dann schaute ich auf, und (FORTSETZUNG FOLGT)

... sie trug ihr Nachthemd. Sie hatte sich hübsch zurechtgemacht, so wie ich sie schon seit Ewigkeiten nicht mehr gesehen hatte, und sie war nicht mehr als drei Meter von mir entfernt. Sie stand im Eingang des kleinen Flurs, der zum Schlafzimmer führte.

Sie lächelte mich an, schien aber argwöhnisch zu sein. Irgendwie lächelnd-stirnrunzelnd.

Joyce.

Meine Frau.

13

Ich glaube nicht, daß sie das Geld gesehen hatte. Ich war mir nicht sicher, aber der Deckel des Musterkoffers stand offen, wissen Sie; aber es war unwahrscheinlich, daß sie was gesehen hatte.

Ich ließ ihn beiläufig zufallen – den Deckel, meine ich – und schloß den Koffer ab. Ich sagte: »Was zum Teufel machst du denn hier?«

»Ich...« Ihre Augen funkelten, aber das Lächeln blieb – »Ich hatte immer noch meinen Schlüssel, Dolly.«

»Also du hattest einen Schlüssel«, sagte ich. »Nehmen

wir mal an, du hättest zehn Cent. Mußt du damit telefonieren?«

»Bitte, Dolly. Mach es nicht schwerer für mich, als es sowieso schon ist.«

»Und du hast mir nie das Leben schwergemacht, was?« sagte ich. »Du hast dir nicht die gottverdammt größte Mühe gegeben, dieses Haus zu ruinieren, bevor du weggegangen bist. Du hast nicht jeden gottverdammten Faden meiner Kleidung zerschnitten. Du hast nicht...«

»Ich weiß. Es tut mir leid, Dolly. Aber ich hab über alles nachgedacht, und wenn du mir nur einfach zuhören würdest...«

»Zuhören, zum Teufel«, sagte ich. »Weil ich Weibern wie dir zugehört habe, sitze ich heute da, wo ich bin.« Dann zuckte ich die Achseln und sagte: »Also gut, leg los. Ich hör zu.«

Ich hatte beschlossen, daß ich es besser tun sollte. Denn vielleicht *hatte* sie die Mäuse gesehen, und dies war nicht der richtige Zeitpunkt, sich auf einen Streit einzulassen. Ich mußte die nächsten Wochen hübsch ruhig und unauffällig verbringen.

Alles andere wäre zuviel für meine Nerven gewesen, und alles andere – alles, was Aufmerksamkeit auf mich lenken könnte – war einfach nicht sicher.

Sie zögerte, schaute mich ein wenig mißtrauisch an, wahrscheinlich wegen meines schnellen Stimmungswechsels. Ich sagte: »Also, komm schon. Fang an. Setz dich hin, und ich hol uns einen Drink.«

»Ich glaube nicht, daß ich einen Drink haben will.« Sie schüttelte den Kopf. »Du hast 'ne ganze Menge getrunken, nicht wahr, Dolly? Überall stehen alle möglichen Flaschen herum, und es sieht aus, als ob du mit Schuhen ins Bett gegangen bist. Und...«

Ich starrte sie an. Sagte kein Wort, starrte nur. Sie hörte schnell auf zu nörgeln, ihr Lächeln wurde breiter.

»Wenn man mich so hört, was? Ich bin noch nicht mal 'ne Stunde hier und fang schon an... hol uns die Drinks, Schatz. Bitte.«

Ich holte eine Flasche und zwei Gläser aus dem Schrank. Als ich ins Wohnzimmer zurückkam, saß sie im selben Sessel, in dem Pete gesessen hatte. Und, naja, es gab mir so ein seltsames Gefühl.

Ich schüttete die Drinks ein und gab ihr ein Glas. Meine Hände zitterten, und ich klopfte auf die Stelle neben mir auf dem Sofa. »Warum so ungesellig? Warum setzt du dich nicht hier rüber?«

»Naja. Willst du das wirklich?«

»Was zum Teufel? Sicher doch.«

»Naja...« Sie setzte sich aufs Sofa, so weit von mir entfernt, daß wir uns fast gegenüber saßen. »Also, da bin ich.«

»Ja«, sagte ich. »Da bist du also.«

»Ich... ich schätze, es wär wohl zu viel verlangt... ich nehme an, ich sollte nicht fragen, ob du dich freust, mich wiederzusehen.«

Ich runzelte die Stirn, spielte den Nachdenklichen. Sie wissen schon, was ich meine. Ich nahm einen kleinen Schluck von meinem Drink, zündete eine Zigarette an und gab ihr auch eine.

»Also, irgendwie ist das wirklich seltsam«, sagte ich. »Die Frau eines Typen zerstört so gut wie alles, was er hat, und dann verschwindet sie für 'ne Woche – fast 'ne Woche –, und er denkt sich, daß alles vorbei ist. Er weiß nicht, wo zum Teufel sie sich rumgetrieben hat, was sie angestellt hat. Sie kommt einfach ohne Warnung zurück, und er weiß so gut wie…«

»Ich war in Kansas City, Dolly. Ich war auf dem Weg zurück nach Houston; ich wollte meine alte Arbeit wieder antreten…«

»Wo hast du das Geld her?«

»Vom Besitzer des Klubs. Nachdem ich an besagtem Abend hier weggegangen bin, habe ich ihn per R-Gespräch angerufen, und er hat mir zweihundert Dollar überwiesen, damit ich zurückkommen kann.«

»Oh.«

»Nein, Dolly. Bitte führ dich nicht so auf, Schatz. Du weißt, daß ich niemals… ich könnte es nicht. Du weißt, daß es nur dich in meinem Leben gegeben hat.«

»Ich hab nichts gesagt«, meinte ich. »Also hast du in K.C. Aufenthalt gehabt, hm?«

»Ja, ich hatte vier Stunden Zeit zwischen den Zügen, bevor ich weiterfuhr. Aber…« Sie unterbrach einen Moment, schaute in ihr Glas. »Ich weiß einfach nicht, wie ich's dir erklären soll, Schatz. Vielleicht hatte es damit zu tun, daß ich mal 'ne Weile allein war, daß ich aus allem raus war und es mir von außen ansehen konnte. Jedenfalls konnte ich so alles überblicken, Dolly, das Gute und das Schlechte, und alles begann für mich ganz anders auszusehen. Ich fragte mich, warum sich alles so entwickelt hatte, wie es gekommen war. Ich war mir nicht sicher, ob ich zurückkommen sollte, aber ich dachte, daß ich zumindest darüber nachdenken sollte. Also ... also, das hab ich getan. Ich hab mir in Kansas City ein Zimmer genommen und gründlich darüber nachgedacht. Ich nehme an, es war das erste Mal seit Monaten. Alles war ruhig und friedlich, und nichts brachte mich auf, sobald ich ...«

»So wie ich, zum Beispiel?«

»Es lag mehr an mir als an dir. Ich glaube, eigentlich war es ganz allein meine Schuld. Ich war verantwortlich für mein Verhalten.«

»Naja«, sagte ich. »Ich will dir ja keine Vorwürfe machen, verstehst du, aber wenn du selbst damit anfängst, werde ich ...« Ich drehte mich um und schaute sie an, ich fühlte, wie mir das Blut in den Kopf stieg. »Was zum Teufel meinst du damit, *du* seist verantwortlich?«

»Bitte, Schatz. Ich bin hier, um dir zu helfen. Ich liebe dich, und ich bin deine Frau, und es ist die Pflicht einer Frau, ihrem Mann beizustehen.«

Ich schüttete mir noch einen Drink ein, der Flaschenhals klirrte gegen das Glas. Ich trank es in einem Schluck aus, und es beruhigte mich etwas, aber nur äußerlich. Es änderte nichts daran, wie ich mich fühlte.

»Du denkst, ich sei verrückt?« fragte ich. »Also, es wäre gottverdammtnochmal auch kein Wunder, wenn ich's wäre. Ich habe mich für andere Leute praktisch von dem Tag an, da ich laufen konnte, abgerackert, und alles, was ich dafür kriegte, war jede Menge Scheiße. Es ist fast wie 'ne Verschwörung. Als ob diese ganze gottverdammte Welt nächtelang darüber nachdenkt, wie man mir das Leben schwer machen könnte. Jeder Hundesohn, jedes Arschloch, alle arbeiten weltweit zusammen, um ... um ...«

Ich brach ab. Es stimmte alles, bei Gott, aber als ich es laut sagte, so wie jetzt, hörte es sich nicht allzugut an.

»Also, wie auch immer«, sagte ich. »Du mußt zugeben, daß ich 'ne Menge Pech gehabt habe.«

»Aber natürlich, Liebling. Und viele andere auch.«

»Viele andere Leute, zum Teufel! Nenn mir bloß einen, der so viel eingesteckt hat wie ich. Auf der Arbeit, und im Privatleben und...«

Ich brach wieder ab.

Sie rutschte auf dem Sofa zu mir herüber, legte ihre Hand auf meine. »Du siehst es doch ein, nicht wahr, Schatz? Und jetzt, wo du es verstanden hast, und ich auch, können wir es aufhalten, bevor... Wir können etwas dagegen tun.«

Ich würde schon was dagegen tun, wirklich. Sie dachte vielleicht, daß es ihr bisher schlecht ergangen wäre, aber das war ja noch gar nichts. Ich würde sie hier innerhalb einer Woche rausekeln, lange bevor Mona und ich endgültig zusammenleben würden.

»Da ist noch was... Ich will dich nicht aufregen, Schatz, aber da ist etwas, was ich dich fragen möchte.«

»So?« sagte ich. »Naja, frag schon.«

»Vielleicht besser nicht. Nicht heute abend. Ich bin sicher, du würdest nicht... hm...«

»Komm schon. Raus damit.«

»Naja. Wegen des Geldes. Ich... *Dolly*!«

Ich ließ ihr Handgelenk los, grinste und streichelte es ein wenig. Es war blöd von mir gewesen, sie zu unterbrechen, bevor sie sagen konnte, was sie wollte. Aber ich hatte mich einfach nicht beherrschen können.

»Tschuldige, bitte«, sagte ich. »Ich glaube, weil du dies Nachthemd anhast, hab ich etwas den Kopf verloren. Also was ist mit dem Geld?«

»Naja … nichts. Gefällt dir das Nachthemd wirklich, Schatz?«

»Phantastisch. Was ist mit dem Geld?«

Sie zögerte. Dann lächelte sie und schüttelte den Kopf. »Nichts. Schatz. Nein, wirklich, es ist nichts. Ich wollte nur eben sagen, daß… äh… also, ich hatte noch 'ne Menge Geld übrig, nachdem ich das Geld für meine Fahrkarte zurückbekommen hatte und so. Und … äh … natürlich werd ich's zurückzahlen müssen, aber erst mal könnten wir's 'ne Weile für uns gebrauchen und…«

Sie lächelte mich weiterhin an, lächelte mir direkt ins Gesicht. Und natürlich war sie eine gottverdammte Lügnerin wie jede andere Frau, die ich jemals gekannt habe. Aber ich war mir nicht sicher, ob sie jetzt log.

»Also«, sagte ich, »ich will ja nicht behaupten, daß ich nicht ein paar Dollar extra gebrauchen könnte.«

»Ich geb's dir morgen früh«, sagte sie. »Erinnere mich zur Sicherheit daran.«

»Diese nichtsnutzigen Ratenzahler haben mir wirklich zu schaffen gemacht«, sagte ich. »Diese runtergekommenen Hundesöhne, man sollte meinen, sie sähen, wie sehr ich mich abstrample… naja, lassen wir das. Es muß sich schon wie eine endlose Litanei anhören.«

»Ist schon gut, Liebling. Und vergiß nicht, daß du immer über alles mit mir sprechen kannst.«

»Naja, wie dem auch sei«, sagte ich. »Heute hab ich mir ein paar von ihnen geschnappt. Hab eine nette

Summe zusammengekriegt. Sollte Staples dazu bewegen, mich zur Abwechslung mal halbwegs anständig zu behandeln.«

»Wunderbar«, sagte sie. »Ich bin so froh für dich, Schatz.« Und es sah so aus, als ob ihr Lächeln sehr viel ehrlicher wurde, und ihr Mißtrauen schwand.

Sie lehnte den nächsten Drink ab. Ich goß mir selbst noch einen nach und saß nachdenklich da, während ich daran nippte. Und dann schaute ich sie zufällig aus den Augenwinkeln an. Und sie sah mich ganz genauso an, den Kopf zur Seite geneigt.

Ich lachte, und sie lachte. Ich stellte mein Glas hin und zog sie auf den Schoß.

Ich küßte sie. Oder, ich nehme an, man könnte sagen, daß sie mich küßte. Sie legte die Hände hinter meinen Kopf und zog mein Gesicht zu ihrem hinunter. Und ich dachte, wir würden niemals wieder Luft bekommen, aber ich beschwerte mich nicht. Sie war wirklich 'ne tolle Frau, diese Joyce. Ihr Gesicht, ihre Figur – alles stimmte. Man konnte leicht vergessen, jedenfalls für einen kurzen Moment, daß sie ganz einfach nichts wert war und sich daran auch nichts ändern würde.

Schließlich entzog sie sich mir und lehnte sich zurück, lächelte zu mir hoch. Sie wand sich wie eine Schlange und keuchte etwas, während ich sie mit den Händen abtastete.

»Mmmmh«, sagte sie und schloß die Augen etwas. »Oh, Dolly, wir werden glücklich sein, nicht wahr?«

»Teufel noch mal«, sagte ich. »Ich bin jetzt gerade glücklich.«

»Magst du mein Nachthemd wirklich, Schatz? Sag mir die Wahrheit, sofort.«

»Hö, hö«, sagte ich. »Es gefällt mir nicht.«

»Oh? Aber Schatz, ich habe fast den ganzen Nachmittag damit verbracht, es auszusuchen, und ich war mir ganz einfach sicher...«

»Es bedeckt dich«, sagte ich. »Ich mag nichts, was dich bedeckt.«

Sie lachte und sagte: »Oh, du!« und kniff mich zart. Sie zog meinen Kopf wieder herunter und flüsterte mir ins Ohr. »Ich sag dir mal was, Schatz. Dies ist eine neue Sorte Nachthemd. Es... geht auf...«

Naja.

Naja, später – als sie eingeschlafen war – stand ich auf, um etwas Wasser zu trinken. Und als ich zum Schlafzimmer zurückging, schloß ich den Musterkoffer ab und steckte den Schlüssel in die Tasche.

Ich kroch ins Bett zurück. Ich drehte mich zur Seite und schloß die Augen. Und es war, als hätte man einen Wächter von einem Tor entfernt oder eine Tür plötzlich geöffnet, so daß ich mich hundert Bildern gegenübersah, die ich bis dahin nie richtig gesehen hatte – die ich nie richtig angesehen hatte. Und alle stürmten gleichzeitig auf mich ein. Die alte Frau und Pete. So wie sie ausgesehen hatte, wie er ausgesehen hatte. Ihr Kopf schwang wie ein Kürbis, ihr Körper auf der Treppe ausgestreckt. Sein Gesicht – sein Gesicht und Nacken, so wie er kicherte, als er mich fragte...

Ich schrie auf. Ich fuhr im Bett hoch, warf mich schreiend von einer Seite zur anderen. Denn, o Jesus, ich hatte es nicht tun wollen und würde es niemals wieder tun. Aber jetzt war es geschehen, und es war unmöglich für mich, es rückgängig zu machen. Und, o Gott, ich würde, so sicher wie der Teufel in der Hölle war, erwischt werden. Ich hatte einen Schnitzer nach dem anderen gemacht und wahrscheinlich hundert Spuren hinterlassen, die die Bullen zu mir führen würden. Oder wenn sie nicht intelligent genug wären, mich zu kriegen, würde Mona es für sie tun. Sie würde es mit der Angst bekommen und reden, um sich selbst zu retten, und...

»Oh, Jesus«, ich warf mich von einer Seite zur anderen, schrie und schluchzte. »Oh, allmächtiger Gott. Mein Gott, Gott, Gott...«

Und dann sagte eine andere Stimme: »Mein Gott. Oh, mein Gott, Liebling...« Joyce hielt mich fest, ihr Körper bebte ebenso wie meiner.

»Es tut mir s-so leid«, sagte ich. »Ich... ich... oh, Gott, es tut mir leid! Ich wollte es nicht! Ich bin...«

»Leg dich hin«, sagte sie. »Leg dich hin, und Mutter wird ihren Jungen im Arm halten. Mutter wird nie mehr fortgehen und ihren Jungen nie mehr allein lassen. Sie wird hier bleiben und ihn so festhalten, und dann kann ihn nichts mehr verletzen, er braucht keine Angst mehr zu haben. Er ist bei seiner Mutter, und da ist er ganz sicher aufgehoben, und Mutter wird verstehen, was immer... was i-immer...«

Ich hatte mich wieder ein wenig besser unter Kontrolle. Ich sagte: »Ich muß einen Alptraum gehabt haben. Ich...«

»Sei ganz ruhig«, sagte sie. »Alles ist in Ordnung. Alles

wird gut werden, Liebling. Du wirst dich jetzt hinlegen, und... so... so ist's gut.«

Sie zog mich aufs Bett zurück. Sie schob ihr Kissen etwas höher und zog meins etwas herunter.

»So«, sagte sie. »So, Baby; du legst dich so hin. S-so, mein lieber Junge! Jetzt, noch ein bißchen runter, nur noch ein klein bißchen... und dann noch näher, Liebling. Ganz dicht bei Mutter...«

Und sie nahm mich in die Arme.

Und ließ das Nachthemd von den Schultern gleiten.

14

Also, selbst ein Sandsack wird dann und wann mal nicht von Fäusten bearbeitet. Und dann und wann, normalerweise, kurz nachdem man mich total durch die Mangel gedreht hat, gönnt man mir eine kleine Ruhepause. Die Welt beginnt für mich wirklich rosig auszusehen. Ich bin tief unten gewesen, und wenn es dann wieder aufwärts geht, schieße ich förmlich nach oben. Und, oh, Mann, wenn ich mich so fühle, bin ich nicht mehr aufzuhalten.

...Joyce war am nächsten Morgen vor mir aufgestanden. Als ich mich angezogen hatte, wartete sie mit dem Frühstück auf mich – ein gutes Frühstück, im Ernst. Und sie sagte kein Wort wegen letzter Nacht. Ich hatte mir schon deshalb Sorgen gemacht, war besorgt und irgendwie beschämt. Aber sie erwähnte es überhaupt nicht, sondern tat so, als ob alles völlig normal gewesen sei. Also begann der Tag gut, gleich von Anfang an.

Sie behielt etwas von dem Reisegeld für Lebensmittel und gab mir den Rest. Während sie mich bediente, gab sie mir dann und wann einen liebevollen Klaps, und als ich mich fertigmachte, um zu gehen, umarmte sie mich heftig und gab mir einen Kuß.

»Ist dir was aufgefallen?« fragte sie und lächelte mir zu. »Ich hab ein Hauskleid an, mein Haar ist gekämmt, und ich habe mich geschminkt, und... Ist es dir aufgefallen?«

Ich wollte sagen, na und, soll ich deswegen ein Feuerwerk abbrennen? Aber heute morgen wäre das einfach unpassend gewesen, also sagte ich: »Du kannst dich darauf verlassen, daß ich es gemerkt habe. Du siehst toll aus, Baby.«

»Kommst du heute abend gleich nach Hause?«

»Aber sicher doch«, sagte ich. »Warum nicht? Warum sollte ich nicht gleich nach Hause kommen?«

»Ich wollte es nur wissen. Damit das Essen fertig ist.«

»Woran denkst du?« fragte ich. »Macht dir irgendwas Sorgen?«

Ihre Miene verfinsterte sich etwas; war wohl mein Tonfall, nehme ich an. Dann stellte sie sich auf Zehenspitzen, küßte mich wieder und sagte lachend: »Ja. Du. Ich muß an dich denken. So, und jetzt mach dich auf den Weg, damit ich mich an die Arbeit machen kann.«

Ich fuhr in die Stadt. Auf dem Weg dorthin hielt ich an und kaufte eine Zeitung. Und ein paarmal blieb mir fast das Herz stehen, bis ich den Bericht fand und mich zwang, ihn zu lesen.

Er war in Ordnung. Er war toll. Der Fall schien so eindeutig zu sein, daß er noch nicht mal einen Platz auf der ersten Seite bekommen hatte. Er stand auf Seite drei und umfaßte nur eine halbe Spalte:

Mona hatte in ihrem Bett geschlafen und war »von den Geräuschen eines Kampfes« geweckt worden. Zunächst war sie »zu verängstigt, um nachzusehen, was passiert war«, doch schließlich hatte sie sich dazu gezwungen, »als nach mehreren Schüssen Stille eintrat ...« Mrs. Farrells Nichte identifizierte Hendrickson als einen Gelegenheitsarbeiter, der für ihre Tante tätig gewesen war. Er hatte gekündigt und Rache geschworen, so sagte die Nichte, nachdem es einen Streit wegen des Lohns gegeben hatte. Die Polizei rekonstruierte, daß Hendrickson in der letzten Nacht betrunken und aufgebracht zum Haus zurückgekehrt war und die Zahlung der strittigen Summe verlangt hatte. Aufgebracht über die Weigerung der älteren Frau, schlug er sie mit beinahe tödlichen Folgen, raubte sie aus und wollte dann fliehen. Mrs. Farrell gelang es, ihm bis zum Treppenabsatz zu folgen und ihn zu erschießen. Daraufhin stürzte sie hinunter und brach sich das Genick, obwohl sie, wie man annimmt, ohnehin den Folgen der Schlagverletzungen erlegen wäre...

»Die Polizei gab bekannt, daß Hendrickson ein Strafregister mit mehreren Verhaftungen wegen Trunkenheit, Erregung öffentlichen Ärgernisses und Körperverletzung aufwies. Gerade hatte er eine sechsmonatige Gefängnisstrafe abgesessen, weil er einen Polizisten tätlich angegriffen hatte, der ihn ins Gefängnis überführen sollte.«

Das war ungefähr alles, jedenfalls alles Wichtige. Mona hatte ihre Geschichte so erzählt, wie ich sie ihr eingetrichtert hatte. Und, Gott sei Dank, hatte man keine Bilder veröffentlicht. Wenn man sie fotografiert und sie ihr Gesicht nicht hätte verbergen können – so, als ob sie weinen müsse, wissen Sie, das hatte ich ihr eingeschärft –, hätte ich ein paar Fragen zu beantworten gehabt. Staples hätte sie als die junge Frau identifiziert, die mich aus dem Gefängnis ausgelöst hatte, und das hätte ihn verdammt neugierig gemacht. Er hätte wissen wollen, in welchem Verhältnis wir zueinander stehen und wo ich letzte Nacht, als sich die Todesfälle ereignet hatten, gewesen wäre. Und wenn ich seine Fragen nicht hätte beantworten können... Aber es gab keine Fotos. Der Fall war zu eindeutig. Die betroffenen Personen waren einfach nicht wichtig genug.

Ich hielt vor dem Laden, meldete mich und war gleich wieder weg. Ich begann zu arbeiten und versuchte, mir einen Platz auszudenken, an dem ich die Mäuse verstecken könnte. Es war ziemlich umständlich, das Geld mit mir herumzuschleppen; es war schwer, und die Muster verdeckten das Köfferchen nicht besonders gut. Man brauchte nur ein paar herauszunehmen, und schon würde man ihn sehen. Jemand könnte ihn zufälligerweise entdecken, bevor ich Gelegenheit hätte, ihn daran zu hindern. Joyce würde sich vielleicht ein Höschen oder ein paar Strümpfe aus dem Musterkoffer rausholen, und – naja, wie immer man es auch betrachtete, es war keine gute Idee, ihn immer mit mir rumzutragen.

Ich dachte den ganzen Morgen darüber nach, während ich herumfuhr. Ich war nervös: mein Kopf rauchte, während ich eine Lösung zu finden versuchte, und dabei wurde ich ganz schön wütend auf mich selbst, weil mir nichts einfiel. Aber mir kam keine Idee, und so war's nun mal. Mir fielen ein paar Verstecke ein, aber die taugten nichts. Sie waren noch schlechter – oder schienen schlechter –, als die Kohle mit mir herumzutragen.

Sollte ich das Köfferchen im Bahnhof zur Gepäckaufbewahrung bringen? Naja, Sie wissen ja, wie's da zugeht. Die Typen da schmeißen ja immer alles durch die Gegend, und die Gepäckstücke platzen absichtlich unabsichtlich auf. Oder sie geben das eigene Gepäckstück jemand anderem. Oder sie bringen die Einlieferungsabschnitte durcheinander, und man muß den Inhalt seines Gepäckstücks identifizieren. Sie wissen schon. Man liest ja immer wieder darüber.

Ein Bankschließfach? Naja, das wäre genauso schlecht, oder noch schlimmer. Ich müßte Referenzen vorweisen, um eins anzumieten – vielleicht sollte ich Staples angeben, hm? Und Typen wie ich, die haben schließlich auch nichts Wertvolles, das man wegschließen sollte.

Ich mußte es mit mir herumtragen. Das war das einzige, was mir einfiel. Ich brauchte nur das Zeug, das ich den Leuten zeigte, aus dem Musterkoffer rausnehmen (und ich hatte verdammt noch mal nicht vor, sehr viel zu zeigen; ich hatte verdammt noch mal nicht vor, überhaupt noch viel zu arbeiten). Was Joyce anging, naja, mit ihr würde ich schon fertig. Sie benahm sich jetzt bestens, hatte Angst, daß ich wütend wurde, also brauchte ich ihr keine Erklärungen oder Entschuldigungen abzugeben. Ich würde ihr einfach sagen, sie solle nach unten in den Laden gehen, falls sie was brauchte, ich sei es leid, daß sie meinen Musterkoffer durcheinanderbrachte. Ich würde den Musterkoffer abschließen und ihr sagen, daß sie zum Teufel noch mal die

Finger davon zu lassen hätte. Und wenn ihr das nicht gefiel, könne sie ja gehen.

Ich legte mir die Worte zurecht, stellte mir genau vor, wie ich sie anpfeifen würde, wenn sie herumzuschnüffeln versuchte. Und dann begann ich über letzte Nacht nachzudenken... und ich beschloß, daß ich nicht so mit ihr zu reden brauchte. Ich würde sagen – naja – ich würde sagen: »Sieh mal, Schatz. Ich lass es nicht zu, daß du dir deine Finger an diesem Dreckszeug schmutzig machst. Sag dem alten Dolly einfach, was du brauchst, und er wird dir was richtig Gutes mitbringen.«

Es wäre besser, etwas in dieser Richtung zu sagen. Es war einfach vernünftiger, verstehen Sie? Zum Teufel, man kann doch trotzdem höflich zu den Leuten sein, auch wenn sie einem total egal sind.

Gegen eins hatte ich genug von der Arbeit und zählte meine Einnahmen. Es waren achtundzwanzig Dollar – ziemlich gut für einen Morgen, aber natürlich bei weitem nicht genug für einen ganzen Tag. Aber zusammen mit den anderen dreißig Dollar, den sechs Fünfern, die ich von den Hunderttausend abgezweigt hatte, würden sie eine sehr anständige Tageseinnahme ausmachen.

Ich hielt vor einer Bar. Ich bestellte eins von den eingewickelten Brötchen – diese Hundesöhne sollten ihren Fraß doch selbst essen – und eine Flasche Ale und nahm beides mit in eine Nische. Ich aß und trank. Ich holte mir noch ein Ale, dann verteilte ich meine Kundenkarten über den Tisch.

Es waren wirklich alles richtige Herzchen, unsere Kunden. Sie zahlten die erste Rate, und dann mußte man um den Rest kämpfen. Niemals kamen diese Typen mit dem Geld zu dir oder bezahlten per Anweisung. Entweder man sagte ihnen den Kampf an, oder man sah keinen Cent. Und selbst wenn man kämpfte wie ein Tier, bekam man es nicht immer.

Ich suchte mir sechs überfällige Kunden heraus, sechs Leute, von denen uns jeder fünf Dollar schuldete. Ich trug die Summe auf den Karten ein und transferierte die dreißig Dollar von meiner Brieftasche in die Geldbörse der Firma, und, naja, das war's dann.

Es war inzwischen ungefähr zwei Uhr. Ich ging in eine andere Bar und kaufte mir auf dem Weg eine Nachmittagszeitung.

In dieser Ausgabe hatten sie die Geschichte auf drei Absätze gekürzt. Es gab keine Neuigkeiten, oder besser gesagt, nichts, das wichtig für mich gewesen wäre. Das Haus mit dem Mobiliar war so ungefähr alles, was die alte Frau besessen hatte. Und es sah so aus, als sei sie mit ihren Steuerzahlungen so weit im Rückstand gewesen, daß ihr Grundeigentum die Steuerschulden gerade abdeckte. Sie hatte kein Testament hinterlassen. Mona war ihre einzige bekannte Angehörige. Und so weiter. Nichts was mich anging. Alles war noch immer in Ordnung.

Ich bestellte mir meinen zweiten Doppelten und noch ein Ale zum Nachspülen.

Es war irgendwie komisch mit diesen Steuern, die die alte Frau nicht bezahlt hatte. Sie saß auf dem ganzen Geld, und dann ließ sie die Steuerschulden so hoch anwachsen, daß die Bezirksverwaltung kurz davor war, ihr das Haus wegzunehmen. Aber – naja, vielleicht war es auch gar nicht so komisch. Gar nicht so seltsam, meine ich. Eine Menge Leute zahlen ihre Steuern erst, wenn man ihnen die Pistole an die Brust hält. Und die Alte war in jeder anderen Hinsicht genauso geizig und knauserig gewesen. Sie hatte von Bohnen und Abfällen gelebt. Und hatte Mona gezwungen, mit jedem ins Bett zu gehen, der vorbeikam. Sie war ganz einfach geizig, und Geizhälse zahlen eben nicht gern. Das einzige Geld, das sie jemals ausgegeben hatte, war für die Gartenarbeiten, für die sie Pete angestellt hatte. Und – nehme ich an – selbst da hatte sie nicht allzuviel Bares ausgespuckt. Wenn überhaupt etwas. Pete hatte Tauscharbeit geleistet ... hatte sich von Mona bezahlen lassen.

Mona. Sie war wirklich ein süßes Kind, und ich hatte mich in sie verliebt. Aber ich hatte mich schon oft verliebt und gedacht, daß ich jemand ganz Besonderen gefunden hätte; und wie war es ausgegangen? Woher sollte ich wissen, daß es mit Mona nicht wieder so ablief?

Ich hatte nicht sehr viel darüber nachgedacht bis gestern abend, hatte wirklich nicht richtig an ihr gezweifelt. War nur ein bißchen besorgt, weil sie sich neulich so wild mit mir benommen hatte. Aber abgesehen von gestern abend war ich bereit gewesen, es zu vergessen.

Wenn man zwei und zwei zusammenzählte, sich ansah, wie sie sich bei mir aufgeführt hatte und wie sie wegen Pete explodiert war, und wenn man mal an all die anderen Typen dachte ...

Naja, ich würde mich nicht mehr mit Schlampen abgeben. Ich meine, von diesen gottverdammten Schlampen hatte ich für den Rest meines Lebens genug. Ich war mir sicher, daß Mona keine war – ziemlich sicher –, aber sollte ich jemals das Gefühl haben, daß sie eine sei – Junge, dann sollte sie sich vorsehen!

Was zum Teufel sollte sie eigentlich schon machen, hm? Was wäre, wenn ich ihr jetzt einfach sagen würde, daß unsere Vergnügungsfahrt zu Ende sei, daß sie hier und jetzt aussteigen müsse? He, sie könnte absolut nichts dagegen tun, genau. Ich könnte das Geld behalten und ihr sagen, daß sie sich zum Teufel scheren solle – naja, vielleicht würde ich ihr ein paar Scheinchen abgeben –, und sie könnte verdammt noch mal nichts dagegen tun.

Und es würde mir nicht sehr viel ausmachen.

Wenn es etwas gibt, was ich nicht ausstehen kann, sind es gottverdammte Schlampen.

Und jetzt zu Joyce. Naja, ich hab mich ziemlich offen gegen Joyce ausgesprochen, und sie *war* wirklich so faul, unordentlich und ordinär, wie man es sich nur vorstellen kann. Aber es gab eine Sache, derer ich mir sicher war – ziemlich sicher – verdammt sicher –, egal was ich über sie gesagt habe. Sie ging nie fremd. Hatte sie nie getan, sie wußte noch nicht mal, wie sie es anfangen sollte. Das konnte sie einfach nicht, verstehen Sie?

Wenn sie in jeder anderen Hinsicht so anständig gewesen wäre wie in dieser, wenn sie die Schau, die sie plötzlich abzog, schon immer drauf gehabt hätte...

Wenn es eine Schau war. Ich dachte mir, daß es einfach so sein muß, denn man kann einem alten Hund keine neuen Tricks beibringen. Aber es war 'ne verdammt gute Schau, so gut wie echt, also wo zum Teufel lag der Unterschied?

Joyce. Ja, Joyce hatte schon ihre guten Seiten. Und jetzt, wo ich mich nicht mehr zu Tode schuften mußte, um mein Geld zu verdienen, jetzt, wo ich das Gefühl hatte, jemand zu sein, und wir uns alle möglichen netten Dinge leisten könnten, und – aber da war der Haken. Das Geld. Wie konnte ich ihr die Sache mit dem Geld erklären? Was für eine Geschichte könnte ich ihr auftischen?

Ich glaubte, wie man es auch sah, daß es nicht einfach zu erklären war; es fiel mir einfach keine gute Geschichte ein. Und ich brauchte mich ja auch nicht zu beeilen. Ich würde Mona ein paar Wochen lang nicht sehen, und bis dahin würde ich mir wahrscheinlich noch 'ne Menge ausdenken können.

Naja... Ich trank noch eine Runde und verließ die Bar. Ich trank irgendwo noch einen schwarzen Kaffee und begann wieder rumzufahren. Einfach so durch die Gegend, nur um die Zeit totzuschlagen. Es war vier Uhr. Ich hatte noch mehr als zwei Stunden vor mir, bevor ich mich im Laden zurückmelden und nach Hause, zu Joyce, fahren konnte.

Joyce. Mona. Joyce? Mona?

Was zum Teufel sollte ich tun? Ich versuchte, diese Gedanken aus meinem Kopf zu verscheuchen. Mona war ein gutes Kind. Das konnte jeder sehen, und sie hatte die ganze Sache eisern durchgestanden. Hatte alles getan, was ich ihr gesagt hatte. Hatte geholfen, ihre eigene Tante wegen des Geldes zu ermorden –

Naja. Gut, sie war in Ordnung, also gut. Und gottverdammtnochmal, das war auch besser für sie. Denn ich *wußte* genau, daß Joyce in Ordnung war, und wenn mir bloß die richtige Geschichte einfallen würde, um die hunderttausend Dollar zu erklären...

Ich fuhr bis nach sechs Uhr in der Gegend herum, damit ich gut dastand. Dann meldete ich mich im Laden zurück, wobei ich reinstürmte, als ob ich den ganzen Tag auf Achse gewesen wäre. Staples zog die Augenbrauen etwas hoch, als er sah, was ich vorzuweisen hatte.

»Nicht schlecht, Frank«, sagte er, während er das Geld zählte. »Oh, gar nicht so schlecht. Vielleicht wirst du Ende der Woche wieder in der Lage sein, einen anständigen Arbeitstag hinzulegen.«

»He, vielen Dank«, sagte ich. »Sie sollten besser aufpassen, Stape. Wenn Sie nicht aufhören, mir immer lobend auf den Rücken zu klopfen, brechen Sie sich eines Tages noch das Handgelenk.«

Er grinste vor sich hin. Wir wünschten uns eine gute Nacht, und ich wollte gerade gehen, als er mich zurückrief. »Was ich noch sagen wollte, ich habe gelesen, daß zwei deiner Kunden letzte Nacht gewaltsam zu Tode gekommen sind. Einer deiner Kunden, sollte ich besser sagen, sowie die Verwandte einer anderen.«

»Ja«, sagte ich. »Habe darüber gelesen. Verdammt noch mal zu schade, daß sie nicht alle umgelegt werden.«

»Aber Frank. Wo wären wir denn ohne die Kunden?«

»Ich meine es ernst«, sagte ich, »ich würde mich totlachen, wenn alle diese ekelhaften Hundesöhne an der Pest stürben.«

»Würdest du wirklich, nicht wahr?« meinte er nickend. »Aber dieser Farrell-Fall. Da ist etwas, was ich nicht ganz verstehe.«

»So?« fragte ich. »Ist das so?«

»Mmmh, äh. Mrs. Farrell war so gut wie bettelarm, doch ihre Nichte – die von ihr abhängig war – gab dreiunddreißig Dollar für ein Silberbesteck aus.« Er stand mit hochgezogenen Augenbrauen da, guckte mich an und wartete darauf, daß ich etwas sagte.

Ich schluckte heftig, und es hörte sich, bei Gott, wie die Niagara-Fälle an.

»Also?« fragte ich. »Und was wollen Sie damit sagen?«

»Frank! Nun mal ehrlich! Und ich habe dich immer für unseren besten Mann gehalten – selbstverständlich auf eine vertrackte Art und Weise... Und du kannst wirklich nichts Widersprüchliches in dieser Situation sehen?«

»Naja, ich werd's Ihnen sagen«, meinte ich.

»Ja? Ja, Frank?«

»Ich werd Ihnen sagen, was ich dabei empfinde. Diese Hundesöhne, unsere Kunden, ich versuch erst gar nicht, sie zu verstehen. Es hat keinen Zweck, wissen Sie, was ich meine? Man kann nicht erwarten, daß ihr Verhalten einen Sinn hat. Wenn sie nicht so verrückt wie 'ne ganze Irrenanstalt wären, würden sie sich nicht mit uns einlassen.«

»Naja«, – er zögerte – »ja. Ich kann nicht behaupten, daß ich da nicht deiner Meinung bin. Also für dich ist es einfach eine dieser geistigen Abnormitäten, für die unsere Kunden nur zu bekannt sind? Geben ihren letzten Dollar für...«

»Wie ich schon sagte«, meinte ich. »Ich denke nie über sie nach. Versuche noch nicht einmal, sie zu verstehen. Ich bin nur daran interessiert, ob sie Geld haben und ob ich's ihnen abnehmen kann.«

»Hört, hört!« Er klatschte in die Hände. »Das Wort eines echten Pay-E-Zee-Mannes. Also, tschüß dann, lieber Junge, und träum schön.«

Ich ging wieder zur Tür.

Er rief mich wieder zurück.

»Um Gottes willen!« sagte ich und wirbelte auf den Absätzen herum. »Was zum Teufel wollen Sie denn jetzt, Stape? Reicht es Ihnen nicht, daß ich mich den ganzen Tag abgerackert habe? Muß ich auch noch die halbe Nacht hier rumstehen, um mich mit Ihnen zu unterhalten?«

»Aber, Frank«, sagte er schmollend. »Ich fürchte, du bist mir böse! Gibt es irgend etwas an diesem Fall, das... äh... habe ich etwas gesagt, was dich beunruhigt?«

Ich sagte ihm, jawohl, er selbst beunruhige mich. Er würde mich höllisch ärgern. Er hielte mich hier zu dieser Nachtstunde fest, während ich nur nach Hause wolle, um meine Schuhe auszuziehen und etwas in den Magen zu bekommen. »Ich habe den ganzen Tag gearbeitet, wissen Sie, was das bedeutet? Ich hab nicht hier auf meinem Hintern rumgesessen und Zeitung gelesen.«

»Ich verstehe«, sagte er nickend. »Du hast also etwas Gewissensbisse. Mrs. Farrell hat dir erzählt, wo man Pete auffinden kann – hat sie doch, oder? – und das hat er zweifellos erraten und...«

»Und warum sollte mir das was ausmachen?« fragte ich. »Es ist doch alles gut ausgegangen. Sie sind beide umgebracht worden.«

Er runzelte die Stirn, starrte mich an, wurde etwas bleich. Dann mußte er gegen seinen Willen lachen, er schüttelte den Kopf.

»Oh, Frank«, sagte er. »Was soll ich bloß mit dir machen?«

»Wenn Sie mich noch etwas länger hier aufhalten«, sagte ich, »werden Sie nichts mehr mit mir anfangen können. Ich werde vor Hunger umfallen.«

»Das kann ich nicht mitansehen!... Nacht, Frank.«

»Nacht, Stape«, sagte ich. Und fuhr nach Hause.

Er wußte nichts – er vermutete noch nicht mal was. Er war ganz einfach wie immer er selbst gewesen – das war alles. Und ich war blöd genug gewesen, mich darüber aufzuregen. Zum Teufel, hatte er dasselbe Ding nicht schon hundert Mal vorher abgezogen? Auf mir rumgehackt, versucht, mich zu verwirren?! Hatte wie ein Skunk in einem Müllhaufen die Nase in meine Angelegenheiten gesteckt. Nicht weil es einen Grund dafür gegeben hatte, verstehen Sie. Nur deshalb, weil er der Chef war und man stillhalten mußte, weil er selbst große Ambitionen hatte und dachte, daß jeder andere auch welche hätte.

Ja, ich hätte heute abend damit rechnen sollen. Er dachte sich, daß ich einen harten Tag hinter mit hätte, und man mußte nach einem harten Tag immer mit so was rechnen.

Also...

Also gab es nichts, worüber ich mich hätte aufregen sollen. Nicht eine verdammte Sache, alles war in Ordnung. Aber ich war trotzdem froh, nach Hause zu kommen. War froh, als Joyce mich in die Arme nahm, mich fest an sich drückte und mir zuflüsterte, daß ich ihr Junge sei – Mutters Junge – und daß sie mich nie wieder allein lassen würde.

Sie hielt mich festumschlungen, stellte sich auf die Zehen, um mir übers Haar zu streichen; und schließlich setzten wir uns nebeneinander an den Tisch. Es war schon fertig, das Abendessen, meine ich. Sie hatte es auf den Tisch gestellt, als sie meinen Wagen hörte. Es war gut und es war warm, und wir saßen nebeneinander, hielten uns dann und wann an den Händen. Und ich hatte vorher keinen großen Appetit gehabt – hatte sogar gedacht, keinen Bissen runterzukriegen –, aber ich schaufelte alles in mich hinein.

Sie goß den Kaffee ein. Ich zündete zwei Zigaretten an und gab ihr eine.

»Du hast mich gestern abend was gefragt«, sagte ich. »Jetzt möchte ich dir die Antwort geben.«

»Das freut mich, Dolly. Ich hatte gehofft, du würdest es tun.«

»Du hast mich gefragt, ob ich froh sei, daß du zurückgekommen bist. Ich möchte nur sagen, du hast verdammt recht, wenn du denkst, daß ich es bin.«

»Oh?« sie zögerte. Dann lehnte sie sich vor und küßte mich. »Ich bin froh, daß du froh bist, Dolly. Es ist wunderbar, wieder hier zu sein.«

Sie trug das Geschirr hinaus, und ich half ihr. Sie wollte es nicht, aber ich machte es trotzdem. Ich trocknete ab, während sie abwusch; und dann gingen wir ins Wohnzimmer. Das Licht war dämmrig. Sie kuschelte sich neben mir aufs Sofa, die Beine angezogen, den Kopf gegen meine Schulter gelehnt.

Es war ziemlich nett, sehr friedlich und angenehm. Könnte es für immer so bleiben, dachte ich, würde ich niemals mehr etwas anderes in diesem verdammten Leben haben wollen.

»Dolly«, sagte sie; und im gleichen Moment sagte ich »Joyce«. Wir sagten es zusammen, dann lachten wir, und sie sagte: »Mach den Anfang, Schatz. Was wolltest du sagen?«

»Ach, eigentlich so gut wie nichts«, sagte ich. »Wahrscheinlich wird nichts draus werden.«

»Woraus?«

»Also, ich hab 'ne Möglichkeit, richtiges Geld zu verdienen, einen Batzen Geld. Jedenfalls sieht's wie 'ne Möglichkeit aus. Einer von den Jungs im Laden, einer der Geldeintreiber, nun ja, sein Schwager ist Geschäftsführer eines großen Spielkasinos, draußen in Las Vegas. Und die Besitzer des Kasinos haben ihn nicht gut behandelt, verstehst du? Er hat sie reich gemacht, und jetzt wollen sie ihn rausschmeißen. Also hat er seinem Schwager, dem Geldeintreiber im Laden, geschrieben und ihm gesagt, daß, falls er 'ne anständige Summe Geld auftreiben könnte, würde er – der Geschäftsführer – es einem Strohmann geben und diesen gewinnen lassen und... und...«

Sie hatte kein Wort gesagt, hatte ihre Position nicht verändert. Aber plötzlich schien es sehr kalt im Zimmer zu sein, und ihr Kopf auf meiner Schulter fühlte sich schwer an.

»Also«, sagte ich. »Ich glaube, das ist vielleicht doch nicht so 'ne gute Idee. Könnte durch so ein Geschäft in Schwierigkeiten kommen. Aber ich hab noch ein anderes Angebot bekommen, und...«

»Dolly«, sagte sie. »Ich muß es wissen. Wo hast du das Geld her?«

15

Ich lehnte mich vor und drückte die Zigarette im Aschenbecher aus. Ich blieb vorwärtsgelehnt, während ich mir eine andere anzündete, und dann lehnte ich mich zurück und gähnte.

»Oh, Mann, bin ich müde! Bist du auch soweit, ins Bett zu kriechen, Schatz?«

»Dolly...«

»Was?« fragte ich. »Oh, das Geld! Ich dachte, ich hätte dir davon erzählt. Ich hab gestern abend ein paar alte Kunden zu Hause angetroffen, Leute, die uns wirklich 'ne Menge schuldeten, und...«

»Ich hab's gesehen, Dolly. Ich weiß nicht, wieviel es war, aber ich weiß, es war 'ne Menge. Ein ganzer Koffer voll.«

Ich drehte mich um und starrte sie an. Ich schaute sie eisig an, versuchte sie so lange anzustarren, bis sie aufgab, aber sie blinzelte nicht mal. Sie hatte die Stirn etwas gerunzelt, aber sie sah mich nicht unfreundlich an. Sie sah nicht böse aus, oder so, als ob sie vielleicht böse werden könnte. Wenn das der Fall gewesen wäre, hätte ich gewußt, was zu tun. Aber in dem Fall wußte ich es nicht. Ich hätte sie nicht verprügeln können, selbst wenn man mich dafür bezahlt hätte.

Ich konnte nichts tun.

Es blieb bestimmt fünf Minuten still. Schließlich griff sie nach meiner Hand und legte sie zwischen ihre. Sie sagte: »Ich kam zu dir zurück, Dolly. Das war nicht einfach nach allem, was war; aber ich hatte das Gefühl, das ich es tun mußte. Ich liebte dich und wollte dir helfen.«

»Also«, sagte ich, »hast du etwa gehört, daß ich mich beschwert hätte?«

»Erinnerst du dich an letzte Nacht, Schatz? Glaubst du nicht, daß nach dieser ... w-weißt du nicht, daß ich dich liebe und du mir vertrauen kannst, daß ich nur eins will – dir helfen?«

»Ich sag dir eins«, meinte ich. »Ich wette, morgen wird man uns ziemlich früh aufwecken. Ich hab gesehen, daß sie ein paar Waggons mit Kies auf die Abstellgleise hier vorne geschoben haben, und sie werden sie wahrscheinlich ankoppeln, an den ...«

Sie stand auf, glättete ihr Hauskleid. Sie schaute auf mich hinunter, runzelte etwas die Stirn; sie nickte mir kurz zu, wie ein Lehrer, der ein Kind fortschickt.

»Also gut, Dolly. Ich schätze, es gibt nichts mehr, was ich noch sagen könnte. Vielleicht ist es mein Fehler, weil ich dich verlassen habe, dich in einem Wutanfall verlassen habe, obwohl ich hätte wissen müssen, du du ... daß ein Mann, der sich so benimmt wie du ... nicht er selbst war, und vielleicht... Oh, Dolly! *Dolly!* Was hast du g-getan ...«

Sie schlug die Hände vors Gesicht und setzte sich weinend aufs Sofa. Sie schluchzte hilflos. Und sie schien so allein zu sein, so hilflos und verängstigt, wie ich es letzte Nacht gewesen war.

»Joyce«, sagte ich. »Bitte, Baby. Was zum Teufel ist los? Warum benimmst du dich so?«

»D-du ... du weißt, warum. D-das ganze Geld ... ich hoffte, du würdest mir sagen, daß es eine harmlose Erklärung dafür gebe. Ich w-wußte nicht, was f-für eine, aber ich hoffte es so sehr. Und jetzt weiß ich, daß du es nicht erklären kannst. D-du hast Angst, und…«

»Ach, jetzt warte mal ’ne Minute«, sagte ich. »Wart doch nur eine Minute, Baby.«

Ich versuchte, sie auf meinen Schoß zu ziehen. Ihre Schultern entzogen sich meinem Griff, sie stieß meine Hände fort.

Ich wartete eine Minute, schaute sie an, hörte ihr zu.

Fühlte, wie es mich innerlich zerriß. Dann versuchte ich es noch einmal, und diesmal schaffte ich es.

»Ich wollte dir davon erzählen«, sagte ich. »Aber ich war mir nicht ganz sicher, ob ich das Geld behalten würde, verstehst du; also dachte ich mir, daß ich besser noch ein paar Tage warte. Sonst hättest du damit gerechnet und wärst dann enttäuscht gewesen.«

»I-ich wäre nicht…« Sie nahm den Kopf von meiner Brust und schaute mich an. »Was… wie meinst du…?«

»Ich hab das Geld gefunden.«

»Oh, Dolly!« Sie begann wieder zu weinen. »Bitte. Nicht noch einmal, ich kann es einfach nicht ertragen, wenn du mich noch länger anlügst…«

»Ich lüge nicht. Ich weiß, daß es total verrückt klingt, ich konnte es ja selbst kaum glauben. Aber es ist wahr.«

»A-aber es…«

»Ich werd’s dir erzählen. Ich werd’s dir erzählen, wenn du mir eine Chance gibst. Willst du, daß ich dir’s sage, oder nicht?«

Sie schniefte und sah mich wieder an. Ich dachte, sie würde niemals aufhören, mich anzusehen, aber schließlich nickte sie.

»Also, gut, Dolly. Aber b-bitte, nur wenn... wenn es auch stimmt, sonst sag nichts...«

»Also«, sagte ich. »Ich kann nicht garantieren, daß du mir glaubst. Ich habe Angst, daß niemand mir glauben wird, und darum ist es so schwer zu wissen, was man tun soll.«

»Ich m-möchte dir glauben, Schatz. Es gibt nichts, was ich lieber täte.«

»Also, es ist gestern abend passiert. Einer meiner Kunden, ein Ausreißer namens Estill – jemand hat mir 'nen Tip gegeben, daß er jetzt in der West Agnew Street wohnt. Also bin ich rausgefahren, und das Haus war leer. Selbst wenn er jemals hier gelebt hatte, war er jetzt nicht mehr da. Also, holte ich die Taschenlampe aus dem Wagen und ging rein, und...«

»Du bist reingegangen?« fragte sie stirnrunzelnd. »Warum?«

»Warum?« sagte ich. »Naja, das würdest du nicht fragen, wenn du selbst mal Ratenzahlungen eingetrieben hättest, Schatz; wenn du irgendwann mal für 'ne Firma wie Pay-E-Zee gearbeitet hättest. Wir gehn immer rein, wenn's möglich ist. Man findet vielleicht 'ne Telefonnummer, die an die Wand gekritzelt ist, weißt du, oder vielleicht 'nen alten Brief, der liebengeblieben ist. Irgendwas, irgendeinen Hinweis, wo der Ausreißer jetzt steckt.«

»Oh«, sagte sie, und ihre Stirn glättete sich, und sie schaute mich auch nicht mehr ganz so zweifelnd an. »Und weiter, Schatz?«

»Also ging ich rein, suchte jedes Zimmer ab und konnte nichts finden. Kein einziges Stück Papier, keine Adresse, nichts. Es sah aus... naja, es sah fast so aus, als ob sich jemand große Mühe gegeben hatte, daß nichts zurückbleiben würde. Als ob alles abgewaschen und saubergemacht worden sei, bevor sie ausgezogen waren. Es war sehr komisch, verstehst du, was ich meine? Es machte mich neugierig. Also suchte ich weiter, und schließlich fand ich es – dieses kleine Köfferchen, das ganz hinten in einem der Wandschränke im Schlafzimmer stand. Ich öffnete es und schaute hinein, und ich kann dir nur sagen, Schatz, ich hätte fast einen Salto geschlagen...«

Ich unterbrach mich, um eine Zigarette anzuzünden. Ich bot ihr eine an – sah sie schnell an, um zu sehen, wie die Geschichte angekommen war – und atmete erleichtert auf. Sie hatte alles geschluckt. Es war 'ne ziemlich gute Geschichte, und sie wollte sie nur allzugern glauben.

»Wie hieß dieser Mann noch mal, Schatz? Der Mann, den du gesucht hast?«

»Estill, Robert Estill. Ich habe seine Kundenkarte hier in meiner Tasche, wenn du willst, kannst du sie dir ansehen.«

Sie sagte, oh, nein; aber zuerst hatte sie einen Augenblick gezögert. Ich holte die Kundenkarte raus und zeigte sie ihr. Sie war in Ordnung – ich meine seine Kundenkarte; was ihn selbst anging, konnte man das absolut nicht sagen. Wir hatten zwei Raten von ihm bekommen, und dann war er verschwunden.

»Ich kann dir das leere Haus auch zeigen«, sagte ich – und ich hätte es ihr auch zeigen können. »Es ist die Nummer 1825 in der West Agnew Street, und ich kann dich gleich hinfahren.«

»N-nein, das ist nicht notwendig. Ich... wieviel Geld ist es, Dolly?«

Ich wollte sie belügen, ihr sagen, daß es fünf- oder zehntausend wären, oder so was in dem Dreh. Denn das konnte sie vielleicht schlucken, aber nicht mehr. Und wenn sie es einmal geschluckt hatte, wäre der Rest ziemlich einfach. Ich könnte sagen – na, ich könnte so tun, als hätte ich einen Teil der Mäuse angelegt. Oder wäre ins Kasino gegangen. Oder... oder ich hätte sonstwas getan, um einen Haufen dazu zu verdienen.

Aber sie hatte es mir nicht total abgenommen, noch nicht. Jedenfalls war sie nicht so überzeugt, daß man sie nicht ganz leicht vom Gegenteil hätte überzeugen können. Wenn sie das Geld sehen wollte, um es zu zählen...

Ich sagte ihr die Wahrheit.

Sie fuhr zusammen und wäre beinahe von meinem Schoß gefallen.

»Dolly! O mein Gott, Schatz! H-hunderttaus ... Es muß geklaut worden sein! Oder das Geld von einem Kidnapping, oder...«

»Es ist nicht markiert«, sagte ich. »Ich weiß es. Ich habe es überprüft, gründlich!«

»Es muß irgend so was sein! Es geht nicht anders. Du mußt es zur Polizei bringen, Dolly!«

»Aber nehmen wir mal an, daß etwas mit dem Geld nicht stimmt – was ja wahrscheinlich ist? Wie stände ich dann da, ein Typ wie ich – ein Herumtreiber, ohne Freunde oder Familie? Ich will dir sagen, was passieren würde. Wenn sie kein Geständnis aus mir rausprügeln könnten, würden sie mich einfach so lange einsperren, bis ich alles gestände.«

»Aber wenn du ihnen das Geld bringst, wäre das doch der Beweis...«

»Ich sag dir, die werden mir nie glauben! Die würden denken, daß ich's nur mit der Angst zu tun bekommen hätte und versuchte, was zu verbergen. Das macht es ja so schwierig, darum mach ich mir ja solche Sorgen. Ich sag ja gar nicht, daß ich es behalten will, aber welchen Unterschied würde es schon machen, wenn ich es täte? Die ganze Geschichte hört sich so seltsam an. Ich kann sie ja selbst kaum glauben, und ich nehme an, du glaubst sie auch nicht und...«

Ich schob sie plötzlich vom Schoß. Ich ging in die Küche, holte mir eine Literflasche aus dem Schrank und nahm einen langen tiefen Schluck aus der Flasche.

Während ich mit ihr geredet hatte, war mir etwas eingefallen, wegen des Geldes. Und das hatte voll bei mir eingeschlagen, wie ein Blitzschlag auf einem Blechdach. Die Mäuse waren nicht markiert, das wußte ich. Aber nehmen wir mal an, das wirklich etwas damit nicht stimmte; daß es der alten Frau in Wirklichkeit gar nicht gehört hatte? Nehmen wir mal an, die Bullen oder der FBI würden nach gewissen Seriennummern Ausschau halten...

Ich zitterte am ganzen Körper. Dann fiel es mir ein... und ich atmete erleichtert auf. Mona hatte mich vor vier Tagen mit einem Teil dieses Geldes aus dem Gefängnis ausgelöst. Wenn das Zeug heiß wäre, hätte ich es inzwischen schon gewußt.

Ich stellte die Flasche in den Schrank zurück. Ich drehte mich um, und Joyce stand da und nahm mich ungestüm in die Arme.

»Ich glaube dir, Dolly«, sagte sie, und es klang irgendwie verzweifelt. »Ich glaube dir jedes Wort.«

»Also, toll«, sagte ich. »Ich will ehrlich zu dir sein, Schatz. Ich würde dir keinen Vorwurf machen, wenn du es nicht tun würdest.«

»W-was sollen wir tun, Dolly? Wir können es nicht behalten.«

»Naja, ich weiß nicht«, meinte ich. »Was ich sagen wollte, was sollen wir sonst tun? Ich will ja nicht sagen, daß ich es behalten will, aber selbst falls...«

»Nein! Oh, nein, Schatz. Es muß irgendeinen anderen Weg geben, um... um...«

»Wie? Fällt dir was ein, damit ich nicht ins Gefängnis muß und wahrscheinlich noch der Rest meines Lebens versaut wird?«

»Naja. Also, könntest du nicht nochmal in diese Gegend fahren und ein paar Erkundigungen anstellen und herausfinden...«

»He, he! Soll ich alle auf mich aufmerksam machen, bis vielleicht sogar noch jemand die Bullen holt? Nein danke. Ich war da draußen, als es dunkel war und mich niemand gesehen hat. Mir kann man soweit nichts anhängen, und dabei soll's auch bleiben.«

»Aber wir k-können nicht einfach...«

»Dann sag mir, was wir tun können«, sagte ich. »Sag's mir einfach, und ich mach's. Du willst doch nicht, daß ich ins Gefängnis komme, oder?«

»N-nein. Oh, nein, Liebling.«

»Wenn ich wüßte, daß was Gutes dabei rauskäme«, sagte ich, »würde ich's tun. Aber alles, was ich glaube, ist, daß man mich kaputtmachen würde. Es würde niemandem helfen. Es ist so viel Geld; wenn es gestohlen ist, wäre es versichert gewesen, und die Versicherung hätte schon gezahlt. Niemand hat was verloren, außer der Versicherungsgesellschaft, und du kennst diese Vögel ja. Ihnen gehört schon die Hälfte allen Geldes auf der Welt. Sie haben deshalb soviel, weil sie die Leute übers Ohr hauen – Zwangsvollstreckungen, um sich Bauernhöfe unter den Nagel zu reißen und den Leuten in jeder Hinsicht das Leben schwer zu machen. Ich sehe nicht ein, warum ich meinen Hals für eine betrügerische Versicherungsfirma in die Schlinge stecken sollte.«

Sie schwieg. Dachte nach.

Ich beugte mich runter und küßte sie auf den Kopf.

»Du und ich, Joyce«, sagte ich. »Wir hatten niemals eine richtige Chance, Schatz. Hatten ein gottverdammtes Loch nach dem anderen zu stopfen, nie einen Cent zuviel ... Zum Teufel noch mal. Man kann alles versuchen – man kann sich eine Zeitlang in vieler Hinsicht aushelfen – aber wenn man immer so lebt, ist es früher oder später ...«

Ihre Arme legten sich fester um meinen Hals. Sie flüsterte: »Oh, Dolly. Oh, ich liebe dich so sehr, Schatz.«

»Hunderttausend«, sagte ich sanft, »und es gehört uns ebensogut wie den anderen. Hunderttausend ... Ein anständiges Haus. Mit vielen Fenstern, damit das Sonnenlicht hereinkommt, und ... anständige Möbel, nicht dieser Ramsch hier. Und zur Abwechslung mal ein gutes Auto. Und keine Sorgen. Mal nicht immer halb verrückt werden, weil man sich fragt, wie man bis zum nächsten Ersten hinkommen soll. Und ...«

»Und...?« flüsterte sie.

»Naja, sicher«, sagte ich. »Warum nicht? Ich bin sehr dafür, Kinder zu haben, wenn man für sie sorgen kann.«

Sie seufzte und schmiegte sich dichter an mich.

»Ich wußte, daß du so denken würdest, Schatz. Du warst immer schon in vieler Hinsicht so gut, ich weiß nicht, warum ich jemals gedacht habe, daß... daß...«

Ihre Stimme erstarb.

Ich wartete, streichelte ihr Haar.

»Ich weiß nicht, Dolly. Ich will so... ich will so sehr...«

»Warum schaust du es dir nicht an«, fragte ich. »Faß es an, zähl es. Zählen wir's zusammen, Schatz; überlegen wir uns, wie wir's ausgeben könnten. Was hältst du davon, he?«

»Naja...« sie zögerte. »Nein! Nein, ich lass es lieber. Es ist so schon schwer genug, logisch zu denken. Laß uns – laß uns einfach nicht mehr darüber reden. Laß uns... laß uns...«

Also redeten wir nicht mehr darüber.

Ich hob sie auf meine Arme und trug sie ins Schlafzimmer.

16

Ich verbrachte eine gute Nacht.

Der nächste Morgen fing gut für mich an. Joyce war ziemlich nachdenklich und ein bißchen blaß um die Nase – wie es so schön heißt –, aber so mußte es auch sein. Sie war eine tolle Frau – immer anständig und ehrlich –, und es war ganz natürlich, daß eine Sache, die nicht hundertprozentig sauber war, sie mitnehmen würde.

Auf dem Weg in die Stadt kaufte ich eine Zeitung. Ich mußte sie zweimal durchblättern, bevor ich die Geschichte fand – Sie wissen schon, welche ich meine –, und dann war es noch nicht mal über die Sache selbst. Sie wurde nur nebenbei erwähnt, zusammen mit einer Meldung über das Grundstück der alten Frau.

Die Bezirksverwaltung hatte die rückständigen Steuern eingeklagt. Man hatte Mona einen Räumungsbefehl mit einer Frist von dreißig Tagen zugesandt.

Ich warf die Zeitung fort. Ich fuhr zum Laden und dachte, daß das arme Kind wirklich kein Glück hatte. Wenn das Haus unbelastet gewesen wäre, hätte sie vielleicht einen guten Preis dafür bekommen. Genug, um ein paar Jahre davon zu leben und irgendwo anders neu anzufangen. Aber es war eben nicht so, sie war wirklich ein typischer Pechvogel. Ich würde ihr schon ein paar Scheinchen geben – ich würde es nicht zulassen, daß man sie auf die Straße setzen würde, ohne Kleidung und ohne jeden Cent. Aber es wäre weitaus besser gewesen, wenn sie 'ne richtig fette Summe gehabt hätte.

Ich fragte mich, ob sie genug Geld zum Essen hatte, und einen Moment spielte ich mit dem Gedanken, ihr ein paar Scheine in einen Umschlag zu stecken und ihn ihr zuzuschicken. Das Kind tat mir leid, und ich wollte ihr wirklich helfen, wissen Sie. Aber ich entschied mich schließlich dagegen. Möglich, daß die Polizei das Haus noch beschattete. Bei allem, was ich zu verlieren hatte, wollte ich kein Risiko eingehen.

Sie würde schon durchkommen. Vom Leben nicht gerade verwöhnt, würde sie sich wahrscheinlich nicht wohlfühlen, wenn sie genug zu essen hatte.

Staples machte den Laden normalerweise um halb neun auf, eine halbe Stunde bevor ich und die anderen Vertreter anfingen zu arbeiten. Aber an diesem Morgen war Staples noch nicht aufgetaucht. Es war ein paar Minuten vor neun, als ich dort ankam, und der Laden war noch abgeschlossen. Die anderen Jungs standen davor und warteten auf ihn.

Ich stieg aus dem Wagen und gesellte mich zu ihnen. Wir warteten, rauchten und unterhielten uns, wir fragten uns, ob der Hundesohn unter einen Lastwagen geraten sei, und hofften inbrünstig, daß es der Fall sei. Aber wir hatten natürlich kein Glück. Um halb zehn erschien Staples.

Er schloß auf, und wir folgten ihm nach drinnen. Er schien es nicht absichtlich so einzurichten, aber irgendwie wurden die anderen Typen alle vor mir abgefertigt, und ich blieb allein mit Staples zurück. Er begann sich mit mir zu beschäftigen, machte Witze und lachte. Ich begann mich unwohl zu fühlen.

Er war einfach nicht er selbst, verstehen Sie, was ich meine? Er hatte verdammtnochmal viel zu gute Laune. Naja, sicher, er machte immer seine Späße, redete sich den Mund fusselig, um uns hochzunehmen – aber nicht weil er so ein fröhlicher Typ war und andere unterhalten wollte. Diese Tour war so echt wie Diamanten aus dem Trödelladen. Er konnte andere nicht mit dem Baseballschläger bearbeiten – wie er es gern getan hätte –, also nahm er die

Nadel. Und falls man wütend wurde, tat er immer so, als wäre es ein Spaß gewesen.

An diesem Morgen war es jedoch anders. Der Hundesohn war wirklich wegen irgend etwas in bester Laune.

Ich nahm mir meine Kundenkarten und fragte ihn, was ihm denn solch ein Vergnügen bereitete.

»Ich wette, ich weiß es«, sagte ich. »Sie haben einem Blinden auf Ihrem Weg zur Arbeit ein Bein gestellt.«

»Ach, Frank«, kicherte er und gab mir einen leichten Klaps auf's Handgelenk. »Du mußt immer von dir auf andere schließen. Die Sache ist, ich habe einen alten Kumpel aufgesucht. Jemanden, den ich seit fast zwanzig Jahren nicht mehr gesehen hatte.«

»Ist das Ihr Ernst?« meinte ich. »Wollen Sie sagen, daß sie in dieses Irrenhaus gegangen sind – daß man sie reingelassen hat – und wieder hat laufenlassen?«

Er kicherte erneut, berührte wieder mein Handgelenk. »Du kommst der Sache schon näher, lieber Junge. Komisch, unsere Gedanken scheinen sich immer mit dem gleichen Dreck zu beschäftigen. Der Kumpel, den ich besucht habe, ich sollte besser sagen, mehr ein Bekannter, *befand sich* in einer öffentlichen Institution.«

»Im Knast, was? Ich wußte es«, sagte ich. »Naja, ist nur gut, daß Sie ein gutes Verhältnis zu den Bullen in dieser Stadt haben.«

»Ein gutes Verhältnis, das ich mühevoll entwickelt habe, Frank. Es erweist sich als sehr nützlich, wenn man in einer Position ist wie ich. Aber, nein – du hast es noch nicht ganz erraten. Es war nicht wirklich das Gefängnis. Eher eine nachgeordnete Institution, würde ich sagen.«

»Wie?«

»Mmmh. Eine dem Gefängnis angegliederte Einrichtung... Aber ich merke, daß ich dich langweile, und ich habe dich schon unentschuldbar lange aufgehalten. Zieh los, guter Freund! Auf in den Kampf gegen die Gauner, und mögen sie dir ihre Achillesferse präsentieren.«

»Ich versteh das nicht«, sagte ich. »Dieser Kumpel, den Sie besucht haben – war er irgendwie in Schwierigkeiten?«

»Nein – ha – das würde ich nicht sagen, Frank. Wenigstens hat man sich nicht bei mir beschwert.«

»Also, zum Teufel damit. Was...«

»Nein...« Er hob eine Hand. »Ich werde es nicht zulassen, Frank. Du bist einfach nur höflich, und gibst vor, Interesse an meiner armseligen Unterhaltung zu haben, und das kann ich einfach nicht zulassen. Also, mach dich auf die Beine, ich bestehe darauf. Und – oh, ja...«

»Ich weiß schon«, sagte ich. »Ich weiß. Sie wollen wieder, daß ich sie totschlage.«

»Sie tot...? Oh, gut ausgedrückt! Sehr gut ausgedrückt« – und er grinste.

Ich drehte ihm den Rücken zu und ging hinaus.

Mein Magen krampfte sich zusammen, und ich hatte ein flaues Gefühl. Etwas schien sich zusammengezogen zu haben, ganz unten im Magen, als ob ich was Schweres verschluckt hätte. Im Hals fühlte ich eine Übelkeit aufsteigen, und abwechselnd jagten heiße und eiskalte Nadeln durch meinen Kopf.

Ich stieg in den Wagen, wobei ich so zitterte, daß ich kaum den Schlüssel umdrehen konnte. Ich fuhr vom Bordstein los und begann zu fahren, ziellos, wie ein Blinder. Schließlich hielt ich vor einer Bar und setzte mich in eine der hinteren Nischen.

Der Drink half. Die Drinks halfen. Ich beruhigte mich allmählich wieder.

Er konnte einfach nichts wissen. Die Bullen wußten nichts, wie sollte er etwas wissen? Also worüber zum Teufel regte ich mich auf? Irgendwie war ihm aufgefallen, daß mir ein wenig unbehaglich zumute war. Hatte es bemerkt und sofort angefangen darauf herumzuhacken und versucht, die Wahrheit aus mir herauszusticheln. Er schlug wild um sich, in jede Richtung, in der Hoffnung, daß die blinden Schläge irgendwie treffen würden.

Und was diese Geschichte von heute morgen betrifft: bei näherer Betrachtung mußte es einfach eine Lüge sein. Jeder andere wäre einfach damit rausgerückt und hätte zugegeben, daß er verschlafen hätte oder im Fahrstuhl steckengeblieben sei und so was ähnliches. Aber Staples war nicht wie jeder andere – er war kein anständiger Kerl, meine ich. Er log einfach aus Prinzip. Würde lieber auf einen Baum klettern, bloß um zu lügen, auch wenn er unten bleiben könnte, wenn er nur die Wahrheit sagte. Da er mich sowieso hatte ärgern wollen, kam er mit dieser Geschichte von dem alten Freund, den er besucht hatte.

Einen Freund, den man nirgendwo finden konnte, verstehen Sie, was ich sagen will? Keine Adresse, die man hätte finden können. Nichts, was ich hätte überprüfen können, wenn ich es wollte. Der Kumpel war im Knast, aber er war's auch wieder nicht – und so weiter. Ein großes Geheimnis. Eine Menge doppeldeutiges Geschwätz.

Wenn er bloß nicht so verdammt guter Laune gewesen

wäre, so selbstzufrieden... aber auch das könnte zu seiner Schau gehören, ein anderer Schuß aufs Geratewohl. Oder er hatte mit irgendeiner Frau geschlafen, und das hatte ihn in gute Laune versetzt. Er hatte mal überall damit angegeben, wie er eines der Zimmermädchen in seinem Hotel vernaschen würde. Er hatte sich seit Wochen an sie rangemacht und angedeutet, daß er sie rausschmeißen lassen würde, und dann hatte er es andersrum versucht, mit Zukkerbrot: kleine Geschenke aus dem Laden. Also vielleicht war er endlich ans Ziel gelangt.

Wie auch immer...

Wie auch immer, er wußte einfach gar nichts.

VERDAMMT NOCH MAL, ER WUSSTE EINFACH GAR NICHTS!

Aber ich fühlte mich wirklich nicht in der Lage zu arbeiten. Heute konnte ich einfach nicht all die Nieten durch die Mangel drehen. Wenn ich sie mir in dieser Verfassung vorgeknöpft hätte, wäre es wahrscheinlich so ausgegangen, daß sie von mir Geld kassiert hätten.

Ich wollte nur eins: nach Hause gehen. Nicht um irgend etwas zu tun, sondern bloß, um einfach da zu sein, den Tag mit Joyce zu verbringen. Aber, zum Teufel, das war unmöglich. Sie machte sich schon genug Sorgen wegen des Geldes, war so beunruhigt, daß sie noch nicht mal wollte, daß ich es bei ihr im Haus ließ. Sie war beinahe so weit, es zu behalten – statt zur Polizei zu gehen –, aber dieser Gedanke gefiel ihr immer noch nicht. Und wenn ich heute blau machen würde, wüßte sie, daß es noch eine Menge gab, was sie nicht wußte – was ihr nicht gefallen würde.

Ich trank vier oder fünf Drinks in jener Bar, hielt mich an ihnen fest, bis es ungefähr Mittag war. Dann ging ich zum Wagen und fuhr wieder los.

Ich fuhr durch die Außenbezirke der Stadt und bog in einen Feldweg ein. Ich parkte. Ich lehnte mich über den Sitz und öffnete meinen Musterkoffer.

Diesmal nahm ich zwölf der Fünf-Dollar-Scheine heraus. Genug für eine komplette Tageseinnahme. Ich rieb sie zögernd zwischen den Fingern, dachte nach; dann steckte ich sechs davon zurück und nahm statt dessen drei Zehner heraus.

Das war schon glaubwürdiger. Zwölf Fünfer und sonst nichts, das könnte vielleicht ein bißchen komisch aussehen.

Ich steckte die Scheine in meine Firmenbörse.

Ich breitete die Kundenkarten auf meiner Schreibunterlage aus und fälschte sie.

Dann... naja, das war alles. Es gab nichts mehr zu tun, und ich hatte beinahe fünf Stunden dafür übrig.

Kino? Zum Teufel, wer ging schon gern ins Kino... im Dunkeln herumsitzen ... allein. Ich hätte gerne was gelesen, denn ich bin ein eifriger Leser, wissen Sie. Aber ich konnte mich ja nicht draußen auf der Straße hinsetzen und einfach lesen, und in den Büchereien gibt es verdammt noch mal nie was Lesenswertes. Keine guten Tatsachengeschichten wie »Ich bekenne« oder Filmmagazine oder irgendwas anderes Interessantes.

Ich fuhr wieder los.

Ich glaube, es gibt nichts, was einen so schnell fertig macht wie herumzufahren, wenn man kein Ziel hat.

Ich mußte immer wieder daran denken, wie nett es

wäre, wenn ich nach Hause könnte – obwohl ich wußte, daß es unmöglich war –, und ich wurde ziemlich wütend. Warum zum Teufel auch nicht, he? Ein Typ wie ich fühlt sich schlecht und macht sich Sorgen und kann noch nicht mal in sein eigenes Haus gehen, um mit seiner Frau zu reden. Das war schon verdammt noch mal 'ne ziemlich traurige Angelegenheit, wenn Sie mich fragen. Der Mann rackert sich also ab – riskiert ihretwegen alles –, und sie macht ihm die ganze Zeit das Leben schwer. Redet ihm die Ohren voll und ängstigt ihn noch mehr, als ob er nicht schon genug Sorgen hätte.

Mona würde sich nicht so benehmen. Die kleine Mona, ja, die war wirklich ein süßes Ding, ein wahrer Schatz. Sie hatte ein paar Sachen machen müssen, die sie nicht hätte tun sollen, also, vielleicht war sie nicht so große Klasse wie Joyce... wie Joyce vorgab. Aber...

Und noch was, wegen Joyce. Joyce war nicht besonders gut darin, sich zu verstellen; sie hatte mich früher schon oft beschimpft. So wie sie sich benahm, fühlte sie sich auch, da gab's kein Theaterspielen. Aber – Mona war auch in Ordnung, und ich mußte sie sehen, mußte mit jemandem zusammensein, mußte mit jemandem reden.

Mit jemandem – nahezu irgend jemandem –, der zu mir hielt.

Ich fuhr quer durch die Stadt zum Supermarkt, wo Mona manchmal einkaufte. Nebenan war eine Bar, neben dem Drugstore, und dort setzte ich mich in die Nähe der Tür.

Es war eins von den Lokalen, wo man sich fragt, wie zum Teufel sie es fertigbringen, genügend Kundschaft zum

Überleben zu haben. Denn diese Pinte hatte wirklich keine. Ein alter Opa nuckelte an seinem billigen Bier herum. Eine grell geschminkte Mieze war schon von ihrem Sherry beduselt und zählte alle zwei Minuten ihr Kleingeld nach... Mehr war nicht los.

Ich trank zwei doppelte Scotch. Als ich dem Barmann sagte, daß er sich einen Dollar Trinkgeld nehmen solle, dachte ich, er würde vor Schreck tot umfallen.

Er stellte eine Schale Erdnüsse vor mir auf. Er steckte eine Handvoll Münzen in den Musikautomaten. Ich sagte ihm, daß die Außenbeleuchtung ziemlich grell sei und ob es ihm was ausmachen würde, sie auszuschalten. Oder, besser gesagt, ich wollte ihn gerade bitten. Er hatte sie ausgeschaltet, bevor ich den Satz beendet hatte.

»In Ordnung? Noch etwas, Sir?«

»Ich werde Sie es wissen lassen«, sagte ich. Und er verstand den Wink und ließ mich in Ruhe.

Ich drehte mich auf dem Hocker etwas um. Ich schaute hinaus, einen Ellbogen auf die Bartheke gelehnt, trank und grübelte. Und die Zeit verging.

Ich bestellte noch einen Drink, und den nächsten spendierte mir der Barmann. Ich trank ein oder zweimal davon, schaute dann auf meine Uhr. Es war kurz nach drei. Wahrscheinlich würde sie nicht vorüberkommen. Man trifft Leute nie dann, wenn man es wirklich will, also würde ich sie wahrscheinlich nicht sehen.

Ich stand auf und ging nach hinten auf die Toilette. Ich kam zurück ... und da war sie, ging gerade vorbei. Ich konnte gerade noch einen Blick auf sie werfen. Ich schlenderte zur Tür, als wollte ich kurz frische Luft schnappen.

Sie ging in den Supermarkt. Ich wartete ein paar Minuten und ging dann zu meinem Hocker zurück. Ich stellte mich daneben, nippte am Drink und beobachtete die Tür aus den Augenwinkeln.

Die Musikbox hatte keine Münzen mehr. Die Mieze und der Opa waren gegangen. Drinnen war es ruhig, nur die Geräusche von außen hallten leise wider; und ich hörte sie – hörte ihre schnellen Schritte –, noch bevor ich sie sah. Ich erreichte die Tür, als sie gerade vorbeiging. Und, tja, ich ließ sie vorbeigehen.

Ich wollte mit ihr reden, aber da gab es etwas, was ich mir noch mehr wünschte. Etwas, das ich wissen mußte. Also ließ ich sie einfach vorübergehen und beobachtete sie von der Tür aus.

Ich schaute ihr nach, bis sie um die Ecke gegangen war, zwei Straßenzüge weiter. Ich beobachtete sie und die Autos auf der Straße, die Leute auf dem Bürgersteig, und dann konnte ich sie nicht mehr sehen; und ich fühlte mich sehr viel besser. Sie wurde nicht beschattet. Die Polizei beschattete sie nicht. Sie stand nicht unter Verdacht, und das bedeutete, daß das gleiche für mich galt. Also dieser Schwachkopf Staples konnte seine gottverdammten Sticheleien...

Ich ging zu meinem Hocker zurück, irgendwie traurig, daß ich nicht dazu gekommen war, mit ihr zu sprechen – denn sie war ein tolles Mädchen, wissen Sie –, aber ich war froh, daß ich es so gehandhabt hatte. Jetzt war ich *sicher*, und jetzt brauchte ich nicht mehr mit ihr zu sprechen. Ich fühlte mich wohl und hatte den größten Teil des Tages hinter mir.

Ich winkte dem Barmann zu. Er kam mit Whiskey und Soda rüber. Ich holte 'ne Zigarette raus, und er zündete sie mir an, dabei grinste er dreckig und zwinkerte mir zu.

»Ganz hübsche Puppe, was, Sir? Ein wirklich gutgebautes Baby.«

»Was?« sagte ich. »Welches Baby?«

»Haben Sie sie denn nicht gesehen, die da grade vorbeigegangen ist? Hübsche kleine Frau, mit soviel Vorbau, daß sie kaum rübergucken kann.«

»Ach, die«, sagte ich. »Ja, glaube, ich hab sie gesehen. Ging vorbei, als ich grad frische Luft geschnappt habe. ja?«

»Genau, das war sie. Lebt hier irgendwo in der Nähe, glaube ich. Wirklich 'ne heiße Biene, hört man jedenfalls immer.«

»Wirklich?« fragte ich. »Ich dachte, sie säh aus wie 'ne nette, hübsche Frau.«

»Naja, Sie wissen doch, was man so sagt, Mister. Je netter sie aussehen, um so verkommener sind sie. Ich...«

Er sah meinen Blick und verstummte. Er begann, die Theke mit dem Handtuch abzuwischen, sein gemeines Grinsen nistete sich in den Mundwinkeln ein.

»Natürlich weiß ich nichts Genaues«, sagte er. »Alles was ich weiß, ist, was einige Typen hier erzählen. Könnte alles erlogen sein, ist wahrscheinlich auch so.«

Ich trank noch einen Schluck vom Drink. Ich sagte, naja, ich wüßte nicht so recht. »So wie ich es sehe, wo Rauch ist, muß es auch Feuer geben.«

»Naja ...« Sein gemeines Grinsen breitete sich wieder aus.

»Sie hat sich ihren Brustumfang bestimmt nicht durch Klimmzüge erarbeitet. Ich frage mich, wie man wohl an sie rankommt.«

»Na, es heißt, das sei ziemlich einfach. Nach allem, was ich so gehört habe – und ich hab keinen Grund, es anzuzweifeln – braucht man's ihr nur vorzuschlagen.«

»Wirklich? Einfach so, hm?«

»So haben sie's mir jedenfalls erzählt. Sie sagen, ist nur 'ne Frage von Wie-stehts-denn-mit-uns-Häschen, und dann kannst du das Rohr verlegen.«

Er nickte, zwinkerte mir wieder zu.

Ich nahm mir mein Wechselgeld – jeden verdammten Penny – und ging.

Ich fuhr 'ne Weile, trank Kaffee und kaufte mir Pfefferminzbonbons. Dann war es spät genug, also fuhr ich zum Laden und meldete mich zurück. Staples begrüßte mich weder lauthals noch stichelte er an mir herum. Er hatte wohl 'ne Verabredung zum Abendessen, denk ich mir, oder aber, er hatte sich entschieden, daß es nichts gab, wo er seine Nase reinstecken konnte. Wie auch immer, er fertigte mich schnell ab, und ich fuhr nach Hause.

Alles war genauso wie am letzten Abend. Ein gutes Abendessen, Joyce war süß und nett, obwohl sie sich wegen des Geldes Sorgen machte. Mir fiel nichts ein, was ich ihr antworten könnte, also ließ ich sie weiterschwatzen. An einem Punkt runzelte ich die Stirn, unbewußt, starrte stirnrunzelnd im Wohnzimmer umher. Ich war mit den Gedanken nicht bei der Sache, wissen Sie, aber Joyce dachte, mir wäre was aufgestoßen.

»Tut mir leid, Liebling«, sagte sie entschuldigend. »Ich

wollte das Haus vom Keller bis zum Dachboden saubermachen, aber ich bin so… naja, macht ja nichts. Ich werde morgen früh sofort damit anfangen. Du wirst das Haus nicht wiedererkennen, wenn du zurückkommst.«

»Ach, zum Teufel«, sagte ich. »Laß es doch sein. Ich finde, daß es ganz ordentlich aussieht.«

»Nein«, sagte sie. »Ich werde es tun. Es wird mir helfen, meine Gedanken von … von …« Sie beendete den Satz nicht.

Der nächste Tag war ein Donnerstag. Wie an allen anderen Tagen, seit Joyce zurückgekommen war, begann alles gut. Das Frühstück war fertig und wartete auf mich. Joyce war einfach toll. In den Morgenzeitungen stand nichts über die Mor… den Fall.

Ich sagte mir, naja, alles andere ist so toll, da wird mir wahrscheinlich der gottverdammte Staples das Leben schwer machen. Aber ich hatte mich total geirrt. Ich war der erste Mann, den er abfertigte, und er vergeudete keine Zeit dabei.

Ich ging um die Ecke und stieg in den Wagen. Ich fuhr los und…

Ich weiß nicht, wo sie sich versteckt und gewartet hatte. Ich nehme an in irgendeiner Toreinfahrt. Aber plötzlich war sie da – Mona, meine ich – und zwängte sich zu mir in den Wagen. Stammelte verängstigt. So verängstigt, daß ich sie kaum verstehen konnte.

»E-etwas st-stimmt nicht, Dolly! D-die P-Polizei v-verfolgt mich…«

17

Die Polizei! Großer Gott, die Polizei war hinter ihr her, und sie hatte sie direkt zu mir geführt!

Mein Fuß rutschte von der Kupplung, und der Wagen machte einen Sprung nach vorne. Ich drückte den Fuß hart aufs Gaspedal. Nach der zweiten Kreuzung fuhr ich mit über hundert Sachen durch den frühmorgendlichen Verkehr, und, o Gott, ich weiß nicht, wie es mir gelang, weder von den Bullen geschnappt zu werden noch mit irgend jemandem zusammenzustoßen. Dann fing mein Gehirn wieder an zu arbeiten, und ich trat hart aufs Bremspedal. Aber ich hielt nicht an.

Die Polizei beschattete sie – daß ich nicht lache! Ich wußte verdammt genau, daß das nicht der Fall war. Aber ich wollte sie schnell aus der Nähe unseres Geschäfts wegbringen. Wenn Staples uns zusammen sah, war das genauso schlimm, als sei uns die Polizei auf den Fersen.

»Also, was ist denn eigentlich los?« fragte ich schließlich, als wir auf dem Weg raus aus der Stadt waren. »Ich weiß, daß die Polizei dich nicht verfolgt. Ich *weiß* es, verstehst du mich?«

Ich erzählte ihr, was sich letzten Nachmittag zugetragen hatte, als ich sie sehen wollte, aber ich war ja nicht der Typ, der seinen Gefühlen nachgab. Das Wichtigste war für mich, daß ich auf sie aufpaßte, sicherging, daß alles in Ordnung ist. Also hatte ich mir freigenommen, alle möglichen Schwierigkeiten überwunden und hatte es erledigt.

»A-aber sie machen es nicht am Tage, Dolly. N-nur abends. Dienstagabend und gestern abend. Ich hatte

Angst, dich anzurufen oder zu d-deinem Haus zu kommen, und ich wußte, daß du tagsüber nicht zuhause bist, a-also...«

Naja, da hatte ich Glück gehabt. Das wäre 'ne schöne Überraschung gewesen, wenn sie plötzlich bei mir und Joyce reingeplatzt wäre.

»Schon gut«, sagte ich, ich war wirklich ziemlich angewidert von ihr. »Laß die Einzelheiten weg. Du sagst, daß die Polizei dich verfolgt. Woher weißt du, daß es die Polizei war?«

»A-also, ich...« Sie zögerte. »I-ich weiß nicht, aber ich nehme an...«

»Erzähl mir, was passiert ist. Fang mit Dienstag abend an.«

»Also, ich-ich wollte gerade spazierengehen, Dolly. Das Haus... Ich hab jetzt richtig Angst. Ich hab kaum geschlafen, s-seit...«

»Verdammt noch mal, das ist doch egal. Erzähl mir nur, was passiert ist.«

»Dieser Wagen. Er p-parkte an der nächsten Ecke. So daß sie – wer immer im Wagen war – das Haus beobachten konnten. Und kurz bevor ich den Wagen erreichte, haben sie die Scheinwerfer eingeschaltet. Ich bin weitergegangen, und dann fuhren sie los – ich meine, der Wagen fuhr los. Sie wendeten und fingen an, mich zu verfolgen. Ich ging über fünf oder sechs Kreuzungen, und der Wagen folgte mir, bis ich mich umdrehte und nach Hause ging.«

»Na und?« sagte ich.

»Also...« Sie sah mich an, als erwartete sie von mir, daß ich einen Salto schlagen würde oder so was. »Also, gestern abend bin ich wieder spazierengegangen, und da stand dasselbe Auto da. Es stand auf der anderen Straßenseite, und sie haben die Scheinwerfer nicht eingeschaltet, u-und ich bin sehr schnell gegangen, so daß ich nicht gehört habe, als es losfuhr. Erst an der nächsten Kreuzung, als...«

»Ja, sicher«, sagte ich. »Aber sicher doch. Und der Wagen ist dir wieder gefolgt, bis zur Kreuzung?«

»Ja. Naja, nicht ganz. Weißt du, 'ne Menge Autos fuhren vorbei und...«

»Ich verstehe«, sagte ich. Junge, hatte ich Lust, ihr eine zu schmieren. Mich zu Tode zu erschrecken, einfach zum Laden rauskommen, wo Staples sie hätte sehen können. »Bist du dir wenigstens sicher, daß es derselbe Wagen war? Welche Marke war es eigentlich?«

»I-ich weiß nicht. Ich kenn mich mit Autos nicht gut aus. I-ich glaub, es war der gleiche wie dieser hier.«

»So, glaubst du?« sagte ich. »Und weißt du, wieviel Autos wie dieses auf den Straßen rumfahren? Also, ich werd dir's sagen. So ungefähr acht Millionen!«

»Dann g-glaubst du nicht, daß...?«

Ich schüttelte den Kopf. Ich wagte es nicht zu sprechen.

Offensichtlich sah sie, wie ich mich fühlte, und sie hielt den Mund.

Blöd. Wie blöd kann man sich eigentlich benehmen? Es reichte nicht, daß sie eine Schlampe war, sie mußte obendrein noch blöd sein.

In ihrer Gegend wohnten 'ne Menge College-Studenten. Einer von ihnen – oder ein anderer Typ – hatte versucht, sich an sie ranzumachen. Der Typ hatte eine gutaussehende Puppe abends allein unterwegs gesehen und gedacht, daß er sie aufreißen könne. Er brauchte nur zu fragen: Wie-stehts-mit-uns-Häschen, und wahrscheinlich wäre sie zu ihm in den Wagen gesprungen.

Naja, wie auch immer, genau das war passiert. Irgendwas in der Richtung. Es hatte ihr einen Mordsschreck eingejagt, kein Wunder, sie hatte Angst und ein schlechtes Gewissen und mußte immer in dem Haus bleiben, in dem alles passiert war. Aber sie hätte sich trotzdem nicht so aufführen sollen. Das war ein verdammt blödes Verhalten.

Ich fuhr weiter raus aufs Land und beruhigte mich. Sie begann mir leid zu tun, und ich dachte, daß ich ihr eigentlich gar nicht böse sein konnte, daß sie den Kopf verloren hatte. In ihrer Lage wäre wahrscheinlich jeder in Panik geraten. Selbst ich, ich wäre vielleicht auch in Panik geraten. Und ich bin ein Typ, der 'ne Menge gewohnt ist.

Ich begann wieder zu reden, warf dann und wann mal ein nettes Wort ein. Ich erklärte ihr, was geschehen war – und daß es nichts in der Welt gäbe, vor dem sie sich zu fürchten hätte. Zuerst konnte sie es einfach nicht glauben. Sie war so schockiert, daß sie die Wahrheit nicht fassen konnte, selbst wenn man sie ihr erklärte. Und sie ihr bewies. Aber ich redete weiter, und schließlich glaubte sie es.

Inzwischen waren wir auf dem Land angekommen. Ich verließ den Highway und hielt an. Sie beugte sich zu mir rüber, lächelte ein bißchen schüchtern. Ich nahm sie in die Arme. Der Mantel, den sie trug, war alt und dünn, und alles was sie darunter trug war einer dieser Kittel. Ich konnte ihren Körper spüren, er war warm und weich.

»Also?« Ich legte meinen Mund an ihr Ohr und flüsterte: »Wie wär's, Häschen?«

»W-was? Oh«, sagte sie und wurde rot. »Sollten wir hier... am T-Tag?«

»Warum denn nicht?« sagte ich. »Du weißt doch, wie man's macht. Du solltest es jedenfalls wissen.«

Sie sagte nichts, aber am Ausdruck ihrer Augen konnte ich ablesen, daß etwas geschehen war. Ihr Blick war so krank, so krank wie der eines kranken Hundes. Und ich nahm meine Hände weg und umarmte sie einfach ganz fest.

»Es tut mir leid«, sagte ich. »Ich rede ziemlich ungehobelt daher, weißt du, und ich hab einfach nicht daran gedacht, wie es sich anhören würde.«

»E-es... ist in Ordnung, Dolly.«

»Vergiß, daß ich es gesagt habe, ja? Ich hab's nicht so gemeint, war nur so eine Redensart. Zum Teufel, ich wußte alles über dich – alles, was es zu wissen gab, von Anfang an, oder nicht? Und es hat verdammt noch mal keinen Unterschied gemacht, oder?«

»Ich wollte es n-nie, Dolly. Mit dir, ja. Da war alles anders, und ich wollte dir alles geben, was...«

»Sicher. Denkst du denn, das wüßte ich nicht?« Ich lächelte sie an, nahm sie ganz fest in die Arme – und für einen Moment vergaß ich Joyce völlig. »Du bist die süßeste, netteste Frau in der Welt, und wir werden ein tolles Leben zusammen führen. Wir bleiben noch zwei, drei Wochen in der Stadt – um ganz sicher zu gehen –, und dann verschwinden wir. Und dann wird es keine Vergangenheit mehr geben, Baby, nur noch die Zukunft und...«

Sie schmiegte sich an mich. Nach einer Weile gingen mir die Worte aus, also hielt ich sie eng an mich gedrückt und streichelte sie. Dann fuhren 'ne Menge Autos an uns vorbei, und wir mußten uns voneinander lösen.

»Dolly. Ich will ... ich möchte dich wirklich nicht gern belästigen, aber ...«

»Du *kannst* mich gar nicht belästigen«, sagte ich. »Sag es einfach dem alten Dolly, und wenn er's erledigen kann, tut er's auch.«

»Naja, könnte ich dich heute abend sehen? Nur für eine kurze Zeit? Ich habe solche A-Angst in dem Haus! Wenn ich dich für eine kurze Zeit, b-bevor ich ins Bett gehe ...«

Sie sah immer noch ein bißchen verletzt und elend aus. Nicht sehr, aber es bedurfte nur einer Kleinigkeit, um sie wieder in Panik zu versetzen. Ich konnte es einfach nicht zulassen, daß sie sich wieder von mir im Stich gelassen fühlte.

»Also, ich würde das sicher gerne tun«, sagte ich, »aber es wäre vielleicht nicht allzu klug, verstehst du? Wenn mich jemand in der Nähe deines Hauses sehen würde ...«

»Dann laß mich zu dir kommen! B-bitte, Dolly. Nur für ein paar Minuten, und ich werd dich nicht wieder fragen, bis ... bis alles vorbei ist.«

Also ...

Also?

»Du hast mich nicht – du meinst es ernst, was du über die Polizei gesagt hast? Du bist sicher, daß sie mich nicht beobachten? Du hast keine Angst, mich bei ...«

Ich sagte, sicher sei ich mir sicher, ich würde sie nicht in solch einer Angelegenheit beschwindeln. »Siehst du, Schatz, es sieht so aus, das Problem liegt so: Mein Chef, dieser Typ Staples – der Mann, dem du das Geld für meine

Auslösung gebracht hast – also, der geht abends oft aus. Um über seine Arbeit zu sprechen, verstehst du. Und falls er dich bei mir sehen würde, flöge alles ganz furchtbar auf. Er war sowieso schon mißtrauisch wegen der Mäuse. Ich sollte eigentlich absolut blank sein, und das gleiche gilt für dich. Und wir sollten uns absolut nichts bedeuten. Also, wenn er rausfinden würde...«

Sie nickte fast ungeduldig. Sie verstand die Sache mit Staples. Aber das bedeutete noch nicht, daß sie nachgab.

»Ich könnte später kommen, Dolly. Jederzeit – um Mitternacht. So spät wird er nicht mehr ausgehen.«

»Naja, hm, sicher«, sagte ich. »Aber... äh...«

»Oh«, sagte sie tonlos.

»Jetzt wart mal 'nen Moment«, sagte ich. »Ich versuche es dir zu erklären, Schatz. Weißt du, es ist irgendwie schwierig, es in Worte zu fassen, aber... äh... äh...«

»Ich verstehe schon«, sagte sie.

Ich konnte nicht zulassen, daß sie sich so fühlte. Es machte mich nervös, und es war einfach nicht sicher. Nicht jetzt. Nicht zu diesem Zeitpunkt jedenfalls, wenn sie so fragil war, daß sie kaum einen Schatten warf.

»Warum machen wir's nicht so«, sagte ich. »Sagen wir mal, du kommst gegen neun Uhr rüber, und ich treff dich draußen. Ich werde sagen – falls jemand da sein sollte –, ich werde einfach sagen, daß ich Zigaretten holen wollte, und ich treff dich unten an der Straße beim Schrottplatz, an der Ecke, wo der Drugstore ist.«

»Naja... Wenn du sicher bist, daß du es willst.«

»Und ob ich's gerne will. Ich will doch nur auf Nummer sicher gehen, verstehst du, das ist alles. Wirklich,

Baby, es gibt nichts, was mir lieber wäre, als mit dir zusammenzusein.«

Es gelang mir, sie zu überzeugen. Ich sagte, ich würde mir Sorgen machen, weil sie kein Geld hätte, und ich wollte schon nach hinten greifen, nach dem Musterkoffer. Aber dann besann ich mich und holte die Brieftasche heraus. Ich wollte sie nicht wissen lassen, daß ich den ganzen Fang bei mir hatte. Angesichts ihrer momentanen Gefühle – sie zweifelte ein bißchen an mir – hätte sie vielleicht ihren Anteil haben wollen.

Ich gab ihr fünf Dollar von meinem eigenen Geld. Wir redeten noch etwas, dann fuhr ich sie zu ihrer Bushaltestelle und ließ sie aussteigen.

An diesem Tag war mir auch nicht nach Arbeit zumute, aber ich zog ein paar Stunden durch, damit die Zeit schneller verging. Ich nahm ungefähr zwanzig Dollar ein und stockte die Summe mit vierzig Dollar aus dem Köfferchen auf. Den Rest des Tages lungerte ich herum, und gegen sechs Uhr meldete ich mich zurück.

Staples war in Ordnung, ich meine, er stichelte nicht rum. Nach zehn Minuten war ich aus dem Laden und auf dem Heimweg.

Die Kieswaggons waren vom Abstellgleis verschwunden, und an ihrer Stelle standen heute abend drei offene Güterwagen mit Kohlen. Einer der Waggons ragte halb auf die Straße hinaus, und es war schwer, den Wagen durchzumanövrieren. Ich schaffte es schließlich, parkte ihn und ging ins Haus.

Ich rief nach Joyce. Ich hörte ihre Stimme schwach aus dem Schlafzimmer. Ich schaute kurz in die Eßecke.

Das Abendessen war fertig. Es stand auf dem Tisch, aber es war nur ein Gedeck. Meins.

Ich stellte den Musterkoffer hin, nahm Hut und Mantel ab. Ich zögerte, dann ging ich zurück zum Schlafzimmer. In der Tür zögerte ich – ich hatte das Gefühl, als könnte ich nicht weitergehen. Ich stand da und schaute sie an.

Sie lag im Bett, hatte sich gut zugedeckt, trotzdem konnte ich sehen, daß sie ihr Nachthemd trug. Sie lag mit dem Gesicht zur Wand, hatte mir den Rücken zugewandt und drehte sich nicht herum.

»B-bist du…« Ich räusperte mich. »Bist du krank oder so was, Schatz?«

Einen Moment schwieg sie. Dann sagte sie mit erstickter Stimme: »Ich fühl mich nicht sehr wohl. Geh und iß dein Abendbrot, solange es noch warm ist, Dolly.«

»Na, zum Teufel«, sagte ich. »Was hast du denn? Was stimmt nicht?«

»Iß dein Abendbrot«, sagte sie – es klang ziemlich scharf. »Wir können hinterher reden.«

»Naja, also gut«, sagte ich. »Vielleicht ist es besser.«

Obwohl ich aus irgendeinem Grund keinen besonderen Appetit hatte, aß ich. Ich aß langsam, nahm mir Zeit, und anschließend trank ich drei Tassen Kaffee. Und als ich keinen Kaffee mehr sehen konnte, begann ich zu rauchen, zündete mir eine Zigarette nach der anderen an.

Sie rief mich.

Ich rief zurück: »Ja, ich komm gleich, Schatz.«

Ich rauchte die Zigarette zu Ende. Ich stand auf und ging den Korridor runter zum Schlafzimmer. Und dann war ich da. Und ich konnte mich nicht dazu bringen reinzugehen. Ich sagte: »I-ich komme ... gleich, Baby«, und dann ging ich ins Bad und schloß die Tür.

Ich schaute mich um, und es war, als hätte ich das Bad niemals gesehen. Nein, nichts war verändert, nichts war gemacht worden, aber etwas war mit mir geschehen. Alles schien seltsam, verzerrt, formlos. Ich war verloren in einer seltsamen Welt, und es gab nichts Bekanntes, an das ich mich klammern konnte.

Nichts. Niemand. Niemand, mit dem ich reden, dem ich die Sache erklären konnte.

Ich setzte mich auf den Badewannenrand und zündete mir eine Zigarette an. Gedankenlos drückte ich sie im Waschbecken aus, dann stand ich auf und zerrieb den Stummel zwischen den Fingern in kleine Stücke und spülte sie den Abfluß hinunter. Ich wusch das Waschbecken richtig sauber aus, bis kein Fleck oder Dreck mehr zu sehen war.

Ich setzte mich auf die Toilette und zündete mir wieder eine Zigarette an.

Ich blieb im Bad. Es war eine seltsame Welt, aber draußen war es noch seltsamer. Hier konnte ich mich hinsetzen und mir alles erklären, und wirklich, es war alles glasklar. Aber ich konnte es ihr nicht erklären.

Sie rief mich.

Ich schrie, daß ich gleich rauskommen würde ... und blieb, wo ich war.

Sie rief wieder nach mir; ich schrie wieder zurück. Endlich kam sie zur Tür und klopfte. Und ich schrie, um Gottes willen, wozu überhaupt diese Eile? Und sie drehte den Türknauf herum und kam rein.

Sie hatte geweint, so viel und so lange, daß sie nicht mehr konnte. Und jetzt sah sie abgekämpft aus, die Tränen hatten viele Spuren in ihrem Gesicht hinterlassen. Aber ihre Augen waren klar, und ihre Stimme war fest.

»Ich will es wissen, Dolly. Ich werde es rauskriegen, also versuch nicht, mich anzulügen. Wo hast du das Geld her?«

18

DURCH DICK UND DÜNN: DIE WAHRE GESCHICHTE EINES MANNES, SEIN KAMPF GEGEN EIN SCHLIMMES SCHICKSAL UND VERLOTTERTE FRAUEN ...
von Knarf Nollid

Also, lieber Leser, als ich mir den ersten Teil meiner Geschichte ansah, entdeckte ich, daß mir ein kleiner Fehler – nein, es waren zwei – unterlaufen sind. Das war nicht meine Schuld, denn, obwohl ich mich selten beschwere, haben Sie zweifellos herausgefunden, daß ich ein glückloser Hundesohn bin und die Leute mich pausenlos mit Dreck überschütten, bis ich nicht mehr weiß, wo hinten und vorne ist. Also, genauso war es auch in diesem Fall. Es passierte so viel auf einmal, daß ich meine Fakten etwas durcheinanderwarf.

Die Wahrheit sieht so aus – die Wahrheit über diese junge Frau, Mona, von der ich Ihnen erzählte habe. Diese alte Frau, mit der sie lebte, war in Wirklichkeit gar nicht ihre Tante. Sie war eine Kindesentführerin, verstehen Sie, und sie hat die arme Frau von ihren reichen Eltern entführt, als sie noch ein Kleinkind war – deshalb konnte sich Mona nicht mehr an sie erinnern –, und diese hunderttausend waren das Lösegeld. Die alte Frau hatte Angst, es auszugeben, naja, woher soll ich wissen, warum? Also gut. Sie hatte Angst, es auszugeben, denn zunächst hatte sie sich verstecken müssen, bis Gras über die Sache gewachsen war, und dann, nach einer Weile, glaubte jeder, daß sie bitterarm war, und dann *konnte* sie es nicht ausgeben. Es hätte wirklich komisch ausgesehen, verstehen Sie? Naja, also so hat es sich abgespielt, oder so ähnlich. Sie konnte sich nicht dazu überwinden, die Mäuse wegzuschmeißen, aber sie konnte sie auch nicht ausgeben. Die ganze Sache hat sich irgendwie so komisch zugetragen, aber wie es genau war, ist auch gar nicht so wichtig. Das wichtigste ist, daß das Geld in Wirklichkeit Mona gehörte, denn ihre reichen Eltern waren schon jahrelang tot, an gebrochenen Herzen verstorben. Und da ich Mona vor einem Schicksal schrecklicher als der Tod gerettet hatte, war es eigentlich nur rechtens, daß sie mich sozusagen auf das Geld aufpassen ließ. Oder es mir vielleicht ganz überließ. Denn wenn sie wirklich eine Schlampe war, wie man sich gerüchteweise erzählte, dann wollte ich sie wirklich nicht mit mir rumschleppen.

Also, ich wollte diese wahren Begebenheiten meiner Frau Joyce erklären, als sie plötzlich zurückkam und mich mit dem Geld erwischte. Aber mir fiel nicht schnell genug was ein, glaube ich, also zögerte ich es hinaus; und einen Tag oder so später erzählte ich ihr, daß ich das Geld gefunden hätte. Es hörte sich logischer an als die Wahrheit, und es war mir sowieso noch nicht gelungen, die Wahrheit rauszufinden. Wie sollte ich auch, zum Teufel, wenn ich von allen Seiten unter Beschuß war? Mona machte mir das Leben schwer, ich grübelte nach, ob sie eine Schlampe war oder nicht; und dann war sie verschreckt und machte mir Angst. Und, Joyce, naja, ich war froh, daß sie zurückgekommen war, denn es sah so aus, als ob sie einen neuen Anfang gemacht hätte und alles zwischen uns sich ganz gut entwickeln würde. Aber Sie können ja selbst sehen, daß es nur wieder so eine Sache war, die mich verwirrte.

Also war ich noch nicht dazu gekommen, ihr die Wahrheit zu erzählen. Ich hatte keinen besonderen Anreiz, verstehen Sie, solange sie glaubte, daß ich das Geld gefunden hatte. Dann eines Tages hat sie einen ordentlichen Hausputz veranstaltet – und glauben Sie mir, den konnte das Haus auch vertragen! –, und als ich an jenem Abend nach Hause kam, total fertig, nachdem ich mich den ganzen Tag abgerackert hatte, fing sie an, mir den letzten Nerv zu rauben. Sie hat mir eben noch Zeit gelassen, mein Abendbrot aufzuessen, da fing sie schon an, mir was vorzujammern – ich sollte ins Schlafzimmer kommen, um mich mit ihr zu unterhalten. Also hab ich mein Essen runtergeschlungen und bin kurz ins Schlafzimmer gegangen – um Gottes willen, wo ist die Welt bloß hingekommen, wenn ein Typ noch nicht mal mehr ins Bad gehen kann? Aber es sieht so aus, als ob mir selbst diese bescheidene Freude nicht vergönnt war.

Ich hatte kaum die Tür hinter mir geschlossen, als sie schon nach mir rief. Und ich weiß, daß irgendwas stinkt, und alles, was ich will, ist Zeit gewinnen, um mir 'ne gute

Geschichte auszudenken. Ist doch in ihrem eigenen Interesse, verstehen Sie? Denn wenn sie zu der Entscheidung kommt, daß ich wegen des Geldes lüge, kommt sie selbst in eine ziemlich üble Lage. Sie würde mich zur Polizei schicken oder selbst gehen, und das kann ich einfach nicht zulassen. Obwohl das Geld von Rechts wegen mir gehört. Die Bullen würden die Wahrheit genauso wenig glauben wie sie, also… also, naja, nun kennen Sie ja die Situation.

Ich bin ein ziemlich verträglicher Typ, hab im Leben nie jemandem was zu Leide getan, wenn sich's vermeiden ließ. Aber wenn Joyce versuchen sollte, mich in die Enge zu treiben und mir das Leben schwerzumachen, wo ich doch schon mehr als genug Probleme hatte, hätte sie eben Pech gehabt.

Also blieb ich im Bad sitzen, fragte mich, was zum Teufel sie herausgefunden hatte und wie ich mich zum Teufel noch mal rausreden könnte. Aber sie wollte mir einfach keine Ruhe gönnen; sie ließ nicht zu, daß ich sie beschützte. Sie mußte einfach zu mir ins Bad kommen und mich fragen, wo ich das Geld herhatte. Ich sagte es ihr. Ich sagte, ach, Schatz, ich hab's dir doch schon erzählt, wo ich's herhabe. Und sie sagte: Du lügst, Dolly. Ich muß es gleich von Anfang an gewußt haben, aber ich wollte so sehr glauben, daß… daß…

»Wo warst du Montagabend, Dolly?«

»Montagabend?« sagte ich. »Oh, am Abend, als du nach Hause gekommen bist. Das weißt du doch, Baby; ich war unterwegs, habe einkassiert. Ich hab ein paar Ausreißer geschnappt, die schon lange überfällig waren, und sie haben bezahlt wie…«

»Sie haben nicht gezahlt. Denn du warst nicht unterwegs, um abzukassieren.«

»Also, nun wart mal einen Moment«, sagte ich. »Ich habe es dir doch schon gesagt, habe dir genau gesagt, wo ich gewesen bin. Du hast das Geld gesehen, das ich eingetrieben habe, und...«

»Ich habe gesehen, wie du etwas Geld aus dem kleinen Köfferchen geholt hast und es in deine Brieftasche gesteckt hast. Das war alles, was du hattest, Dolly; abgesehen von ein, zwei Dollar. Ich habe selbst gesehen, daß es so war, als ich dir das Geld gab, das ich von der Reise zurückgebracht habe.«

Ich zuckte die Achseln. Ich sah sie eiskalt an. Zum Teufel, selbst wenn ich ihr nicht die ganze Wahrheit erzählt hatte? War das ein Grund für sie, die Badezimmertür aufzubrechen, mich der Lüge zu bezichtigen und sich so zu verhalten, als hätte ich ein Verbrechen begangen oder so was?

Ich überlasse es Ihnen, lieber Leser, ein Urteil zu fällen.

Alles, was ich sagen möchte, ist dies: Wenn man darauf besteht, ein Risiko einzugehen, indem man einen Mann, der schon genug abbekommen hat, noch weiter drangsaliert, muß man auch die Konsequenzen tragen.

»Wie gut hast du Pete Hendrickson gekannt, Dolly?«

»Pete?« sagte ich. »Pete Hendrickson? Bin ich nie im Leben begegnet.«

»Er wurde Montagabend getötet. Er und eine Frau namens Farrell.«

»Na und?« sagte ich. »Oh, ja. Ich glaub, ich erinnere mich, was darüber gelesen zu haben.«

»Du hast ihn nicht persönlich gekannt?«

»Ihn gekannt?« sagte ich lachend. »Warum sollte ich denn solch einen Typen kennen?«

»Du hast ihn nicht gekannt?«

»Ich sag's dir doch«, meinte ich.

»Wieso war er dann in diesem Haus? Wieso hat er dann hier geschlafen?«

Ich sah sie an, als hielte ich sie für wahnsinnig. Ich wollte sie beschützen, verstehen Sie, und Sie können mir glauben, ich tat alles, was ich konnte. »Aber, um Gottes willen, Schatz«, sagte ich. »So was Verrücktes hab ich noch nie gehört! Wie kommst du denn bloß auf die Idee, daß...«

»Das hier«, sagte sie. »Ich habe heute Hausputz gemacht und das hier gefunden. Auf dem Fußboden, hinter dem Bett.«

Sie öffnete die Hand und zeigte es mir: eine kleine, blauweiße Karte. Hendricksons Sozialversicherungsausweis.

Dieser blöde, unordentliche Hundesohn hatte in jener Nacht in seinen Kleidern geschlafen, und er war aus seiner Tasche gefallen. Nur um mir später das Leben schwer zu machen – ganz bestimmt. Und – und eigentlich machte es ja auch keinen Unterschied. Sehen Sie doch bloß, wie er Mona behandelt hat; und außerdem war er ein Nazi oder ein Kommunist oder...

»Warum hast du mich angelogen, Dolly? Warum hast du mir erzählt, daß du ihn nicht kennst?«

»Naja, zum Teufel«, sagte ich. »Ich kenn 'ne Menge Leute. Ich wußte ja nicht, daß es was ausmachen würde.«

»War von den anderen Leuten auch jemand hier, während ich fort war?«

»Glaubst du, daß ich ein Hotel führe?« sagte ich. »Nein, niemand anderes war hier, und er war nur hier, weil er mir leid tat und... äh...«

»Dann war er also Montagabend mit dir zusammen, oder? Montagabend, bevor der Mord... bevor es geschah. Jemand ist hier mit dir zusammengewesen, das spürte ich, sobald ich ins Haus gekommen bin. Zwei Leute waren hier, haben getrunken und geraucht... und wenn da niemand anderes war...«

»Baby«, sagte ich. »Du machst 'nen Elefanten aus 'ner Mücke. Also wenn, selbst wenn er hier gewesen ist, wenn sich herausstellen sollte, daß ich an jenem Abend nicht einkassieren war? Hast du nicht...«

»Ich will es aber wissen«, sagte sie. »Ich will genau wissen, warum du mich in dieser Sache angelogen hast.«

»Traust du mir nicht?« fragte ich. »Liebst du mich nicht? Mein Gott, vielleicht war ich etwas verwirrt und hab ein paar Dinge vergessen, aber...«

Sie rückte von mir ab, schüttelte meine Hände von den Schultern. »Also, Dolly? Wo? Wo warst du Montagabend, und wo hast du das Geld her?«

»Laß mich in Ruhe«, sagte ich. »Gottverdammtnochmal, laß mich in Ruhe!«

Es gefiel mir nicht, so mit ihr zu reden, verstehen Sie; aber warum mußte sie mir das Leben auch schwer machen? Und alles wegen nichts.

»Ich warte auf deine Antwort, Dolly.«

»Ich hab's dir schon gesagt«, meinte ich. »Ich meine, vielleicht war es nicht ganz genau die Wahrheit. Aber das bedeutet nicht, daß ich was Falsches getan habe. Ich bin … m-mein Gott, du benimmst dich, als dächtest du, ich hätte die beiden Leute umgebracht, als hätte ich die alte Frau zu Tode geprügelt und Pete erschossen, und … Worauf willst du hinaus? Was glaubst du, was es zu wissen gibt?«

»Oh, Dolly«, sagte sie. »W-wie … was hast du …«

Ich versuchte dann, ihr zu erzählen, was passiert war. Wie die Dinge wirklich lagen. Wie es hätte ausgehen können. Denn woher wollte sie wissen, daß es nicht stimmte? Woher wußte sie, daß die alte Frau keine Kindesentführerin war und daß das Geld nicht wirklich Monas reichen Eltern gehörte, die vor Jahren an gebrochenen Herzen gestorben waren und …

Und sie wollte mir noch nicht mal zuhören. Sie zerrte am Türknauf, starrte mich mit immer größer werdenden Augen an, als sei ich eine gottverdammte Bestie oder so was.

Ich packte sie, wollte nur, daß sie sich meine vernünftigen Erklärungen anhörte, wissen Sie. Und einen Moment lang dachte ich, daß sie schreien würde – ja, um Hilfe schreien, aus Angst vor ihrem eigenen Ehemann –, aber sie tat es nicht. Alles, was sie sagte, war – nichts. Nichts, woran ich mich erinnern kann. Nichts Wichtiges.

Es war selbstverständlich ein Unfall. Teufel noch mal, Sie kennen mich, lieber Leser, und Sie wissen genau, daß ich noch nicht mal 'ner gottverdammten Fliege was zu Leide tun würde, wenn es sich vermeiden ließ. Ich versuchte nur, sie zu packen, sie festzuhalten, damit sie meinen Erklärungen zuhörte. Aber ich packte ziemlich fest zu, fürchte ich – schleuderte sie irgendwie herum –, und ein unschönes Schicksal bestimmte, daß unserer kurzen Beziehung kein glückliches Ende beschieden war...

Fortsetzung folgt (vielleicht)

...Sie sagte: »N-nein, Dolly. Oh, n-nein. Ich mußte einfach zurückkommen. Ich wollte es sowieso, aber ich mußte es einfach tun. Ich wollte es dir sofort sagen, sobald alles in Ordnung...«

»Alles ist in Ordnung«, sagte ich. »Alles ist verdammt gut und in Ordnung.«

»...weißt nicht, was du tust! Tu das nicht, Dolly! N-nein, bitte! NEIN! Ich bin schwanger!«

Es war zu spät, um aufzuhören. Überhaupt, wie hätte ich aufhören sollen, selbst wenn es nicht zu spät gewesen wäre?

Ich schlug zu, und sie fiel in die Badewanne. Ich beugte mich über die Wanne, und... und als ich schließlich ihr Nachthemd abstreifte und sie heraushob, sah sie nicht mehr wie Joyce aus. Oder wie irgend jemand.

Ich trug sie zur Hintertür heraus. Ich warf ihre Leiche auf einen der Kohlewaggons und kletterte dann selbst hinauf. Mit den Händen grub ich ein Loch in die Kohlen, baggerte ein langes, flaches Loch aus und begrub sie darin. Begrub sie beide.

19

Es reichte für einen Abend. Es war zuviel für eine Million Abende. Als ich zurück ins Haus kam, fühlte ich mich ziemlich entspannt. Sie verstehen schon. Jetzt konnte nichts mehr passieren, denn alles war bereits passiert. Das Schlimmste. Nach dieser Sache konnten sie mir nichts mehr anhaben. Konnten sie mir nie wieder das Leben schwer machen.

Es war zu viel, aber jetzt war alles vorbei, und sie konnten mir…

Ich ging ins Haus zurück. Ich wusch mich und machte sauber, dachte, dachte – dachte einfach nach –, aber ich machte mir keine Sorgen.

Sie würden sie nicht identifizieren können. Dieser Zug würde drei Tage brauchen, bis er in Kansas City ankam, und er würde dazwischen ein halbes Dutzend Mal anhalten. Sie würden nicht wissen, wo es passiert war, wann sie in den Kohlenwaggon gesteckt worden war, wer sie war. Ich mußte bloß ihre Kleidung loswerden, wenn ich hier ausziehen würde – und ich würde verdammt schnell ausziehen.

Denn zuviel war schon passiert, und jetzt konnte nichts mehr passieren.

Mona könnte heute nacht hier bei mir bleiben. Warum nicht? Die Sache lag auf Eis – man brauchte sich keine Sorgen drüber zu machen –, und sie war ein tolles Kind. Und ich brauchte Gesellschaft. Ich hab immer jemanden gebraucht, der bei mir war, und heute abend…

Sie konnte also heute nacht hierbleiben, und am Morgen würde ich im Laden kündigen. Würde mit Staples einen Streit anfangen, ihm dann sagen, daß er sich zum Teufel scheren solle und einfach fortgehen. Und dann würden Mona und ich uns davonmachen, einfach nur wir zwei und die guten, alten hundert Riesen. Das wäre ganz normal. Niemand könnte was sagen, weder über sie noch über mich. Die Bezirksverwaltung hatte angeordnet, daß sie das Haus verlassen müßte. Niemand würde sich etwas dabei denken, wenn sie etwas vor der Frist auszog.

Wir würden uns zusammen aus dem Staub machen, Joy – Mona – und ich, und dann, von jetzt an ... Nichts konnte mehr passieren.

Ich wusch mich und machte auch das Bad sauber. Ich ging ins Wohnzimmer und genehmigte mir einen guten, starken Drink. Es schien mir, als sei es schrecklich spät, aber es war erst kurz nach halb neun. Noch fünfundzwanzig Minuten, bis ich mit Mona verabredet war – bis jemand hier bei mir sein würde.

Ich goß mir einen weiteren starken Drink ein. Ich trank ihn aus und dachte mir, daß es unmöglich passiert sein könnte – so viel, so schnell –, und wenn es nicht passieren konnte, war es auch gar nicht geschehen. Und vielleicht sollte ich ihr einen kleinen Drink mit nach hinten nehmen, schließlich fühlte sie sich nicht wohl. Und ich goß einen für sie ein.

Und trank ihn aus.

Es klopfte an der Tür. Ich fuhr etwas zusammen und stand dann auf, um sie zu öffnen; aber nein, ich zögerte nicht. Weil jetzt nichts mehr passieren konnte, niemals wieder, und es gab nichts, wovor ich Angst zu haben brauchte.

Ich öffnete die Tür. Staples sagte: »Guten Abend, Frank«, und ich sagte nichts – konnte nichts sagen –, und er ging an mir vorbei ins Haus.

»Also, Frank. Du scheinst dich nicht allzu sehr zu freuen, mich zu sehen. Willst du mir keinen Platz anbieten?«

Ich schüttelte den Kopf. Ich sagte: »Nein. Was zum Teufel willst du, Stape?«

Er setzte sich, schlug die fetten, kleinen Beine übereinander. »Was ich will, Frank? Naja, sagen wir's mal so, ich bin ganz zufrieden, wenn ich einfach kriege, was es gibt. Ich nehme einfach alles, was du hast.«

20

Er konnte unmöglich *das* gemeint haben, was er meiner Ansicht nach meinen könnte. Er konnte einfach nichts wissen, und es war einfach schon viel zu viel passiert und... Ich klappte einfach in einem Sessel ihm gegenüber zusammen. Es war der Sessel, in dem Pete gesessen hatte, und er saß in dem Sessel, in dem ich Platz genommen hatte, als ich auf Pete eingeredet hatte. Ich war an Petes Stelle, und er an meiner.

Ich schüttelte den Kopf. Ich wußte nicht, was ich sagen oder tun sollte, also schüttelte ich einfach den Kopf.

»Ja«, sagte er. »Oh, sicher, Frank. Ja, wirklich.«

»Nein, nein! Ich werde nicht...« Ich brach ab, brachte meine Stimme unter Kontrolle. »Was willst du? Wovon redest du eigentlich?«

Und er lachte sanft.

»Oh, Frank. Du bist so unbeholfen gewesen, es war so auffällig, von Anfang an so total vermasselt... Müssen wir uns mit den ermüdenden Details beschäftigen, kannst du es wirklich nicht selbst einsehen?«

»Ich weiß nicht, wovon du redest«, sagte ich. »V-verstehst du mich? Ich werde nicht...«

»Naja«, sagte er seufzend, »wenn es denn sein muß. Ich beginne von vorne, eins nach dem anderen, ganz langsam. Nummer...«

Er hob die Hand hoch, dann drückte er einen seiner kleinen fetten Finger an die Handfläche. »Nummer eins, Frank. Am Tag vor deiner Verhaftung wegen der Unterschlagung von Firmengeldern hast du ungefähr achtunddreißig Dollar von dem verstorbenen Pete Hendrickson einkassiert. Am gleichen Tag hast du einen Barverkauf in Höhe von dreiunddreißig Dollar getätigt – ich sollte besser sagen, daß du einen Barkaufvertrag daraus gemacht hast –, und zwar an eine gewisse Mona Farrell. Am nächsten Morgen dann hättest du auf Grund dieser beiden Abschlüsse ungefähr einundsiebzig Dollar abliefern sollen. Und da du so verzweifelt versucht hast, deine Inhaftierung abzuwenden, hättest du die Summe sicherlich abgeliefert, *falls* du über sie verfügt hättest. Aber du hattest sie nicht; alles was du hattest, war das Geld für das Silberbesteck. Du hast Petes Geld benutzt – oder den größten Teil –, um der jungen Frau ein Geschenk zu machen.«

»Also jetzt hör mal auf«, sagte ich. »Das heißt nicht... du kannst nicht beweisen...«

»Beweisen?« Nachdenklich setzte er einen Schmollmund auf. »Nun ja, vielleicht nicht, wenn man es aus dem Zusammenhang reißen würde, wozu ich glücklicherweise nicht gezwungen bin. Absolut nicht. Und zur Zeit diskutieren wir auch nicht über Beweise. Ich weise dich nur auf deinen Anfangsfehler hin, um mich dann mit deinen Hauptfehlern auseinanderzusetzen, die dazu geführt haben, daß dein Hals jetzt in einer häßlichen Schlinge steckt.«

»Du hast der jungen Frau ein Geschenk in Höhe von dreiunddreißig Dollar gemacht, und für sich genommen ist das vielleicht ohne Bedeutung. Eine weitere Entgleisung, typisch für eine deformierte Persönlichkeit. Aber es bleibt nicht bedeutungslos – bleibt es nicht, mein lieber Junge–, wenn dieselbe junge Frau ins Geschäft kommt und dich für mehr als dreihundert Dollar auslöst... Oder willst du mir erzählen, es sei nicht dieselbe junge Frau gewesen?«

Es hatte keinen Zweck, es zu leugnen. Ich wußte jetzt, wer sie beobachtet hatte, wer sie mit dem Scheinwerferlicht geblendet hatte.

»Naja, gut«, sagte ich. »Also ich kenne sie, und sie mag mich. Na und? Meine Frau hat mich verlassen und...«

»Bitte!« Er hob wieder die Hand. »Mich interessiert nicht, ob du ein moralisches Leben führst. Was das angeht, bist du mir persönlich egal. Mich interessiert nur das Geld, das du dir durch die zwei unbeholfensten Morde der Weltgeschichte angeeignet hast.«

Er wartete darauf, daß ich widersprechen würde. Und natürlich war es sinnlos, aber ich tat es. »Geld?« sagte ich. »Mörder? Ich weiß nicht, wovon du re...«

»Geld, Mörder«, sagte er nickend. »Und, bitte, Frank, du strapazierst meine Geduld. Ich weiß nicht, wie du an die junge Frau geraten bist, oder wie du Pete reingelegt hast, aber ich weiß, daß es so gewesen ist. Die junge Frau hat dir davon erzählt, daß die Alte eine beträchtliche Geldsumme besitzt. Die – lassen wir die grausigen Einzelheiten beiseite – du dir angeeignet hast und die immer noch in deinem Besitz ist. Abgesehen von den Beträgen, die du als Inkasso-Geld abgeliefert hast.«

»Nun hör mal…«

»Die du als Inkassobeträge abgeliefert hast«, sagte er bestimmt. »Möchtest du, daß ich sie dir zeige? Ich habe sie beiseitegelegt, für den Fall, daß du hartnäckig leugnen würdest. Ungefähr ein Dutzend Banknoten, die du vorgeblich von unterschiedlichen Leuten kassiert hast, aber ihre Seriennummern sind fortlaufend. Du hast das Geld, Frank, und zwar eine sehr beträchtliche Summe. Denn weniger würde dich nicht in Versuchung geführt haben, solch ein schreckliches Risiko einzugehen, und Ma Farraday war genau die Frau, die solch einen großen Batzen Geld haben würde.«

»Aber… Ma Farraday?« sagte ich.

»Hmmm. Erinnerst du dich daran, daß ich dir erzählt habe, daß ich einen alten Kumpel aufgesucht hätte? Das war Ma – hier lebte sie unter dem Namen Mrs. Farrell. Ich bin ins Leichenschauhaus gegangen, um sie mir anzusehen, nachdem ich begann, dich zu verdächtigen. Als ich sie erkannt hatte, war ich mir sicher, daß – oh, mir fällt auf, daß dir der Name nichts sagt.«

Er wartete wieder, eine Augenbraue hochgezogen. Dann grinste er und fuhr fort: »Es war ein paar Jahre vor deiner Zeit, glaube ich, aber die Farraday-Bande war vor zwanzig, fünfundzwanzig Jahren im Südwesten berüchtigt. Bankräuber. Ma ud ihre drei Söhne. Ma besorgte die Planung, und die drei Männer führten ihre Anweisungen getreu aus. Drei der gemeinsten, kaltblütigsten Mörder, die jemals einem Bankkassierer in den Rücken schossen. Und ihre Frauen und Kinder – sie lebten alle zusammen in der Nähe der Stadt, in der ich arbeitete – ihre Frauen und Kinder waren genauso gemein wie sie selbst. Wirklich – ja, Frank?«

»N-nichts«, sagte ich. »Ich meine, ich dachte...«

»Ich weiß. Ich war mir sicher, daß dein Interesse am Ölgeschäft und meinen Jugendjahren in Oklahoma nicht bloß zufälliger Natur war. Aber, nein, auf dem Grundstück der Farradays gab es kein Öl; sie lebten zu weit abseits, in den Bergen. Und außerdem bezweifle ich, daß, selbst wenn man Öl auf dem Land gefunden hätte, dies ihre Lebensweise auch nur um einen Deut geändert hätte. Sie waren grausam und heimtückisch, weil es ihnen gefiel. Das war alles, was sie konnten – Männer, Frauen und Kinder. Ihre Nachbarn, die ein großes Zusammengehörigkeitsgefühl hatten und dem Gesetz wenig vertrauten, beschützten und ertrugen sie jahrelang. Doch zum Schluß waren sie so erbost, daß sie die Farradays überfielen und sie alle niedermachten. Sie wurden erschossen wie Schweine – und genau das waren sie auch; dann steckte man ihre Hütten an. Die ganze Familie wurde ausradiert – vorgeblich.«

Mona. Sie gehörte auch zu dieser Bande. Kein Wunder, daß sie willig war, ihre eigene Tante umzubringen – wahrscheinlich war es ihre Großmutter. Kein Wunder, daß sie sich benahm wie...

»Ich sagte *vorgeblich*, Frank. Die kriminalistischen Untersuchungsmethoden standen damals noch in den Anfängen, und selbstverständlich hatte die Polizei weder von Ma noch von den zahlreichen Kindern Fingerabdrücke oder Fahndungsfotos. Man fand mehrere Leichen in den rauchenden Trümmern; außerdem die verkohlten Reste einer großen Menge Banknoten. Also, und da es keinen gegenteiligen Beweis gab, nahm man an – *glaubte* man, sollte ich besser sagen –, daß die gesamte Familie umgekommen war und mit ihnen die Beute ihrer Verbrechen. Aber du und ich, wir wissen es besser, was, Frank? Wir beiden sind die einzigen, die Bescheid wissen.«

Er zwinkerte mir zu, grinste mich mit seinen kleinen, aufgeblähten Lippen an, so daß man die Zähne sehen konnte. Wie eine Katze, die gerade etwas Gutes gefressen hat. Er leckte sich die Lippen, grinste und wartete, und mein Magen drehte sich um. Und der stählerne Ring um meinen Kopf wurde enger und enger.

Ich begann zu zittern. Mein Mund öffnete sich, und ich fühlte, wie sich ein Schrei in der Kehle bildete, und ich mußte hart schlucken, um ihn zurückzudrängen.

»N-nein!« sagte ich. »Du liegst völlig falsch, Stape! Ich...«

»Ach je, ach je«, sagte er. »Oh, mein Lieber. Du bist so ein langweiliger Kerl, Frank.«

»Ich sag's dir doch! In Gottes Namen, es ist die Wahrheit, Stape. Die junge Frau wurde als Kind entführt, verstehst du? Sie war in Wirklichkeit die Tochter einer sehr reichen Familie, und das Geld war das Lösegeld und... und...«

Er lachte laut los. »Und du wolltest so was wie ein Treuhänder sein, was! Oh, mein lieber Junge. Ich schäme mich fast für dich.«

»Es stimmt, gottverdammtnochmal!« *Es mußte wahr sein. Etwas mußte einfach wahr sein, etwas abgesehen von – von dem, was wirklich geschehen war.* »Darum hat die alte Frau niemals etwas von dem Geld ausgegeben, verstehst du? Sie hat herausgefunden, daß es registriert war und...«

»Aber es war nicht registriert, Frank. Ich weiß es. Du mußt es ebenfalls wissen, es sei denn, du bist noch dümmer, als es den Anschein hat.«

»Naja... äh... naja, dann, dann hat sie rausgefunden – hat sich gedacht –, daß man die Seriennummern notiert hat und...«

»Wirklich? Warum hat sie es dann die ganzen Jahre behalten, wenn sie wußte, daß sie es nicht ausgeben konnte?«

Er spielte regelrecht mit mir, lachte mich aus, amüsierte sich blendend auf meine Kosten. »Ja, Frank? Und warum – wenn die Polizei nach den Seriennummern Ausschau hält –, warum bist du dann noch nicht im Gefängnis?«

»Naja...« Ich mußte weitermachen. Ich redete Unsinn, benahm mich wie der letzte Idiot, aber ich mußte weitermachen. »Naja, irgend etwas kann damit nicht stimmen. Wenn es nicht der Fall wäre, warum hat sie es dann nicht ausgegeben? Warum hat sie dann weiter wie im gottverdammten Schweinestall gelebt, wenn...«

»Weil sie eine war, eine habgierige, alte Sau.«

»Du weißt es eben nicht«, sagte ich. »Du weißt nicht, ob das Geld heiß ist. Sie könnte herausgefunden haben...«

»Dann frage ich dich noch einmal. Warum hat sie es dann nicht vernichtet?«

»Naja ... äh ... naja, weil sie es einfach nicht konnte! Mein Gott, wenn man hundert – 'n großes Bündel Scheine hat, *kann* man es nicht einfach vernichten! Ich könnte es nicht. Sie konnte es nicht. Sie hat es also einfach behalten und gehofft, daß sie es eines Tages, irgend jemanden...«

»Oh, Frank...«

»Du weißt es nicht«, sagte ich. »Gottverdammtnochmal, du kannst einfach nicht sicher sein, Stape!«

»Ich kann nicht nur, ich bin sicher. Weißt du, ich habe mit den Farradays einige Geschäfte gemacht, während ich Geschäftsführer besagten Ladens war. Ich habe Waren zu Preisen, die erheblich über dem Ladenpreis lagen, in ihren Schlupfwinkel in den Bergen geliefert. Unsere Geschäftsverbindung war absolut legal – ich wollte sagen, man konnte nichts Illegales nachweisen –, aber die Firma war so peinlich berührt, daß man mich schließlich in eine andere Stadt versetzte. So! Genug von meiner eigenen Geschichte. Ich wollte damit nur klarmachen, daß die Farradays sich auf Banküberfälle beschränkten.«

»Aber sie könnten sich doch vielleicht einmal am Kidna...«

»Schluß damit! Keinen Unsinn mehr, Frank... Wieviel hast du, und wo ist es?«

Ich schaute auf den Boden hinunter. Schaute wieder hoch, vermied es, in die Ecke zu sehen, wo der Musterkoffer stand.

»Sie hatte nicht soviel, wie ich gedacht hatte. Grade mal zehntausend Dollar. Ich kann ... naja, ich hab's auf dem

Land versteckt, verstehst du – aber ich kann's morgen früh mitbringen.«

»Zehntausend? Du meinst, hunderttausend, sicher doch. Du hast es ja noch vor einem Augenblick gesagt.«

»Also gut«, sagte ich. »Also gottverdammtnochmal, es sind hunderttausend. Komm schon mit, wir fahren los und holen es.«

Er zögerte. Dann nickte er, lächelte dünn. »Also gut, Frank, aber vielleicht sollte ich dir zuerst etwas sagen. Ich habe einen Brief beim Empfangschef der Nachtschicht hinterlassen, übrigens ein sehr verläßlicher Mann. Er hat Anweisungen, ihn abzuschicken, falls ich um Mitternacht nicht zurück bin.«

Sein Lächeln wurde breiter, und er lachte wieder laut.

Ich dachte: *Das kann nicht sein* ... und ich nehme an, ich habe es laut gesagt.

»Aber es ist so, Frank, genauso ist es. Und jetzt wirst du das Geld holen. Sofort!«

Ich stand auf. Ich holte den Musterkoffer, legte ihn auf den Kaffeetisch und ließ ihn aufschnappen. Ich wollte reingreifen und das Köfferchen rausholen, es unter den Mustern hervorziehen, aber er stieß meine Hände beiseite und griff es sich selbst.

Er öffnete es. Er gab einen seltsamen, schnurrenden Laut von sich.

»Mmmh. Wundervoll ... Ich hoffe, du denkst nicht, daß ich gierig bin, wenn ich dir nicht anbiete, es mit dir zu teilen?«

»Das mußt du einfach«, sagte ich. Sagte es immer wieder. »Du mußt es einfach, Stape. Ein ... ein paar Riesen, naja, einen Riesen. Etwas! Irgend etwas! Ich habe getö- ich habe alles getan, und...«

»Tut mir leid.« Er schüttelte den Kopf. »Aber ich gebe dir gerne einen guten Rat. Deine Probleme kann man nicht mit Geld lösen.«

»Du Hundesohn«, sagte ich.

»Wirklich nicht, Frank. Du wärst genauso elend dran mit Geld wie ohne... Also, obwohl ich es hasse, solch eine angenehme Gesellschaft zu verlassen...«

Er knöpfte sich den Mantel zu, stand auf. Er klemmte sich das Köfferchen mit dem Geld unter den Arm.

»Ich will den Vertrag für den Kasten mit dem Silberbesteck zurückhaben«, sagte ich. »Bei Gott, ich werd nicht zulassen, daß du mich damit unter Druck setzt!«

»Das Sil- oh, ja, um sicherzugehen. Ist ein kluger Zug von dir. Du kannst ihn dir morgen früh abholen und dir deinen ausstehenden Lohn zur gleichen Zeit mitnehmen.«

»Meinen Lohn«, sagte ich.

»Also? Sonst noch Fragen? Du wunderst dich nicht, warum ich bis heute abend gewartet habe, um dich mit allem zu konfrontieren?«

»Verschwinde«, sagte ich.

»Die junge Frau, lieber Junge: der endgültige Beweis. Ich brauchte es zwar nicht unbedingt, aber...«

»Verschwinde!«

»Selbstverständlich. Aber solltest du sie nicht hereinbitten, Frank? Sie steht gleich an der nächsten Ecke... und du siehst so einsam aus.«

21

Einsam, sagte er. Der Mann sagte, ich sähe einsam aus. Dabei hatte ich jede Menge Gesellschaft. Alle möglichen Leute. Alle tot. Und alle schossen sie regelrecht vor mir hoch, wohin ich auch sah – alle lachten, weinten und sangen in meinem Kopf.

Alle tot. Und alles umsonst.

Alles für ein Flittchen, das verkommen zur Welt gekommen war und jeden Tag ihres verdammten Lebens noch weiter verkam.

Ich ging zu ihr und nahm sie mit ins Haus zurück. Ich erzählte ihr von Staples und daß das Geld weg sei. Ich sagte es ihr ganz einfach so, hoffte irgendwie, verstehen Sie, daß sie meckern würde oder mir wegen der Sache die Hölle heiß machen würde. Aber sie sagte kein böses Wort. Sie war mitfühlend, es tat ihr meinetwegen leid, aber sie tat so, als würde es ihr nichts ausmachen. Solange sie mit mir zusammen sein könnte – das war alles, was ihr wichtig sei.

Ich dachte mir, daß ich mich vielleicht in ihr geirrt hatte. Hatte wieder das Gefühl, daß sie die tolle Frau sei, für die ich sie am Anfang gehalten hatte. Es fiel mir ziemlich schwer, daran zu glauben, und selbstverständlich konnte ich mich nicht total davon überzeugen. Aber es war genug. Genug, um sie nicht zu verprügeln. Genug, um sie zu ertragen... jedenfalls für den Augenblick.

Sie war alles, was ich hatte, verstehen Sie; alles, was ich bekommen hatte für all das, was ich getan hatte. Und ich mußte jemanden um mich haben. Ich hatte fast immer jemanden um mich gehabt.

Ich ging raus und kaufte noch mehr Whiskey – es kostete mich fast meinen letzten Cent. Ich kam zurück, und wir redeten und tranken. Und nach einer Weile redete sie, und ich trank. Und ziemlich bald redete niemand mehr – nur ich trank noch.

Sie schlief mit dem Kopf in meinem Schoß ein. Ich wurde bewußtlos. Als es Morgen wurde, befanden wir uns immer noch auf dem Sofa.

Ich machte uns Kaffee und Toast – ich wollte nicht, daß sie mit ihren Dreckfingern *mein* Essen anfaßte. Ich sagte ihr, daß sie schnell nach Hause zurückgehen solle und alles einpacken, was sie mitnehmen wollte. Sie machte sich eilig auf den Weg, und ich ging ins Schlafzimmer zurück.

Ich steckte alle Sachen von Joyce in einen großen Pappkarton: Kleider, Kosmetika und Toilettenartikel, einfach alles. Ich trug den Karton nach draußen und stellte ihn neben den Mülleimer. Dann fuhr ich zum Laden.

Die anderen Kassierer waren schon abgefertigt, und Staples war allein. Er gab mir den Kaufvertrag für das Silberbesteck, und ich zündete ihn mit einem Streichholz an, warf ihn auf den Fußboden und zertrat die Asche mit den Füßen.

»So ein unordentlicher Kerl«, sagte er schmollend. »Aber, ich glaube, ich sollte dich nicht ausschimpfen ... dein Geld, Frank. Ich habe es auf fünfzig Dollar aufgerundet.«

Ich nahm mir wortlos das Geld. Ich warf ihm einen kurzen eisigen Blick zu, dann drehte ich mich um und wollte gehen.

»Frank ...« Da lag ein besorgter Unterton in seiner Stimme. »Was... äh... was hast du vor, Frank?«

»Was geht dich das an?« sagte ich.

»Aber ich habe mich doch immer um dich gesorgt, lieber Junge. Immer. Und mir ist klar geworden, daß du, da du dich zweifellos auf den Weg machen wirst...«

Allmählich verstand ich. Er *war* besorgt. Er war nicht irgendein Lückenbüßer, den man über Nacht eingestellt hatte – er konnte nicht einfach kurzfristig kündigen. Bevor er die Firma verlassen konnte, mußten die Bücher überprüft, der Warenbestand einer Inventur unterzogen werden; und das würde mindestens zwei oder drei Wochen dauern. Und ihm gefiel es nicht, daß ich während dieser Zeit in der Stadt blieb. Ich könnte eine Verzweiflungstat begehen, verstehen Sie? Könnte mich betrinken und mich mit der Polizei anlegen ... und dann anfangen zu reden.

»Ich weiß nicht«, sagte ich. »Warum sollte ich verreisen? Ich glaube, ich bleib einfach hier.«

Er schaute mich verärgert an, öffnete aber die Kasse. Er holte das gesamte Bargeld heraus, zählte es und schob es durch die Schalteröffnung.

»Vierhundertsiebenundvierzig Dollar, Frank. Fast fünfhundert, zusammen mit deinen fünfzig. Das ist wirklich eine gute Reisekasse.«

»Mir gefällt's hier«, sagte ich. »Ich fahr nirgendwo hin.«

»Aber, Frank...«

»Jedenfalls nur, wenn du noch 'ne Menge dazulegst«, sagte ich. »Zum Teufel, gib mir einfach einen Riesen. Schließlich hast du ja genug...«

»Aber ich habe es nicht bei mir. Es ist sicher untergebracht und wird dort bleiben, bis meine Kündigungsfrist hier abgelaufen ist.«

»Naja ... naja«, sagte ich. »Dann gib mir doch einen Scheck. Gib mir einen Scheck über fünfhundert.«

»Oh ...« Er schüttelte grinsend den Kopf. »Mußt du wirklich so durchsichtige Fallen stellen? Keine Schecks. Ich könnte dir den Gefallen noch nicht mal tun, selbst wenn ich so blöd wäre. Mein ganzes Bankguthaben ist gerade hoch genug, um den Kassenbestand hier auszugleichen.«

Ich war sicher, daß er log, aber ich konnte nicht viel daran ändern. Er war nur besorgt – hatte nicht wirklich Angst –, und ich hatte diese Sorge soweit ausgenutzt wie möglich.

Ich nahm das Geld und ging.

Die Restschuld für den Wagen belief sich auf zweihundertdreißig Dollar. Ich zahlte sie – ich konnte schließlich nicht zulassen, daß die gottverdammte Kreditgesellschaft hinter mir herschnüffelte – und fuhr zum Haus zurück. Dort wartete Mona auf mich. Ich packte mein ganzes Zeug zusammen und lud unser gesamtes Gepäck ins Auto. Es war 'ne ganze Menge, denn ich dachte mir, daß ich Joyces Sachen besser mitnahm. Ihre Initialen waren nirgendwo drin, es war alles ganz anständig, und es hätte vielleicht komisch ausgesehen, wenn ich es zurückgelassen hätte.

In Omaha bin ich immer gut zurechtgekommen. Ich meine, jedenfalls so gut wie anderswo. Also fuhr ich nach Omaha, und wir kamen kurz nach Einbruch der Dunkelheit dort an. Wir hielten an einem Café, um etwas zu essen. Die Kellnerin brachte mir eine Zeitung. Ich überflog sie – und das war unser letzter Halt in Omaha.

Ich fuhr wieder los, und ich fuhr fast durch die Nacht und den nächsten Tag. Nach Des Moines. Runter, rüber nach Grand Island. Dann rüber nach Denver … ich verkaufte den Wagen in Denver, für lausige dreihundertfünfundzwanzig Dollar, und dann fuhren wir mit dem Bus weiter.

Ja, ich nehme an, daß sie sich fragte, was los war. Oder vielleicht auch nicht. Sie war nicht genug rumgekommen, um zu wissen, wann was in Ordnung war und wann nicht; also hat sie sich vielleicht nicht gewundert. Wie auch immer, sie fragte nichts, versuchte nicht, mir das Leben schwerzumachen. Und das war ihr verdammtes Glück, daß sie es nicht versucht hat.

Ich hatte die Schnauze voll, Bruder, verstehen Sie, was ich meine? Und es sah so aus, als würde es immer so weitergehen. Denn Staples hatte die Bullen zwar auf die falsche Fährte gelockt – hatte ihnen erzählt, ich hätte mich als Seemann anwerben lassen und würde wahrscheinlich bald in See stechen –, aber das half auch nicht viel. Nichts half wirklich: weder der Bürstenhaarschnitt noch die Hornbrille oder der Schnurrbart. Ich hatte immer noch teuflische Angst, war zu furchtsam, mich irgendwo niederzulassen.

Es war einfach lausig, noch nie hatte jemand so viel jämmerliches, ekelhaftes Pech in seinem Leben gehabt. Es – gottverdammtnochmal, es war einfach nicht fair! Ich frage Sie jetzt mal, haben Sie jemals davon gehört, daß man

Kohle auf einem anderen Weg als dem normalen Frachtweg befördert? Sie haben verdammt recht, weder Sie noch irgend jemand anderes haben was anderes gehört. Aber mit diesem einen Waggon – diesem einen Waggon – mußten sie 'ne Ausnahme machen. Man setzte ihn auf eine Frachtliste, so daß er per Express befördert wurde und nicht anhielt, bevor er in Kansas City angekommen war. Dort traf er am Mittag des nächsten Tages ein, und dann begann man gleich, ihn auszuladen – die konnten ja nicht warten, gottverdammtnochmal. Und innerhalb einer Stunde hatte der Polizeiarzt die Leiche auf den Weg gebracht.

Naja, so bald danach war es einfach, die Todeszeit festzustellen. Und sie wußten auch, daß die Leiche nur an einem bestimmten Ort auf den Waggon geworfen worden sein konnte. Also setzten sie sich mit den Bullen an besagtem Ort in Verbindung, und diese Bullen fingen an herumzuschnüffeln, und sie fanden den Pappkarton draußen beim Mülleimer...

Ich mußte immer weiterziehen. Ich war fast pleite, und ich mußte weiterziehen; und wenn ich nicht sie am Hals gehabt hätte – an eine gottverdammte Schlampe gefesselt wäre...

Naja.

Naja, schließlich machte sie mich an. Ich hatte es ja noch nicht schwer genug, schätze ich, also mußte sie es noch schwerer machen. Starrte mich die ganze Zeit an, als wäre ich eine gottverdammte Mißgeburt oder so was. Sagte nie ein Wort, es sei denn, ich sprach sie an. Sie wissen schon: viele Kleinigkeiten. Machte mich nach und nach so richtig fertig.

Und so blöd! Das einzige, was sie konnte, war loszuheulen, und das tat sie, wann immer sie die Gelegenheit dazu hatte.

An jenem Tag, in Dallas, ging ich ein Stück vor ihr her. Ich hatte ihr gesagt, um Gottes willen, wenn sie aussehen und sich benehmen wollte wie eine Schlampe, sollte sie allein gehen. Also ging ich vor ihr her, wie ich schon sagte, und schließlich sah ich mich um, und sie war nicht mehr da. Fast niemand war mehr auf dem Bürgersteig.

Alle waren sie auf der Straße, einen halben Block zurück, und standen vor dem Kühler eines riesigen Lastwagens rum...

22

Aufwärts und weiter: Die wahre Geschichte eines Mannes, sein Kampf gegen ein schlimmes Schicksal und verlotterte Frauen ... von Derf Senoj

Ich wurde in New York geboren, meine Eltern waren arm aber ehrlich, und seit meiner frühesten Erinnerung arbeitete ich und versuchte was aus mir zu machen. Aber seit meiner frühesten Erinnerung gab es immer jemanden, der mir das Leben schwer machte. So war es mit allem, was ich anfing. So oder so werden mir immer Knüppel zwischen die Beine geworfen; also werde ich Ihnen gnädigerweise die ekelhaften Einzelheiten ersparen.

Ich dachte immer, falls ich eine kleine Helferin an meiner Seite hätte, wäre der ungleiche Kampf nicht ganz so ungleich. Aber ich hatte in dieser Hinsicht genausowenig Glück wie in anderer Hinsicht. Schlampen, das war das einzige, was ich an Land zog. Fünf gottverdammte Schlampen nacheinander... oder vielleicht waren es sechs oder sieben, aber das ist nicht so wichtig. Es war, als ob sie alle ein oder dieselbe Person gewesen wären.

Naja, schließlich landete ich in Oklahoma City, und es sah aus, als ob sich mein Glück endlich gewendet hätte. Nicht finanziell. Ich kaufte Altgold, von Tür zu Tür, und wie sollte ich an Geld kommen, wenn mich jeder betrog? Aber es sah aus, als ob sich mein Glück mit den Frauen gewendet hätte. Es sah nicht nur so aus, es war wirklich der Fall. Und was das Geld anging, hatte sie genug für vierzig Leute.

Ich traf sie, als ich die Leute in dem tollen Apartmenthaus im Zentrum abklapperte. Ich hatte mich am Portier vorbeigemogelt, und ihr Apartment war das erste, in dem ich mein Glück versuchte. Klasse? Wunderschön? Naja, ich kann bloß sagen, daß ich noch nie jemanden wie sie gesehen hatte. Ich konnte es kaum glauben, als sie mich anlächelte und hereinbat.

Ich schämte mich, daß ich sie wegen des Goldes aufgesucht hatte. Ich sagte ihr, daß ich nach jemandem suchte, der früher einmal hier gelebt hatte und so weiter, und es mir sehr leid täte, sie gestört zu haben. Und...

»Aber, aber...« Sie lachte, aber sie lachte mich nicht aus, verstehen Sie. Das Lachen war nett und freundlich. »Sie müssen sich nicht für Ihre Arbeit entschuldigen. Selbstverständlich bin ich ein wenig bestürzt, daß ein Herr mit Ihrer Persönlichkeit und offensichtlichen Fähigkeiten solch eine Art...«

»Nun ja«, sagte ich, »es ist ja nur zeitweilig, verstehen Sie? Ich hab etwas Pech gehabt, und ich mußte die erstbeste Stelle nehmen, die ich bekam.«

»Wie schrecklich! Setzen Sie sich doch hin, und ich mixe Ihnen einen netten Drink.«

Ich setzte mich aufs Sofa, das ungefähr zweitausend Dollar gekostet hatte. Sie brachte unsere Drinks und setzte sich neben mich. Sie lächelte mich an und hielt die Unterhaltung in Gang, denn ich war natürlich ziemlich sprachlos.

Ich trank mein Glas aus und wollte aufstehen. Sie legte ihre Hand auf meinen Arm. »Bitte«, sagte sie. »Gehen Sie nicht. Ich bin so einsam, seit mein Mann verstorben ist.«

Ich sagte, daß es mir wirklich leid täte, vom Tode ihres Mannes zu hören. Einen Moment lang verdüsterte sich ihr Blick, dann schüttelte sie den Kopf. »Es ist einsam ohne ihn, und s-selbstverständlich wollte ich nicht, daß er starb, a-aber ... aber, oh, es hört sich schrecklich an, aber ich glaube, daß ich im Grunde begonnen hatte, ihn zu hassen! Er war ein Hochstapler. Er gab vor, genau der Mann zu sein, den ich mir wünschte, und dann, nachdem wir verheiratet waren...«

»Ich weiß, was Sie meinen«, sagte ich. »Ich weiß genau, was Sie meinen, Ba... äh...«

»Sag es«, wisperte sie, drehte sich zu mir und nahm mich wild in die Arme. »Sag, daß ich dein Baby bin. Sag es, sag mir, was du willst, mach alles mit mir, was... du willst. Alles, b-bloß geh nicht weg...«

Und es war wie ein wunderbarer Traum, lieber Leser, aber ich

rede über Träume

und das ist eine Untertreibung: genauso lernte ich die schöne Helene, meine liebreizende Prinzessin kennen. So waren, endlich, zwei liebeshungrige Seelen vereint.

Es wird Ihnen aufgefallen sein, daß ich sie nicht beschrieben habe, aber das kann ich nicht. Denn sie hatte viele Gesichter. Wenn sie ausging, wo jedermann sie sehen konnte, war sie immer die gleiche: Sie war wie am ersten Tag, als ich sie traf. Aber wenn wir allein waren, naja, wenn ich nicht gewußt hätte, daß sie es war, hätte ich manchmal nicht geglaubt, daß sie es war,

ein gottverdammtes syphilitisches Flittchen

dieselbe Frau. Sie hatte Dutzende von kompletten Garderoben – Kleider, die ein junges Mädchen von achtzehn tragen würde oder eine Frau von fünfundzwanzig oder fünfunddreißig und so weiter. Und alles war komplett, vom Hauskleid bis zu den Abendkleidern. Und sie hatte all diese verschiedenen Schminkutensilien. Puder und Lippenstift und Rouge – Dutzende von verschiedenen Farben und Schattierungen –, Haarteile, künstliche Augenlider und Brauen sowie Kronen für die Zähne. Sogar kleine Glaslinsen, die sie sich auf die Augen setzte, um deren Farbe zu verändern. Es war eine Art Hobby von ihr, verstehen Sie, sich auf diese unterschiedliche Weise herauszuputzen. Ganz zu Beginn war es mir ein bißchen unbehaglich; ich fragte mich, was echt war, und was nicht. Und wenn ich sie so gesehen hätte, wie sie wirklich

noch ein Flittchen, wie der ganze Rest

war, hätte ich es nicht aushalten können. Aber das war nur am Anfang der Fall. Sie sehen doch, lieber Leser, daß es gar nicht anders sein konnte, sie mußte einfach

ein Flittchen in einer Absteige, um Gottes willen, und ich konnte nirgendwo hingehen

wunderschön und schick sein, alles haben, was ein Mann an einer Frau begehrte. Nach all den schrecklichen Gaunereien, die mir die ganzen Schlampen angetan hatten, war ich einfach am Ende. Und nach diesem langen, ungerechten Kampf gegen ein schlimmes Schicksal hatte ich endlich gefunden, was mein Herz begehrte.

Sie hatte einen Haufen Geld von ihrem Vater geerbt, aber das ist

stahl die Ersparnisse ihres Schwagers

alles, was ich jemals über sie oder ihn herausgefunden habe. Ich habe noch nicht einmal seinen Namen – ihren Mädchennamen – gekannt. Sie war immer peinlich berührt, wenn ich ihren familiären Hintergrund erwähnte, also tat ich es nicht öfter als ein-, zweimal. Ich nahm an, daß ihr alter Herr sein Vermögen wohl damit gemacht hatte, daß er Mittelchen gegen den Tripper oder so was verkauft hatte; und daß die Peinlichkeit deshalb ganz natürlich war. Schließlich, obwohl ich mich immer abgerakkert hatte und mich niemals beklagt habe, gibt es ein paar Kapitel in meinem eigenen Leben, die ich gerne für mich behalten möchte.

Ihr Geld war auf der Bank, in einer anderen Stadt, wo genau, wußte ich

unter der Matratze versteckt

nicht. Aber ihr Mädchenname war ihr so peinlich, daß

sie in dieser Stadt niemals einen Scheck einlöste oder sich Geld von der Bank überweisen ließ. Wann immer sie kein Geld mehr hatte, nahm sie ein Flugzeug und ließ sich in besagter Stadt auszahlen, was immer sie brauchte, und flog dann am selben Abend zurück.

An jenem Morgen, als die Geschichte in den Zeitungen stand, war sie unterwegs, um sich die Mäuse zu besorgen – in dieser Geschichte kamen einige Leute vor, die ich früher mal gekannt hatte. Und ich

Jaa! Der Wein und das Heu! Ohwieschöööön!

lachte so laut, als ich es las, daß mir fast eine Rippe gebrochen wäre. Ich las, las es immer wieder, den ganzen Tag, und jedes Mal, wenn ich lachte,

jetzt in Sicherheit, sicher mit einem Flittchen in einer Absteige

klang es lauter:

Der zwanzig Jahre alte Stirling-Entführungsfall scheint heute aufgeklärt worden zu sein, als man den ehemaligen Geschäftsführer eines Handelsgeschäfts verhaftete, der als Komplize der berüchtigten Farraday-Bande überführt werden konnte.

Der Name des Verdächtigen ist H.J. Staples, 55 Jahre alt. Mehr als 90000 Dollar der gesamten Lösegeldsumme von 100000 Dollar konnten in seiner mondänen Hotelsuite in Sarasota, Florida, sichergestellt werden.

Staples fiel der Polizei vor einigen Monaten auf, als er mehrere hundert Dollar des Lösegeldes auf das Konto der Firma einzahlte, dessen Geschäftsfiliale er damals leitete. Die Polizei glaubte, daß das Geld eingezahlt worden war, um die Lage zu testen, und deswegen sahen die Beamten von einer Verhaftung ab, bevor er nicht größere, belastendere Summen in Umlauf gesetzt hatte.

Ramona Stirling war das einzige Kind des mehrfachen Öl-Millionärs Arthur Stirling und seiner Frau, einer Halb-Invaliden. Damals drei Jahre alt, wurde Ramona vom Grundstück des luxuriösen Landsitzes in Tulsa entführt, nachdem ihr Kindermädchen durch einen fingierten Anruf ins Haus gelockt worden war.

Ein Lösegeld von 100000 Dollar wurde gefordert und auch sofort bezahlt. Aber ein unerfahrener Nachrichtensprecher verriet, daß die Seriennummern der Banknoten registriert worden waren. Nach der Bekanntgabe dieser Nachricht verloren die Stirlings jeglichen Kontakt zu den Entführern, und man nahm allgemein an, daß das Kind ermordet worden war.

Mrs. Stirling verstarb noch nicht einmal sechs Wochen nach der Entführung. Ihr Ehemann folgte ihr einen Monat später ins Grab. Da keine Erben vorhanden waren, fiel das riesige Stirling-Vermögen an den Staat.

Der unter Verdacht stehende Staples kündigte seine Stellung vor drei Monaten, begann im Land herumzureisen und gab immer wieder kleinere Geldsummen aus. Nachdem er schließlich offensichtlich davon überzeugt war, daß die Zeit das einstmals »heiße« Geld »abgekühlt« hatte, traf er gestern in Florida ein und begann große Summen unter die Leute zu bringen. Daraufhin wurde seine Verhaftung angeordnet.

Von Beamten des FBI, der Staats- und der örtlichen Polizei verhört, erzählte er eine absolut unlogische Geschichte über die Umstände, wie er in den Besitz des Geldes gekommen sei. Es sind noch nicht sämtliche Details bekannt, doch weiß man, daß er in seiner Aussage »Ma« Farraday (ein Mitglied der zuvor genannten Verbrecherbande) erwähnte sowie einen gewissen Frank Dillon, einen ehemaligen Angestellten Staples, der seit mehreren Monaten von der Polizei in Zusammenhang mit dem Tod seiner Frau und ihres ungeborenen Kindes gesucht wird. Polizeivertreter messen den »Erklärungen« des verdächtigen Staples absolut keinen Wahrheitsgehalt zu.

Es ist sicher, daß Staples einst auf sehr gutem Fuß mit der Farraday-Bande stand. Man darf jedoch nicht vergessen, daß die gesamte Farraday-Familie vor mehr als zwanzig Jahren umkam und daß daher Staples Aussage, daß Dillon »Ma« wegen des Lösegelds umbrachte, absolut lächerlich ist. Außerdem wurde von Seiten der Polizei darauf hingewiesen, daß die Farradays Bankräuber waren. Es ist bekannt, daß sie sich nie in einer anderen kriminellen Tätigkeit versuchten.

Was Dillon angeht, ist die Polizei inzwischen der Ansicht, daß er selbst zum Mordopfer wurde; nach ihm wird nicht mehr gefahndet. Die Polizeitheorie geht dahin, daß er und Mrs. Dillon irgendwie erfahren hatten, daß Staples sich das Lösegeld angeeignet hatte, und daß letzterer beide umbrachte. Dillons Leiche, so erklärte die Polizei, könnte in einem Kohlewaggon vergraben gewesen sein, dessen Ladung für einen Hochofen bestimmt war, der per Förderband beheizt wurde...

Ich lachte und lachte, als ich diesen Bericht las. Ich fühlte
sicher, wovor? nicht davor, wovor ich Sicherheit brauchte.
mich den ganzen Tag gut. Und dann wurde es Abend,
und es war so wie immer, nur noch schlimmer. Die
und ich lachte nicht mehr, und es ging mir auch nicht mehr
schlimmste Schlampe von ihnen allen, das übelste Flitt-
gut. Denn es war wirklich eine Tragödie, wenn Sie mal
chen von allen. und ich konnte es nicht aushalten. das
darüber nachdenken: und ich nehme an, lieber Leser, Sie
Ende mußte einfach besser sein als das hier. Also tran-
wissen, daß ich ein ziemlich weichherziger Hundesohn
ken wir Wein, wir rauchten Gras. wir fingen an, uns
bin. Ja, es war eine schreckliche Tragödie, und wer immer
den Schnee reinzuziehen. Man sagt, das soll man nicht
dafür verantwortlich war, sollte eingesperrt werden.
tun. Sauf nicht das feuchte Naß und rauch das Marihuana
Einen Typen so zu erschaffen, daß er haben will, was er
zusammen mit dem Koks, den wir uns reinzogen, aber
nicht kriegen kann. Ihn so zu erschaffen, daß er nicht viel
wir taten es. wir machten es und dann gingen wir zum
erreichen kann, aber viel haben will. Und wo immer er
Heroin über, haben uns das Zeug in die Venen gespritzt.
hinkommt, sieht er immer alles, wo er auch hinschaut:
uns wurde schlecht wie sonstwas, aber wir machten immer
tolle Autos und Kleidung und Traumvillen. Aber er
weiter, und nach einer Weile, Mann, oh, Mann, wußten
bekam nie etwas davon, aber immer wurde ihm sein
wir nicht mehr, wo wir waren, wir waren blind, zu para-
Mund wäßrig gemacht. Und das gab ihm das Gefühl,
lysiert um etwas zu fühlen, zu empfindungslos. aber alles

ein armer Hundesohn zu sein, weil er nicht hatte, was er
begann wunderschön auszusehen. sie war es, und das
nicht kriegen konnte. Und so haßte er sich selbst, denn
Zimmer und ich auch. es war, wie es am Ende sein sollte,
wenn ein Typ sich selbst haßt, wie soll er dann andere
weil es noch nie zuvor so gewesen ist, und wir vergruben
lieben? Helene kam nach Hause, meine Märchenprinzes-
uns in der Matratze, und der Portier brachte uns Nach-
sin, und sie sah, wie schlecht ich mich fühlte, also mixte
schub. helene begann sehr zu kotzen, aber es schien ihr
sie mir einen großen Drink. Und dann wurde ich sofort
nichts auszumachen, und es machte mir auch nichts aus.
müde. Ich wußte über alles Bescheid, was vorging, ich
selbst das Ausgekotzte war wunderschön wie alles an-
konnte sprechen und hören, ich war in Wirklichkeit
dere. sie war die schönste Frau der Welt, und ich wollte
absolut wach. Aber ich fühlte mich trotzdem müde;
nur etwas Nettes für sie tun, ihr zeigen, wieviel sie mir
und falls das keinen Sinn macht, kann ich auch nichts
bedeutete und wie sehr ich sie liebte. und ich hatte nichts
dran ändern. Ich ging und streckte mich auf dem Bett
außer der einen Sache, der einzigen Sache glaube ich, die
aus, und sie kam herein, und setzte sich neben mich.
ich jemals einer Frau gegeben habe. Das war alles, was
Sie hatte eine große Schere in der Hand, und sie saß da,
ich jemals hatte geben können, und ich hatte Angst, daß
schnitt sich die Haarspitzen ab, starrte auf mich hinunter.
sie es nicht haben wollte, aber ich mußte es ihr anbieten.
Und ich schaute sie an, meine Augen fielen zu. Und sie
Sie war all die Frauen dieser Welt, in einer Person. Also

verwandelte sich und sah aus wie Joyce, und dann wie
war es das mindeste, was ich tun konnte, und ich
Mona, und dann... wie all die anderen. Sie sagte, ich hätte
mußte es tun, schnell tun. Sie war im Bad und kotzte.
sie enttäuscht; ich hätte mich als derselbe entpuppt wie
Ich stand auf und schob meinen Fuß durchs Fenster.
alle ihren Männer. Du hast mich getäuscht, sagte sie. Du
es machte mich etwas munter: die kalte Luft und die
bist nicht anders als der Rest, Fred. Und du wirst zahlen,
zackigen Glassplitter. aber ich würde vielleicht nichts
wie der Rest. Ich bin betäubt worden, nicht wahr, sagte
fühlen, du hast ja so viel Zeugs in dir. und es war ihr
ich. Oh, ja, sagte sie. Du wirst nichts fühlen, und wenn
gutes Recht. und sowieso. ich würde es ja sowieso nicht
du aufwachst, wird alles vorbei sein. Es wird nichts mehr
mehr viel länger brauchen. es war alles vorbei, und es
geben, worüber du dir Sorgen zu machen brauchst. Das
hatte keinen Zweck, daran zu kleben. ich zog mich
wird doch wunderbar sein, Fred, willst du nicht, daß ich's
aus. was von meiner Kleidung übriggeblieben war,
tue, Liebling. Ich nickte. und sie knöpfte es auf, und fum-
und ich streckte ein Bein aus dem Fenster. Ich setzte
melte herum, und dann, dann, senkte sie die Schere. Sie
mich rittlings auf die Fensterbank, schlug mit den Ar-
benutzte die Schere, und dann lächelte sie wieder, und
men wie ein Vogel, schaukelte vor und zurück, und
zeigte es mir. So, sagte sie, das ist doch viel besser, nicht
es ging wirklich schnell, nicht wahr. helene kam zur
wahr? Und dann, obwohl ich so nett gewesen war, fing
Badezimmertür, und sie wollte es nicht haben, das

sie an zu lachen. Schrie mich an.
einzige, was ich ihr zu geben hatte. sie fing an zu lachen, zu schreien.

Ich stürzte mich aus dem Fenster.

Jim Thompson im Diogenes Verlag

Der Mörder in mir

Roman. Aus dem Amerikanischen von Ute Tanner und Ulrike Wasel

Lou Ford scheint ein sympathischer, menschenfreundlicher Deputy Sheriff zu sein. Ein Bulle mit Herz – denken die kleinen Ganoven in Central City. Die meisten wissen allerdings nichts von seinem furchtbaren Geheimnis: einem traumatischen Erlebnis aus früheren Zeiten, das ihn unberechenbar macht. Ein *underground*-Klassiker, durch den der Name Jim Thompson einst identisch wurde mit dem *roman noir.*

Verfilmt mit Stacey Keach als Lou Ford.

»Seine besten Geschichten gehen weit über das Genre hinaus, nicht nur weil sie vom Mord erzählen aus der Perspektive der Täter, sondern weil diese Täter sich zu ihren Taten eine ganze Philosophie erfinden, eine Theologie des Mordes und die Moral dazu.«
Annette Meyhöfer/Der Spiegel, Hamburg

Gefährliche Stadt

Roman. Deutsch von Ute Tanner und Werner Rehbein

Als David ›Bugs‹ McKenna von Mike Hanlon, einem verkrüppelten Millionär, als Hoteldetektiv eingestellt wird, hofft er, seine dunkle Vergangenheit hinter sich lassen zu können. Aber der Tod des Buchhalters und das Verschwinden von fünftausend Dollar bringen ihn ganz schön ins Schwitzen.

»Thompsons obsessive Finsternisse sind alles andere als einfach herbeifabuliert, um aufzufallen; sie sind wütende Reflexe eigener Erfahrungen.«
Wolfram Knorr/Die Weltwoche, Zürich

Getaway

Roman. Deutsch von
Günther Panske und Klaus Timmermann

Der Bankraub war ein Spaziergang. Alles hatte so geklappt, wie Doc McCoy es geplant hatte: Sie hatten sich fast 300 000 Dollar geschnappt, und niemand hatte sie verfolgt. Aber dann fingen die Probleme an. Denn die Flucht war alles andere als ein Spaziergang: ein Verbrecherpärchen will der Verfolgung durch die amerikanische Polizei quer durch die Staaten und über die Grenze nach Mexiko entkommen.

Verfilmt von Action-Spezialist Sam Peckinpah mit Steve McQueen in der Hauptrolle.

Zwölfhundertachtzig schwarze Seelen

Roman. Deutsch von E. R. von Schwarze und Andre Simonoviescz
Mit einem Nachwort von Wolfram Knorr

Zwölfhundertachtzig schwarze Seelen zählt das gottverlassene Pottsville im amerikanischen Süden. Ein ödes und schmutziges Kaff. Was nicht zuletzt dem Sheriff zu verdanken ist, der ein Regime von Grausamkeit, Lynchjustiz und Erpressung errichtet hat.

»Mein liebster Krimi-Autor – oft kopiert, nie erreicht – ist Jim Thompson.« *Stephen King*

After Dark, My Sweet

Roman. Deutsch und mit einem Nachwort
von Andre Simonoviescz

Gleißendes Licht, Hitze, Highways ohne Ende. Vor dieser Kulisse treffen Fay, die spröde Schönheit, und Kid Collins, der attraktive, aber kaputte Preisboxer, aufeinander. Eine leidenschaftliche Liaison beginnt… Doch Fay treibt ein falsches Spiel. Sie nimmt Collie aus purer Berechnung in ihrem Haus auf. Er soll ihr und Onkel Bud, einem ehemaligen Polizisten, bei einer spektakulären Kindesentführung helfen. Aus

Zuneigung zu Fay läßt sich Collie auf die Sache ein. Eine Katastrophe bahnt sich an…

Verfilmt von James Foley mit Jason Patric und Rachel Ward.

Eine klasse Frau

Roman. Deutsch von Andre Simonoviescz

Das Manton scheint ein Hotel von gutem Ruf zu sein. Dusty Rhodes scheint ein selbstloser junger Mann zu sein, der als Nachtportier dort arbeitet. Die Frau in 1004 sieht wie ein verarmter Engel aus. Aber manchmal täuscht der Schein – wie Jim Thompson in diesem grotesken Kriminalroman beweist, in dem der Autor eine raffinierte, niederträchtige Erpressung mit der Geschichte ödipaler Verstrickungen verbindet.

»Wenn Raymond Chandler, Dashiell Hammett und Cornell Woolrich sich zusammengetan und einen literarischen Nachfolger gezeugt hätten, müßte er Jim Thompson heißen.« *Washington Post*

Revanche

Roman. Deutsch von Andre Simonoviescz

Pat Cosgrove hat als Jugendlicher mal einen Fehler begangen – er hat eine Bank ausgeraubt. Fünfzehn Jahre später sitzt Pat immer noch im Zuchthaus Sandstone. Gäbe es nicht den hilfsbereiten Dr. Luther, müßte er den Rest seines Lebens hinter Gittern verbringen. Doch nach seiner Entlassung entdeckt Pat, daß sich hinter Luthers Hilfsbereitschaft noch ein anderes Motiv verbirgt.

»Wie die Filme Clint Eastwoods sind die Romane Jim Thompsons solche für Rednecks, Lastwagenfahrer, Versager, Psychopathen und Professoren. Er ist einer der größten amerikanischen Autoren und gewiß der, der uns am meisten erschreckt. Thompson steht mit dem Teufel auf du und du.« *The New Republic*

Muttersöhnchen

Roman. Deutsch von Andre Simonoviescz

Roy Dillon ist ein kleiner Trickbetrüger mit großen Problemen. Die drei Frauen in seinem Leben wollen ihn alle für sich haben: Carol, die junge Krankenschwester, möchte von ihm geheiratet werden, Moira will in erster Linie, daß er beruflich vorwärtskommt, während seine Mutter Lilly ihn zum Aussteigen aus dem Milieu ermuntert. Doch als Roy schließlich einen ruhigen Bürojob gefunden hat, verwandelt sich der kalte Krieg zwischen Lilly und Moira in eine mörderische Auseinandersetzung. Roy muß sich entscheiden...

»Einer der drei Säulenheiligen des rabenschwarzen Thrillers.« *Wolfram Knorr/Die Weltwoche, Zürich*

Von Stephen Frears mit Anjelica Huston unter dem Titel *The Grifters* verfilmt!

Kill-off

Roman. Deutsch von Andre Simonoviescz

Manduwoc ist ein heruntergekommenes Seebad, das einmal bessere Zeiten gesehen hat. Das gilt auch für Luane Devore, die als junge Schönheit zur Hautevolee zählte. Aber das ist schon lange her; seit Jahren vergiftet die über Sechzigjährige durch bösartige Gerüchte das Klima der Kleinstadt. Die Kandidatenliste derer, die ihr den Tod wünschen, ist lang: Da ist zum Beispiel ihr Ehemann Ralph, zwanzig Jahre jünger, der sich in eine hübsche Sängerin verliebt hat. Oder Staatsanwalt Williams, dessen Schwester ein Baby von ihrem Bruder erwartet.

»Ein mörderisch phantasievoller Krimi-Autor, ein packender Erzähler! Jim Thompson ist gewalttätiger, unmoralischer, lakonischer und schneller, als James M. Cain es je war. Ein klassischer amerikanischer Schriftsteller.« *Kirkus Review, New York*

Der King-Clan

Roman. Deutsch von Michael Georgi

Der alte Ike King ist Herr über riesige Ländereien in Oklahoma. Seine drei Söhne bekriegen sich bis aufs Blut. Zumal die Entscheidung ansteht, wer ›King's Junction‹ weiterführen soll. Günstling scheint der jüngste Sohn Critch zu sein, der mit einem kleinen Vermögen auf die väterliche Ranch zurückgekommen ist. Aber sein Bruder Arlie wittert schnell, daß da etwas oberfaul ist. Und er entdeckt, daß es noch mehr Leute gibt, die die dicken Scheine für sich in Anspruch nehmen.

»Die härtesten Kriminalromane, die je geschrieben wurden. Thompson-Fans behaupten, er schreibe bessere Bücher als Hammett und Chandler. Diese Behauptung ist albern; Thompsons Romane ähneln keinen andern.«
Newsweek, New York

Ein Satansweib

Roman. Deutsch von Andre Simonoviescz

Dolly Dillon hat es im Leben nicht gut angetroffen: er ist erfolgloser Vertreter, unglücklicher Ehemann und ständig pleite. Bei einem seiner Hausbesuche lernt er Mona kennen, die von ihrer alten Tante wie eine Sklavin gehalten wird. Als Dolly erfährt, daß der alte Drachen ein Vermögen im Keller hortet, entwirft er mit Mona einen Plan, um sie aus dem Weg zu räumen. Alles läuft nach Plan, bis Dolly seiner Frau Joyce wieder näher kommt und nunmehr Mona als Last empfindet…

»Thompsons Romane sind so rabenschwarz wie die Seelen seiner Helden. Die Sprache ist dem Inhalt angepaßt: kurz, hart, lakonisch. Pflichtlektüre für Anhänger des Hard-boiled-Krimis.«
Kölner Stadtanzeiger

Kein ganzer Mann

Roman. Deutsch von Thomas Stegers

Clinton Brown wurde mit einem Himmelfahrtskommando über ein Minenfeld geschickt. Er trägt eine Verletzung davon, die er zu verbergen sucht. Besonders die Frauen werden ihm dabei gefährlich. Denn sie wollen einfach nicht akzeptieren, daß sich der attraktive Reporter in Suff und Einsamkeit flüchtet. Irgendwann gehen die Nerven mit ihm durch. Clinton gibt, was man von ihm erwartet – aber auf seine Art.

»Jim Thompson ist ein echter amerikanischer Klassiker.« *The New York Times Book Review*

Raymond Chandler im Diogenes Verlag

»Mit Philip Marlowe schuf Chandler eine Gestalt, die noch heute weltweit als der Prototyp des Privatdetektivs gilt. Humphrey Bogart in der Rolle des Philip Marlowe hat diesen Typus auch optisch bis heute unverdrängbar festgeschrieben.«
Kindlers Literatur Lexikon

»Ich halte es für möglich, daß der Ruhm des Autors Raymond Chandler den des Autors Ernest Hemingway überdauert.« *Helmut Heißenbüttel*

Gefahr ist mein Geschäft
und andere Detektivstories
Aus dem Amerikanischen von Hans Wollschläger

Der große Schlaf
Roman. Deutsch von Gunar Ortlepp

Die kleine Schwester
Roman. Deutsch von Walter E. Richartz

Der lange Abschied
Roman. Deutsch von Hans Wollschläger

Das hohe Fenster
Roman. Deutsch von Urs Widmer

Die simple Kunst des Mordes
Briefe, Essays, Notizen, eine Geschichte und ein Romanfragment. Herausgegeben von Dorothy Gardiner und Kathrine Sorley Walker. Deutsch von Hans Wollschläger

Die Tote im See
Roman. Deutsch von Hellmuth Karasek

Lebwohl, mein Liebling
Roman. Deutsch von Wulf Teichmann

Playback
Roman. Deutsch von Wulf Teichmann

Mord im Regen
Frühe Stories. Deutsch von Hans Wollschläger. Vorwort von Philip Durham

Erpresser schießen nicht
und andere Detektivstories. Deutsch von Hans Wollschläger. Mit einem Vorwort des Verfassers

Der König in Gelb
und andere Detektivstories. Deutsch von Hans Wollschläger

Englischer Sommer
Drei Geschichten und Parodien, Aufsätze, Skizzen und Notizen aus dem Nachlaß. Mit Zeichnungen von Edward Gorey, einer Erinnerung von John Houseman und einem Vorwort von Patricia Highsmith. Deutsch von Wulf Teichmann, Hans Wollschläger u.a.

Meistererzählungen
Deutsch von Hans Wollschläger

Frank MacShane
Raymond Chandler
Eine Biographie. Deutsch von Christa Hotz, Alfred Probst und Wulf Teichmann. Zweite, ergänzte Auflage 1988

Jonathan Latimer im Diogenes Verlag

»Auf die Frage, was er denn von Beruf sei, antwortet der Hallodri: ›Für die Welt bin ich ein einfacher Geschäftsmann. Tatsächlich aber bin ich ein großer Detektiv.‹ Stimmt, auch wenn er natürlich das schwarze Schaf aus der illustren Familie der Spürnasen ist. Aber sind sie nicht alle ein bißchen meschugge, diese Sherlock Holmes, Hercule Poirots, Miss Marples, Nero Wolfes, Perry Masons, bis hin zu Sam Spade und Philip Marlowe? Diese Eierköpfe und einsamen Wölfe, die die kranke bürgerliche Gesellschaft von ihren Geschwüren zu befreien versuchen?

Latimers Romane, die mit rasantem Tempo ablaufen und voll leichtfüßiger Pingpong-Dialoge sind, mehr mit Ben Hecht und Frank Capra zu tun haben, waren nie so recht akzeptiert im Krimi-Kanon. Hoffentlich werden bald alle ins Deutsche übersetzt. Sie haben es verdient, denn sie sind von zeitlosem Witz.«
Wolfram Knorr/Die Weltwoche, Zürich

Leiche auf Abwegen
Roman. Aus dem Amerikanischen von Ulrike Wasel und Klaus Timmermann

Wettlauf mit der Zeit
Roman. Deutsch von Nikolaus Stingl

Mord bei Vollmond
Roman. Deutsch von Kurt Bracharz

Rote Gardenien
Roman. Deutsch von Walter Kolbenhoff

Salomons Weinberg
Roman. Deutsch von Kurt Bracharz

Den Toten ist's egal
Roman. Deutsch von Helmut Gerstberger

Verbotener Dschungel
Roman. Deutsch von Ulrike Wasel und Klaus Timmermann

Der enthauptete Großonkel
Roman. Deutsch von Andre Simonoviescz

Die falsche Nonne
Roman. Deutsch von Irene Holicki

Jack Ritchie im Diogenes Verlag

»Eine Lektüre für Leser, die auch an sehr schwarzem Humor und überraschenden Effekten Genuß finden – beispielsweise Freunde der ARD-Krimistunde.«
Das Neue Buch, München

»An seinen Erzählungen fasziniert die Raffinesse des Vorgehens. Das Blut fließt relativ sparsam, die Fäuste fliegen nicht, es gibt keine Auto-Verfolgungsjagden. Ritchies Täter arbeiten mit dem Kopf, sie denken leise, ihnen ist kein Winkelzug unbekannt; aber auch jene, die sie zu Fall bringen, sind mit allen Wassern gewaschen. So entsteht eine Spannung, die der beim Schach ähnlich ist. Schwarzer Humor, Ironie und Intellekt sind die Substanzen, aus denen der Autor seine süffigen Geschichten braut.«
Walter Gallasch/Nürnberger Nachrichten

Der Mitternachtswürger
Geschichten. Aus dem Amerikanischen von Alfred Probst

Für alle ungezogenen Leute
Geschichten. Deutsch von Dorothee Asendorf

Gedächtnis ade
Geschichten. Deutsch von Elfriede Riegler und Dorothee Asendorf

Bei Anruf Alibi
Geschichten. Deutsch von Jobst-Christian Rojahn

Vor Redaktionsschluß Mord
Geschichten. Deutsch von Monika Elwenspoek

Einzelhaft
Geschichten. Deutsch von Bernhard Robben

Der Sparschwein-Killer
Geschichten. Deutsch von Jobst-Christian Rojahn

Der mordende Philosoph
Geschichten. Deutsch von Monika Elwenspoek

Patrick Quentin im Diogenes Verlag

»Quentin zeigt anschaulich, worauf Ernst Bloch einmal in einer Verteidigung des Kriminalromans aufmerksam gemacht hat: Der Kriminalroman auf einer gewissen Ebene kann, ohne die Spannung vernachlässigen zu müssen, private und gesellschaftliche Syndrome sichtbar machen, und zwar in einem Verfahren, das mit der Psychoanalyse auffallend parallel läuft... was Patrick Quentin eindrucksvoll bestätigt.«
Hessischer Rundfunk, Frankfurt

»Patrick Quentins Geschichten sind unübertrefflich.«
The New York Times

»Für mich ist Patrick Quentin die Nummer Eins der amerikanischen Kriminalautoren.« *Francis Iles*

Bächleins Rauschen tönt so bang...
Kriminalgeschichten. Aus dem Amerikanischen von Günter Eichel

Familienschande
Roman. Deutsch von Helmut Degner

Puzzle für Spinner
Roman. Deutsch von Alfred Dunkel

Puzzle für Spieler
Roman. Deutsch von Matthias Fienbork

Puzzle für Söhnchen
Roman. Deutsch von Uwe Anton

Puzzle für Sünder
Roman. Deutsch von Ulrike Wasel und Klaus Timmermann

Puzzle für Puppen
Roman. Deutsch von Ulrike Wasel und Klaus Timmermann

Puzzle für Schwindler
Roman. Deutsch von Ulrike Wasel und Klaus Timmermann

Das Mädchenopfer
Roman. Deutsch von Peter Naujack

Fatal Woman
Roman. Deutsch von Jobst-Christian Rojahn

Patricia Highsmith im Diogenes Verlag

Der talentierte Mr. Ripley
Roman

Ripley Under Ground
Roman

Ripley's Game
oder Der amerikanische Freund
Roman

Der Junge, der Ripley folgte
Roman

Ripley Under Water
Roman

Venedig kann sehr kalt sein
Roman

Das Zittern des Fälschers
Roman

Lösegeld für einen Hund
Roman

Der Stümper
Roman

Zwei Fremde im Zug
Roman

Der Geschichtenerzähler
Roman

Der süße Wahn
Roman

Die zwei Gesichter des Januars
Roman

Kleine Geschichten für Weiberfeinde

Kleine Mordgeschichten für Tierfreunde

Der Schrei der Eule
Roman

Tiefe Wasser
Roman

Die gläserne Zelle
Roman

Ediths Tagebuch
Roman

Der Schneckenforscher
Elf Geschichten

Leise, leise im Wind
Zwölf Geschichten

Ein Spiel für die Lebenden
Roman

Keiner von uns
Elf Geschichten

Leute, die an die Tür klopfen
Roman

Nixen auf dem Golfplatz
Erzählungen

Suspense
oder Wie man einen Thriller schreibt

Elsie's Lebenslust
Roman

Geschichten von natürlichen und unnatürlichen Katastrophen

Meistererzählungen

Carol
Roman einer ungewöhnlichen Liebe

›Small g‹ – eine Sommeridylle
Roman

Zeichnungen

Leben und Werk

Meistererzählungen der Weltliteratur im Diogenes Verlag

- **Alfred Andersch**
Mit einem Nachwort von Lothar Baier

- **Honoré de Balzac**
Ausgewählt von Auguste Amédée de Saint-Gall. Mit einem Nachwort versehen von Georges Simenon

- **Ambrose Bierce**
Auswahl und Vorwort von Mary Hottinger. Aus dem Amerikanischen von Joachim Uhlmann. Mit Zeichnungen von Tomi Ungerer

- **Giovanni Boccaccio**
Meistererzählungen aus dem Decamerone. Ausgewählt von Silvia Sager. Aus dem Italienischen von Heinrich Conrad

- **Anton Čechov**
Ausgewählt von Franz Sutter. Aus dem Russischen von Ada Knipper, Herta von Schulz und Gerhard Dick

- **Miguel de Cervantes Saavedra**
Aus dem Spanischen von Gerda von Uslar. Mit einem Nachwort von Fritz R. Fries

- **Raymond Chandler**
Aus dem Amerikanischen von Hans Wollschläger

- **Agatha Christie**
Aus dem Englischen von Maria Meinert, Maria Berger und Ingrid Jacob

- **Stephen Crane**
Herausgegeben, aus dem Amerikanischen und mit einem Nachwort von Walter E. Richartz

- **Fjodor Dostojewskij**
Herausgegeben, aus dem Russischen und mit einem Nachwort von Johannes von Guenther

- **Friedrich Dürrenmatt**
Mit einem Nachwort von Reinhardt Stumm

- **Joseph von Eichendorff**
Mit einem Nachwort von Hermann Hesse

- **William Faulkner**
Ausgewählt, aus dem Amerikanischen und mit einem Nachwort von Elisabeth Schnack

- **F. Scott Fitzgerald**
Ausgewählt und mit einem Nachwort von Elisabeth Schnack. Aus dem Amerikanischen von Walter Schürenberg, Anna von Cramer-Klett, Elga Abramowitz und Walter E. Richartz

- **Nikolai Gogol**
Ausgewählt, aus dem Russischen und mit einem Vorwort von Sigismund von Radecki

- **Jeremias Gotthelf**
Mit einem Essay von Gottfried Keller

- **Dashiell Hammett**
Ausgewählt von William Matheson. Aus dem Amerikanischen von Wulf Teichmann, Walter E. Richartz, Hellmuth Karasek und Elizabeth Gilbert

- **O. Henry**
Aus dem Amerikanischen von Christine Hoeppner, Wolfgang Kreiter, Rudolf Löwe und Charlotte Schulze. Nachwort von Heinrich Böll

- **Hermann Hesse**
Zusammengestellt, mit bio-bibliographischen Daten und Nachwort von Volker Michels

- **Patricia Highsmith**
Ausgewählt von Patricia Highsmith. Aus dem Amerikanischen von Anne Uhde, Walter E. Richartz und Wulf Teichmann

- **E.T.A. Hoffmann**
Herausgegeben von Christian Strich. Mit einem Nachwort von Stefan Zweig

- **Washington Irving**
Aus dem Amerikanischen von Gunther Martin. Mit Illustrationen von Henry Ritter und Wilhelm Camphausen

- **Franz Kafka**
Mit einem Essay von Walter Muschg sowie einer Erinnerung an Franz Kafka von Kurt Wolff

● **Gottfried Keller**
Mit einem Nachwort von Walter Muschg

● **D.H. Lawrence**
Ausgewählt, aus dem Englischen und mit einem Nachwort von Elisabeth Schnack

● **Jack London**
Aus dem Amerikanischen von Erwin Magnus. Mit einem Vorwort von Herbert Eisenreich

● **Carson McCullers**
Ausgewählt von Anton Friedrich. Aus dem Amerikanischen von Elisabeth Schnack

● **Heinrich Mann**
Mit einem Vorwort von Hugo Loetscher und 24 Zeichnungen von George Grosz

● **Katherine Mansfield**
Ausgewählt, aus dem Englischen und mit einem Nachwort von Elisabeth Schnack

● **W. Somerset Maugham**
Ausgewählt von Gerd Haffmans. Aus dem Englischen von Kurt Wagenseil, Tina Haffmans und Mimi Zoff

● **Guy de Maupassant**
Ausgewählt, aus dem Französischen und mit einem Nachwort von Walter Widmer

● **Meistererzählungen aus Amerika**
Geschichten von Edgar Allan Poe bis John Irving. Herausgegeben von Gerd Haffmans. Mit einleitenden Essays von Edgar Allan Poe und Ring Lardner, Zeittafel, bio-bibliographischen Notizen und Literaturhinweisen. Erweiterte Neuausgabe 1995

● **Meistererzählungen aus Frankreich**
Geschichten von Stendhal bis Georges Simenon. Herausgegeben von Anne Schmucke und Gerda Lheureux. Mit Zeittafel, bio-bibliographischen Notizen und Literaturhinweisen.

● **Meistererzählungen aus Irland**
Geschichten von Frank O'Connor bis Bernard Mac Laverty. Herausgegeben von Gerd Haffmans. Mit einem Essay von Frank O'Connor, bio-bibliographischen Notizen und Literaturhinweisen. Erweiterte Neuausgabe 1995

● **Herman Melville**
Aus dem Amerikanischen von Günther Steinig. Nachwort von Hans-Rüdiger Schwab

● **Prosper Mérimée**
Aus dem Französischen von Arthur Schurig und Adolf V. Bystram. Mit einem Nachwort von V.S. Pritchett

● **Conrad Ferdinand Meyer**
Mit einem Nachwort von Albert Schirnding

● **Frank O'Connor**
Aus dem Englischen und mit einem Nachwort von Elisabeth Schnack

● **Liam O'Flaherty**
Aus dem Englischen und mit einem Nachwort von Elisabeth Schnack

● **George Orwell**
Ausgewählt von Christian Strich. Aus dem Englischen von Felix Gasbarra, Peter Naujack, Alexander Schmitz, Nikolaus Stingl u.a.

● **Konstantin Paustowski**
Aus dem Russischen von Rebecca Candreia und Hans Luchsinger

● **Luigi Pirandello**
Ausgewählt und mit einem Nachwort von Lisa Rüdiger. Aus dem Italienischen von Percy Eckstein, Hans Hinterhäuser und Lisa Rüdiger

● **Edgar Allan Poe**
Ausgewählt und mit einem Vorwort von Mary Hottinger. Aus dem Amerikanischen von Gisela Etzel.

● **Alexander Puschkin**
Aus dem Russischen von André Villard. Mit einem Fragment ›Über Puschkin‹ von Maxim Gorki

- **Joseph Roth**
Ausgewählt von Daniel Keel. Mit einem Nachwort von Stefan Zweig

- **Saki**
Aus dem Englischen von Günter Eichel. Mit einem Nachwort von Thomas Bodmer und Zeichnungen von Edward Gorey

- **Alan Sillitoe**
Aus dem Englischen von Hedwig Jolenberg und Wulf Teichmann

- **Georges Simenon**
Aus dem Französischen von Wolfram Schäfer, Angelika Hildebrandt-Essig, Gisela Stadelmann, Linde Birk und Lislott Pfaff

- **Henry Slesar**
Aus dem Amerikanischen von Thomas Schlück und Günter Eichel

- **Muriel Spark**
Aus dem Englischen von Peter Naujack und Elisabeth Schnack

- **Stendhal**
Aus dem Französischen von Franz Hessel, M. von Musil und Arthur Schurig. Mit einem Nachwort von Maurice Bardèche

- **Robert Louis Stevenson**
Aus dem Englischen von Marguerite und Curt Thesing. Mit einem Nachwort von Lucien Deprijck

- **Adalbert Stifter**
Mit einem Nachwort von Julius Stöcker

- **Leo Tolstoi**
Ausgewählt von Christian Strich. Aus dem Russischen von Arthur Luther, Erich Müller und August Scholz

- **B. Traven**
Ausgewählt von William Matheson

- **Iwan Turgenjew**
Herausgegeben, aus dem Russischen übersetzt und mit einem Nachwort versehen von Johannes von Guenther

- **Mark Twain**
Mit einem Vorwort von N.O. Scarpi

- **Jules Verne**
Aus dem Französischen von Erich Fivian

- **H. G. Wells**
Ausgewählt von Antje Stählin. Aus dem Englischen von Gertrud J. Klett, Lena Neumann und Ursula Spinner